行路人

一个中国旅行者与六大文明的对话

于 展/著·摄影

埃 及

美索不达米亚

南 亚

大津巴布韦

印 加

玛 雅

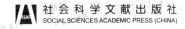

社会科学文献出版社
SOCIAL SCIENCES ACADEMIC PRESS (CHINA)

自　序

　　12 年前写过一本题为《中国学生走地球》的书。那时我从在日留学期间走过的近 50 个国家和地区中选择了 12 个，以到四大河文明的故乡访古的经历和感受为主线写了第一本游记。

　　12 年后又有闲心计划再写一本新游记时，我曾设想把到南极看企鹅，北角、阿拉斯加看极光，非洲草原看猎豹，加拉帕戈斯群岛看象龟，复活节岛看莫埃像，还有西伯利亚铁路之旅，乘灰狗大巴横穿北美大陆这样的经历串到一起，凑一本野味儿重一些的游记。但每当这个念头闪现的时候，总会跟着一个疑问：这样的内容是否会比写历史，写文明更有价值？

　　追求野趣的旅行固然富于趣味，但它远不像到人类文明的故乡访古更能够撼动我的灵魂。在埃及，在美索不达米亚，在南亚，在大津巴布韦……我的灵魂无数次被拷问，被撞击，被撕裂。深邃的历史像一把尖刀，在它们身上扎出一道道伤口，刻上价值变迁的 印记。历史从来无情，又从来公正。它以铁律警示世人，它又是人类灵魂净化的津梁。在历史的淘选中，我们或许该庆幸自己身置于价值进化最好的时代。

　　于我个人，埃及、美索不达米亚等则构成了人类文明的老世界。侧身其间，哪怕是一草一木，一块古老的石头，一片浸染着深沉气息的瓦片，都不停地令我在思古幽情中辗转反侧，夜不能寐。而这样的夜晚属于我，又不属于我。

　　时光飞逝，距上一本游记出版，十几年过去了，与我涉足的古老文明相比，这无疑是长河之一瞬，但在人短短一生中，这十几年却又是理解力和领悟力飞跃的时段。近年来每当我拿到一本图文并茂的好游记时，总想到让自己在路上的时光和积年攒下的照片有用武之地。俗话说：一图胜千言。这些照片不仅仅是旅行经历的记录，也是一次次身不由己的感动。这些感动的结晶注定能更有效地传情，作用恐怕远远胜过我那稚拙的文字。

从第一次踏上旅途到今日，作为一个旅游爱好者云游四方的经历仍在继续。特别是自 2004 年起赴美国留学，我又有机会走访了中南美、亚非等地的近 30 个国家和地区，补上了第一次留学期间欠下的不少课。这种对旅行的钟爱大概终身也不会改变，不过是换了新的形式，我从单枪匹马的背包客，到和妻子、朋友结伴出行，后来又发展到带上孩子。

不管是独自一人，还是与三五知己、家人做伴，走在路上，看沉睡了数千年的文明古迹，我都难以抑制地沉醉其间，深为之叹服，虽不免时或为历史中的种种杀伐征战而心悸，但又总在历史的缝隙中收获感动。又岂能不感动？你每每总能看到古老的历史中人类前进的艰难印迹。的确，人类推进价值观的更新、深化从来不遗余力，虽然时有倒退，却总在向着更开化、更人性的方向扎实地迈进。

古人云："人生代代无穷已，江月年年只相似。"其实，古今中外相似的又岂止是月亮，还有旅人那颗在路上的心，他也许魂牵梦萦滔滔的幼发拉底河，也许迷恋端庄的迪尔神殿，甚至在锡吉里亚峰不小心遗失了。

著者
2012 年 3 月

目　录

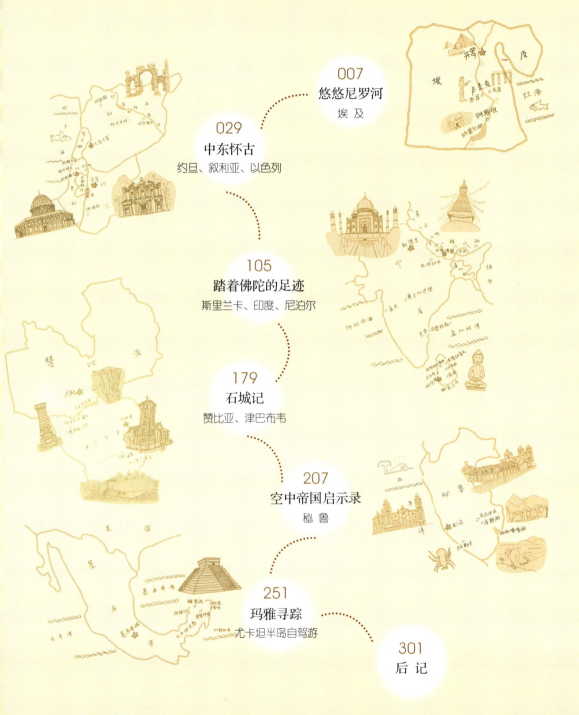

悠悠尼罗河

埃及

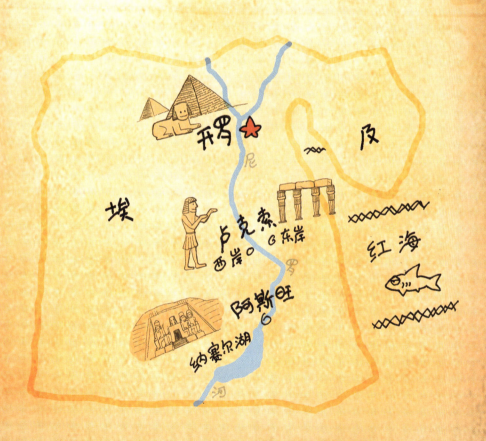

尼罗河从市中心缓缓流过，

和大都会的喧嚣形成鲜明的对比，

像是在以长者的沉稳

嘲笑年轻人的浮躁，

以长流千古的持重

鄙薄当代文明中的轻佻。

埃及首都开罗的尼罗希尔顿饭店里有一家咖啡厅，是眺望全城风景的绝佳去处。虽然咖啡的味道特殊不到哪里去，但花一杯饮料的钱，就能欣赏到别处不易看到的景色。眼下临河大道和解放大桥上车水马龙，而尼罗河却以她千古不易的风姿缓缓流过，和大城市的喧嚣形成鲜明的对比，就像是在以长者的沉稳嘲笑年轻人的浮躁，以长流千古的持重鄙薄当代文明中的轻佻。

运气好的话，游人还可以跳过尼罗河中洲上林立的高楼，望到西岸吉萨高台上的三座大金字塔。1992 年春我作为一个学生初访开罗时，就在这里喝过这样一杯幸运的咖啡。前一天傍晚的雷阵雨洗净了空气中的沙尘。举目远眺，我视线中出现的

从尼罗希尔顿饭店俯瞰临河大道、解放大桥和尼罗河

已不再是银幕、荧光屏和照片上看到的金字塔，不再是多年的憧憬在一个学生心底形成的图像，而是用肉眼就捕捉到的吉萨金字塔的实物。

开罗新市区街景

不过，那一次我却没有急于去金字塔，而是先走进了尼罗河谷。因为我计划沿河上溯，走访完位于尼罗河中游的卢克索和上游的阿斯旺后再去看金字塔，用4500年前人类文明的杰作为埃及之行画上一个句号。

今天，来埃及沿尼罗河访古的游人可以选择不同的交通手段。既有钱又有闲的人可以乘游船，或溯流而上，或顺流而下，从容地观赏两岸的自然风光和人文景观。没有时间的人可乘飞机抵达卢克索和阿斯旺。我当年作为一个学生，有闲而缺钱，最现实的选择是火车与长途汽车的组合。

2700年前就已经有希腊人来埃及旅行。"史学之父"希罗多德也曾在公元前5世纪到过埃及。他的《历史》一书中的"埃及篇"，对于今天访问埃及的游人仍然有着非凡的魅力。1992年春我就是揣着他的"埃及篇"坐上了由开罗开往卢克索的列车。

人说埃及是尼罗河的恩赐。世界第一长河将她的最后一段水流赐予了这块幸运的土地。大河从浩瀚的西方沙漠和狭长的东方沙漠之间穿过，为埃及开拓出一条绿带以及下埃及富饶的三角洲。

从开罗火车站出发的列车沿尼罗河谷一路南行，一夜的车程把游人带到古都底比斯，今天的卢克索。

生者之都 —— 卢克索尼罗河东岸

埃及的城市大多建在沿尼罗河狭长的绿带里，卢克索也不例外。这里是3500年前中王国时期第十八王朝以来埃及的国都所在地。埃及文明也是在这里迎来了它的鼎盛期。在这里，壮丽的神殿和法老、贵族们豪奢的墓葬等古迹分布密度之高是世界上任何一个地方都无法比拟的，是较之金字塔更典型、更具说服力的展现古埃及文明的窗口。

说到埃及，在中国人心目中占主导地位的往往是金字塔的形象。至于卢克索这个在埃及观光旅游资源最丰富的城市，无论是它今天的名字，还是底比斯这个古称都不大为中国人所知。在欧洲则不然，古都底比斯的知名度并不亚于意大利的庞培、希腊的奥林匹亚或中国的西安。

走出卢克索车站，会碰到无数为旅店拉客的人，因此，砍下一家便宜旅馆并不是一件难事。在旅馆放下行李，登上店里出租的中国产永久牌自行车，我来到东岸的临河大道上。这里没有开罗大都会的嘈杂，行人慢慢地走，大河缓缓地流。两岸的古迹用它们那永不衰退的魅力劝人们，也劝河水在经过它们面前时把步子再放缓一些。

我羡慕卢克索的市民。在某种意义上他们是世界上最幸福的市民，因为他们每天都能同3000多年前人类文明的遗产一道，看着自古以来为他们带来富足和发展

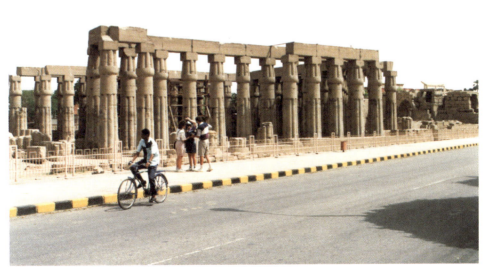

沿河大道旁边就是3000多年前建造的卢克索神殿

卡尔纳克神殿神道　　　　　　　　　　　神殿内的石柱

的悠悠长河从市中心由南向北流过。

　　尼罗河的东岸，漫步在市中心的沿河大道上抬头就能看到卢克索神殿。对于初到卢克索的人来说，这座神殿是供他们了解古埃及遗迹的再好不过的入门教材。然而，当人们得知卢克索神殿不过是附属于著名的卡尔纳克神殿的一座小神殿的时候，就更会为埃及古代建筑的奇伟而叹服。

　　在卢克索神殿上完关于古埃及遗迹的入门课，登上自行车沿河向北走两公里就到卡尔纳克神殿了。这座古都底比斯用于祭祀守护神阿蒙神的主神殿被一堵相当长的围墙包围着。围墙的外侧分布着隶属于主神殿的几座副神殿。

　　卡尔纳克神殿的兴建不是历史上某一代法老所为。中王国以后古代埃及鼎盛时期，几乎每一位法老都在这里留下了他们的贡品。当游人得知自己用了大半天时间，走马观花般地参观过的不过是庞大遗迹中已经发掘、整理、复位的一小部分，而更多的部分还未经勘察、发掘时，人们会为那些在几乎没有什么像样的施工机械的条件下，依靠人力完成了历史上一大奇观的古代埃及人的壮举咋舌。

神殿壁面上的雕刻

　　精美的雕刻是卢克索遗迹群的一大看点。要在这内容过于丰富的石刻中

神殿花蕾形柱头　　　　　　　　柱廊　　　　　　　　花朵形柱头

高效率地找到其中的经典之作，有一个窍门。靠山吃山，靠海吃海，卢克索人守着祖上留下的令世人羡慕的古迹，不可能不做这个买卖。街上的人十有八九是吃旅游饭的。年老年少、有照无照的导游随时可以找到。他们大到承包整个城市，小到承包一个观光点。这些人还是有点素养，能讲出一些门道来的。更奇特的还有"承包"一件文物，甚至一块石头的。掌握住这个特点，游人就不愁从大量的文物中选出精品。

以我拍下的一张照片为例，当我走近卡尔纳克神殿的一座塔门时，坐在旁边石阶上的一个埃及老汉在冲我招手："朋友，朋友，到这边来。"

我好奇地走到他身边。老汉没起身，也没再说话，只是用手指一指自己的身后，示意我过去看。顺他手指的方向走过去，藏在一尊残损的法老石像后面的浮雕使我不由得叫出声来。这是一幅经常出现在教科书、画册上的经典之作——上下埃及统一图：尼罗河的河神将象征

蜣螂石刻

在一位免费导游身后看到的雕刻杰作：上下埃及统一石刻

由于姊妹作被人移到欧洲而失去平衡感的方尖碑

上埃及的苇草和象征下埃及的莲花连接在一起。

等我把这幅完好的浮雕连同它带给我的冲动一同收入相机，转身要走时，老汉又在冲我低声喊："喂，朋友，Baksheesh, Baksheesh！"

他边喊边将右手的三根手指捏在一起。这是在埃及、土耳其等中东国家向过往行人讨要施舍的手势。我这才明白老汉是在做这一块浮雕的买卖，给游人提供这种特殊形式的"导游服务"之后，他向游客讨要"导游费"，或者说"信息提供费"。

掌握住这个规律，当你看到有人坐在古迹旁边或是向游人招手，都不妨绕过这些守株待兔、做便宜买卖的"导游"，不请自到地在他周围侦察一下，通常都能看到、拍到精选过的一级文物。

卢克索的遗迹还有一大看点，那就是古埃及文物背井离乡的凄惨。浮雕、壁画常被人成块地挖去，成双结对的文物往往失去了其中的一方。历代法老供奉在神殿中的方尖碑就是典型的例子。卢克索神殿第一塔门的正面左手高耸着一座用整块花岗岩雕刻成的方尖碑，是拉美西斯二世奉献给太阳神的。然而，由于失去了右侧和它对置的另一座石碑，塔门的平衡感被明显地破坏了。它的姊妹作被人移了位，立在今天法国巴黎协和广场的正中央，用来装点欧洲人的城市。

方尖碑不仅可以在巴黎协和广场见到，在伦敦泰晤士河畔，在罗马的圣乔万尼广场，在土耳其伊斯坦布尔的老赛马场中央都可以看到。拉丁人似乎为方尖碑的迁址开了先河，后来的霸道者也蜂拥而至，一发而不可收。以卢克索为代表的埃及古代遗迹中曾经耸立着近百座大小不等的方尖碑，大多是从阿斯旺的优质花岗岩层上整块切割下来，经过雕凿、打磨后用船运到各处神殿的。然而，今天留在原位的方尖碑不过十几座，主要集中在卢克索，其余的大多被运出了国，使得众多的古迹像卢克索神殿的塔门一样失去了原有的协调。

方尖碑是一个典型的，但不是仅有的例子，因为人们在大英博物馆、卢浮宫、柏林的埃及博物馆、纽约的大都会博物馆，或是

征服王、建筑王拉美西斯二世的坐像

俄罗斯的普希金艺术博物馆都能看到大量木乃伊、棺椁、石刻、苇草文书等令人震撼的文物。当一个中国人在海外看到大量来自祖国的流失文物，看到首身分离的佛头、佛像或成块揭下的壁画时，会感到一种难以名状的郁闷。我想，当埃及人在异国他乡看到来自故土的文物时，心中会品味到和我们一样的苦涩。

死者之都 —— 卢克索尼罗河西岸

来到卢克索访古的人至少应该分出一整天的时间去走访尼罗河西岸。埃及人从公元前 26 世纪起开始营造金字塔，作为祭神的场所。但 1000 年后，到了定都底比斯的第十八王朝，法老们改变了这种做法，原因是裸露在地表的宗教建筑为猖獗至极的盗掘者们提供了极好的作案标的。底比斯的法老们于是开始采用新的墓制，将埋葬遗体的墓穴和供人们进行祭祀活动的神庙分别加以考虑。西岸岩山的峰顶在外形上与金字塔酷似。历代法老们共同拥有了这座"大金字塔"，并在岩山的山麓开凿石窟坟墓，形成了一条墓葬高度集中的山谷，被称为帝王谷。这里仅被发掘的历代法老的石窟墓葬就有六十多座。帝王谷的南侧有王妃谷，埋葬着王妃和法老的亲

死者之都——卢克索西岸帝王谷入口处 21 米高的巨人雕像，背后是葬有历代法老及亲属的岩山

西岸拉美西斯二世神庙

属们。帝王谷东侧的库尔纳村附近还有数以千计的古埃及高官显贵的坟墓。用于祭祀活动的神庙集中在岩山南侧的尼罗河畔。由于墓葬和神庙集中，相对于东岸的生者之都，西岸被誉为死者之都。

如果说东岸的胜景奇在壮丽，贵在宏伟，西岸古迹中最令人叹服的应当说是石窟墓穴中精美绝伦的壁画和雕刻。库尔纳村集聚着古埃及贵族的墓葬，以壁画著称。为保护古迹起见，这里限制每次进入墓室的人数。

进入墓室之前，管理员向排队等候的游人严肃地讲明了墓内的注意事项：进入墓室后要听从管理人员指挥，禁止大声喧哗，禁止录像，严禁使用闪光灯，严禁触摸壁画，违者按有关规定严格处罚。

当管理员带领我们这一批四个人走进墓室，打开室内照明灯时，我不禁为四壁和藻井上的作品惊呆了。3000 多年前的壁画以极好的状态保持到了今天，同当年刚刚完成时相差无几。干燥的气候为壁画的保存提供了良好的条件。由于贵族墓中的壁画刻画的完全是生活场面以及供墓主来世使用的实用物品，不同于敦煌壁画或欧洲古建中通常见到的宗教题材，因此给人一种强烈的现实生活气息，使每个面对它们的人都仿佛能听到 30 个世纪前埃及人的呼吸声。

刚才在室外还在一本正经地给我们宣讲参观注意事项的管理员，关上入口大门后却完全换了一副面孔，从一个矜持的阿拉伯绅士变成兜售伪劣制品的奸商，开始起劲地鼓动游人打开闪光灯随意拍照：

"各位先生，闪光灯可以用，录像机也没问题。快抓紧照啊！"

见我没有动静，又过来催："朋友，你为什么不用闪光灯？赶快拍呀！"

"我没带闪光灯。再说，这里的照明足够亮。"

说老实话，在古代绘画作品那种慑人的美的感染下，稍有良知的人很难违反常识地狠下心来，用损伤文物的强光换取拥有一张照片的满足感。更何况这次旅行我也没带闪光灯来。

等这一批进入墓室的人拍完了照，管理员开始伸手讨要报酬了：

"小费，小费，各位行行好，给点小费。"

见我没有动静，又催促道："先生，小费，您施舍一点。香烟、圆珠笔、巧克力，什么都行。"

就在墓室的门被打开，阳光照到脸上那一瞬，管理员就像川剧演员变脸一样，又奇迹般地换上阿拉伯绅士的面孔，开始道貌岸然地对后面排队的游客训话了。

这也难怪，库尔纳村是众所周知的"盗墓者村"，村民都是盗墓专家的后裔，包括今天墓室的管理员。他们祖上代代都靠变卖盗掘的文物过活，今天仍然在靠古墓吃饭。库尔纳村民的住房大多建在古墓上面，家家的后门都与地下的古墓相通，用盗空的墓室做仓库。

有如此专业的盗墓者在，3000多年前法老们的墓葬就难以保全了。帝王谷中的法老墓要比库尔纳村的贵族墓宏大、豪奢得多。墓穴都是在坚硬的岩石上横向开凿出来的石窟。从墓道经前厅到墓室的纵深几十米到几百米不等。四壁和天花板完全被精美的壁画和密密麻麻雕刻在岩石表面的象形文字所覆盖。然而，墓室中理当能看到的盛有法老木乃伊的棺椁和随葬品早已被收拾得一

库尔纳村一处保存良好的贵族壁画墓

塞提二世法老墓葬入口处的墓道　　　　　　　开罗国立埃及博物馆中珍藏的图坦·卡
　　　　　　　　　　　　　　　　　　　　蒙王金面具

干二净。这些自然都是盗墓者们的杰作。远自建造金字塔之前，埃及王公贵族们营
造墓葬的历史就是和盗墓者们斗法的历史。不幸的是，取得胜利的总是盗墓者。

　　在和盗墓者3000多年的抗争中，帝王谷中只有一位法老成了例外的获胜者。
具有讽刺意味的是，获胜不是由于他的墓修得坚固、隐蔽，而是由于他的无名。图
坦·卡蒙王——古埃及第十八王朝一位名不见经传的法老由于在18岁时早逝，未及
建造宏大的墓葬，使得他那规模过小、"过于简朴"的墓葬，逃脱了和那些伟大的
法老的墓葬同样的命运。1922年，2000件稀世珍宝的出土成了埃及考古学界"20
世纪最大的发现"。今天，包括举世闻名的图坦·卡蒙王的金面具在内的大量惊世文
物，装满了开罗国立埃及博物馆二楼的整整一个特设展厅。

　　图坦·卡蒙王的墓现在不对一般游人开放。1992年到卢克索西岸旅行时，我选
择了拉美西斯六世、西岸规模最大的塞提一世，以及陈列着木乃伊的塞提二世三座
法老墓参观。墓葬的规模宏大，加之要在铺天盖地的浮雕、壁画中边赞叹边挪步，
半天时间一晃即逝。

西岸法老墓葬中的壁画　　　　　　法老墓中的　　　　墓道墙壁上雕刻的死神像以及
　　　　　　　　　　　　　　　　精美石刻　　　　象征复活的蜣螂

　　西岸地面古建中最吸引人的，应该说是哈谢普斯特女王神庙。3500 年前的建筑背靠岩山，建在顺势开出的三层平台上。不仅气势宏伟，从正面神道望去，人们甚至怀疑它是经当代人之手建起的一座现代派的纪念堂或展览馆。神庙是经波兰考古学专家们的手整理、复原的。

　　遗憾的是讴歌和平与繁荣的神庙问世 35 个世纪之后，却成了上演一幕历史悲剧的舞台。1997 年 11 月 17 日上午，在神庙的第二平台上发生了宗教极端主义者枪击游人的事件，致使六十多人丧生，和平的殿堂霎时变成了血海。这幕惨剧肯定是神庙的主人不想看到的。

　　当"世界最美的落日"又一次挂在尼罗河西岸岩山的峰顶时，载着我和卢克索市民的老轮渡又渡过了尼罗河，带着帝王谷的法老们一生最大的梦想：重归生者之都，再享往日荣华。

西岸地面建筑中最吸引人的哈谢普斯特女王神庙　在尼罗河边等待渡河的卢克索人

纳赛尔湖畔的奇迹

从卢克索沿河南行200公里，就是当年希罗多德探访尼罗河源头时抵达的最南端——阿斯旺。清晨离开卢克索的长途汽车在河谷里行驶了大约四个小时，我的耳边就又响起了长途汽车站上埃及人那熟悉的拉客声。

电影《尼罗河上的惨案》中游客们住的老瀑布饭店正对着尼罗河的中洲——埃烈芳提涅岛，意即象岛。当年希罗多德乘船溯行抵达阿斯旺时，城市的中心不像今天这样坐落在河的东岸，而是建在中洲上。

阿斯旺的观光就从象岛上的库努姆神殿、古老的尼罗河水位标尺以及博物馆开始。作为古埃及第一州州都的历史为这座城市留下了大量文物。从市中心南去一公里，人们在古代的采石场可以找到今天耸立在罗马圣乔万尼广场的托特梅斯三世方尖碑的姊妹作。不知道应该说是不幸还是万幸，大方尖碑当年被加工到初具轮廓，但还未从岩层上切割下来时，碑体上出现了裂纹而被放弃，从而为今人留下了了解

阿斯旺尼罗河

古人如何加工方尖碑的活教材。

历史名城阿斯旺有看不尽的文物古迹，其中令人印象最深的是一组在抢救努比亚文物运动中得救的古迹——移建到菲拉岛上的埃及后期王朝时代的古建群。菲拉岛古来是最受埃及人爱戴的伊希斯女神的故乡。以伊希斯神殿为代表的岛上的古迹由阿斯旺高坝截流后形成的宽阔的尼罗河水做衬景，无论从哪个角度看去都是一幅画。

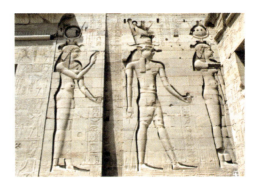

伊希斯神殿壁面的雕刻

走在阿斯旺的街上，人们会感到这里黑皮肤的人要比开罗、卢克索的骤然增多。从阿斯旺向南 1000 公里的范围内是古代努比亚王国的疆域。我所接触过的这些黑皮肤的努比亚人，无论是街上的小贩，旅店的服务生，还是驾驶小帆船"法芦卡"的船工，他们那朴实、真挚的面孔都给人带来一种说不出源自何处的安心感，嘴上也鲜有在开罗、卢克索听惯了的冗赘和唠叨。

我到阿斯旺来的最大目标是去参观纳赛尔湖畔的阿布辛拜勒大神殿。交通手段有空路和陆路两种选择。埃及航空每天有穿梭于阿斯旺和阿布辛拜勒之间的飞机，源源不断地运去、运回慕名而来的游客，单程 40 分钟。而我选择了经济实惠的大巴。虽然单程要花费近五个

纳赛尔湖畔的努比亚文化遗迹

阿斯旺尼罗河中洲——象岛，中央为库努姆神殿

小时的时间，但票价不过几美元，还能欣赏沿途西部沙漠的风光。

　　大巴早上 6 点开出了长途汽车站，沿阿斯旺水坝过尼罗河，进入西岸的沙漠地区，大约一小时后驶过了北回归线。同乘的除了为数不多的几个本地人外，有二十来个美国中老年人组成的团队和几个东欧的青年人。阿布辛拜勒遗迹没有合适的旅馆供人住宿。同车的游人都和我一样，计划中午赶到目的地，两个小时参观完神殿后，乘同一辆大巴天黑以前返回阿斯旺。

　　不巧的是老掉牙的大巴刚跨越北回归线不久就抛锚了。乘客挤上后面跟来的同一家公司的车，被拉到十几公里外的一处休息站，等候公司再从阿斯旺调一辆空车来接。经过一番周折，等我们赶到阿布辛拜勒已是下午 4 点。

　　纳赛尔湖畔的奇迹，人类建筑史上的奇观——拉美西斯二世为自己和爱妃兴建的一大一小两座神殿就坐落在湖畔的峭壁上。用坐落二字来描述两座神殿恐怕欠妥当，因为确切地说，它们是在岩山上一锤一钎凿出来的，本身就是岩山的一部分。在我迄今为止见到过的石窟建筑中，能跟阿布辛拜勒神殿媲美的恐怕只有约旦的奈伯特人在岩山中开凿出的古代城市佩特拉，以及印度埃罗拉石窟群中循山脊雕凿出的凯拉萨寺院了。所不同的是，阿布辛拜勒神殿要比古城佩特拉早建 1300 年，比凯拉萨寺院早建 2000 年。希罗多德没有到过这里。1813 年，瑞士人伯克哈特在努比亚地区的探险旅行中"发现"了几乎被黄沙埋没的大神殿。

今天纳赛尔湖畔的奇迹还包含着另一层含义：人类拯救文化遗产的一次划时代的壮举。1972 年阿斯旺高坝按计划截流后，阿布辛拜勒大神殿将被纳赛尔湖水淹没。人类征服自然的力量却要使自己创造的辉煌文化遭受灭顶之灾。一场抢救以阿布辛拜勒大神殿为象征的努比亚文化遗产的运动在联合国教科文组织的主导下拉开了帷幕。1963 年 3 月，解体工程开工。复原工程最终于 1972 年完成。和原状看不出任何区别的大小两座神殿连同怀抱它们的岩山再次面对着升高了水位的纳赛尔湖。

阿布辛拜勒大神殿内部由里外两座大厅、支撑天花板的人形立柱、两厢的八间副室以及祭坛组成，其中最吸引人的要数主室、副室四壁和顶部的巨型壁画。除此之外，3300 年来，神殿的设计者还以这块圣域为舞台，每年在特定的日子里导演一幕令人叹为观止的艺术奇观。春分、秋分两天的早晨，太阳和大神殿的入口以及最深处的祭坛刚好处在同一坐标轴上。初升的太阳首先照到神殿入口的壁龛上，继而照亮四座拉美西斯二世坐像。几秒钟后，第一束光芒刺破前厅里的黑暗，像天上落下的火焰一样，照亮厅内八座人形立柱。阳光由浅至深，最终到达祭坛，照亮四尊神像中的三尊，而将暗黑之神

纳赛尔湖畔的阿布辛拜勒大神殿，
能看出移建时将石块切割后的痕迹

拉美西斯二世为爱妃兴建的小神殿

阿布辛拜勒大神殿八间副室中的一间

神殿深处祭坛上的四尊神像

拉美西斯二世征服努比亚的浮雕

大神殿内的人形立柱

普塔赫永远留在阴影中。

走出王妃内菲尔塔丽的小神殿时，太阳已经落到了神殿背后，把岩山巨大的影子抛到了纳赛尔湖面上。尽管回程还要在黑暗的沙漠里跑近五个小时的路，纳赛尔湖畔的奇迹在心中引起的亢奋足以帮我驱散汽车抛锚带来的晦气和一整天奔波的疲劳。

金字塔不是句号

从阿斯旺回开罗，我又选择了长途大巴。头天晚上驶出阿斯旺的老掉牙的大轿车这次带给我一个意外的惊喜。它没像我想象的那样沿尼罗河谷返回开罗，而是向东穿越东方沙漠，再沿红海西岸北上，次日早晨7点半穿过红海之滨的度假城市埃因苏赫纳，抵达苏伊士后向西回到尼罗河谷，两小时后驶进了开罗市区。

离开开罗的前一天，我挤上了开往吉萨的公共汽车。现在到了去看大金字塔，为埃及之行画上一个圆满的句号的时候了。大金字塔所在的吉萨高台离开罗市中心十几公里，从解放广场乘车不过30分钟的车程。

站在吉萨高台，人们除了会对4500年前人类在物质文明上获得的成就发出赞叹之外，还能感受到饱含在巨石建筑中的信仰的热情。尽管希罗多德在"埃及篇"里曾触及建造大金字塔的法老胡夫的暴政，而他的话又被后世人当做兴建金字塔劳民伤财的依据加以引用，其实这一观点早已被科学推翻。因为希罗多德的记述不过是对公元前5世纪一位神职人员的话的复述，而那时距胡夫王修建大金字塔已有2000年了。这种观点至少忽略了古代埃及人的信仰体系以及这样一个现实：金字塔并非法老一个人的私有物，而是国民信仰的象征，是举行国家祭祀活动的神圣场所。因此，金字塔体现的是举国上下的共同意志，而绝非"一代昏君"个人的虚荣。

三大金字塔前的狮身人面像（鲁求　摄）

后人将金字塔视为法老的墓葬，最初的依据也是希罗多德的这段描述，但一个惊人的事实是：埃及已经发掘的五十多座金字塔中没有一座发现过法老的木乃伊。不少金字塔虽然有石棺出土，但里面都是空的。不光是被盗过的金字塔，连未遭盗棺之灾带着封印的石棺也都是空的。建造金字塔的目的究竟何在，至今还是个谜。

今天，吉萨的三座大金字塔禁止攀援，到此一游的情侣们也就无法实现电影《尼罗河上的惨案》中林内特和西蒙在塔顶接吻的浪漫了，但如果有兴趣，可以做一次小小的探险：钻进大金字塔。所有进塔的人都要沾点当年盗墓者的光，因为他们要从盗墓洞口进入塔内。

大金字塔内的墓室、石棺都简陋得出奇，并不给人带来更多的神秘感。爬上大小通廊，特别是小通廊内的阶梯还真要耗去不少体力。意外的是，这里没有人们想象中墓室内的阴冷。相反，每一个进入这神秘空间的人都会被高得惊人的湿度和接近腐蚀味的空气搞得有些透不过气来，甚至怀疑这是不是金字塔在向打破了这里千百年沉寂的造访者释放魔力，殊不知每一个进塔人都是助长这种魔力的一分子。建造在半沙漠地区的大金字塔塔内本来很干燥，高湿度和令人窒息的气味来自迄今为止钻进塔内的一千多万游客的汗水和呼吸。当挣脱了大金字塔的魔力，走出通廊入口，沙漠的热风扑面而来时，我顿感如蒙大赦，长长地透了一口气。

我按照一位在中东多年从事考古发掘的老师的指点，朝三大金字塔身后的利比亚沙漠方向走去，途中没有回头，期待着能够看到这位老师向我描述过的绝景。一刻钟后，当我回首东顾时，眼前出现的画卷顿时使我明白了那位老师的用意。

我脚下的路一直伸向东方。吉萨高台上的三大金字塔端庄地

大金字塔内的阶梯走廊

分置在路的两侧。路上没有车，几峰骆驼经过我面前，不紧不慢地朝金字塔方向走去。路从金字塔之间穿过，一直伸向尼罗河谷富饶的绿带。大都会开罗林立的高楼就掩映在那片葱绿之中。再向西望，路的另一端径直伸向无边的瀚海，在灼热的阳光下被蜃气虚化，消失在天际。

保存最完好的卡夫拉金字塔，顶部接近金字塔表面的原貌

如果让我为眼前这广角画面命题的话，我愿意叫它"通往现代之路"。因为在这幅画卷里，路无疑是主体，而金字塔不过是路上的一站。

离开埃及的前一天来看金字塔，本来是想给这次旅行画上一个句号。然而，眼前的画卷却给我以新的启示。金字塔固然是一座丰碑，但从天边延伸到金字塔的路使我看到了远在金字塔之上的"久远"。

路的另一端连接着大都会开罗。那里弥漫着中东城市迷人的活力，以及靠我们短短几天的逗留根本不可能触摸到的博大。旅途上每当要离开一个国家、一座城市的时候，旅行者都会感到一种眷恋，一种别情。埃及的魅力引得这种眷恋更深，别情更浓，并催人早早地重返这里。我想到了这次没能走访的港城亚历山大，想到了西奈半岛的圣卡特琳娜修道院，想到了半岛东方曾经给金字塔的出现带来过巨大影响的两河文明……我

吉萨三大金字塔中最小的门考拉金字塔和王妃们的小金字塔

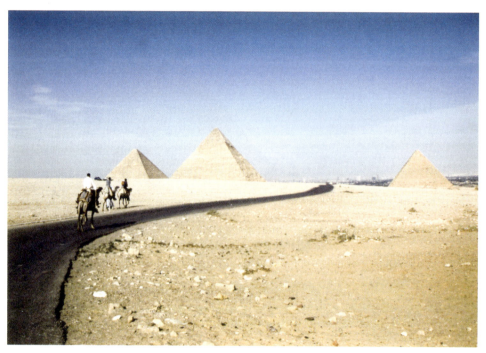

通往现代之路

在导游书的余白处写上了这样几个字：金字塔不是句号！

　　这次旅行归来，我依照搜集到的图书、画册，整理出了一张古埃及和两河文明的对比年表。比埃及更古老、更悠久的文明刺激着我那颗无法收回的心。我开始酝酿下一次中东旅行，眼睛盯住了地图上的美索不达米亚——底格里斯河和幼发拉底河流域的新月沃地。

中东怀古

约旦、叙利亚、以色列

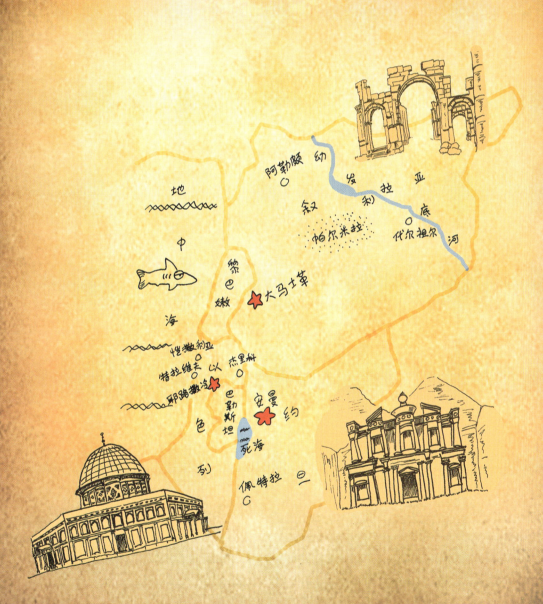

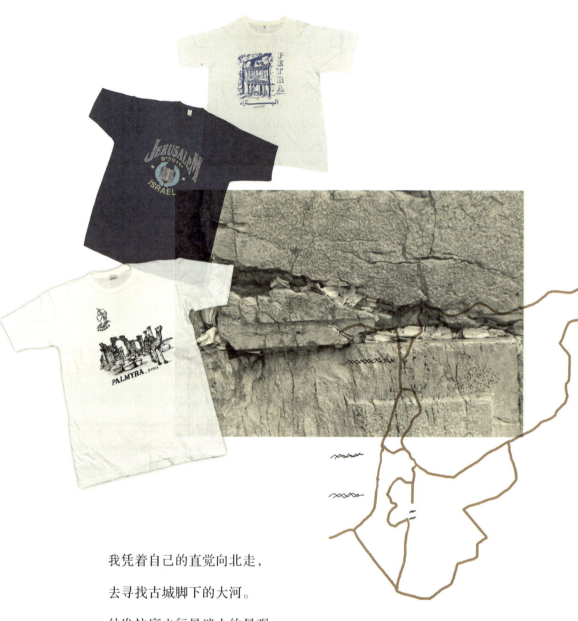

我凭着自己的直觉向北走，

去寻找古城脚下的大河。

幼发拉底之行最迷人的景观

就埋伏在这里……

安曼街头

  1992 年的第一次中东之行使我深深地迷上了这片土地，并在旅行还没结束时就开始筹划第二次中东旅行。1993 年春，我实现了再访中东的计划。由于第一次海湾战争后中东局势不稳，普通旅行者难以进入伊拉克，我把目的地锁定在了约旦和叙利亚。这次探访人类文明故乡的旅行，从根本上使我对当代人讴歌的发达与先进进行了一次反思，同时为美索不达米亚文明的博大精深所折服。死海的神秘，大漠中的奇观，幼发拉底河畔悠久的文明，朴实、笃厚、真诚、友善的人民，这一切使我获得了一种在发达国家旅行得不到的充实感，并在中东魅力的诱惑下，于 1994 年秋实施了造访以色列的第三次中东之行。连续三次中东旅行也使我这个学生背包客在旅途上逐渐成熟。

雕刻城市佩特拉

  初到安曼，向在使馆工作的朋友老刘问起这座城市该怎么走，他毫不犹豫地建议我先去爬老安曼城堡，说是站在古堡上看一眼，整个城市的格局就会清清楚楚地印在脑子里。于是，我按他的建议先上了山。

安曼市中心的古罗马剧场

来到安曼的人对这里的市容会有一个共同的印象：它不像人们想象中的中东城市。城市街道整洁、清雅，没有阿拉伯国家大都市特有的嘈杂与喧嚣。大多数建筑是用乳白色的石材垒起来的方方正正的小楼。不看街上的阿语路标和广告牌，人们会误以为自己置身南欧。

如果一个游人在约旦逗留的时间有限，只能走访一处名胜的话，那他应该毫不犹豫地选择佩特拉。最经济的交通手段是乘坐小公共汽车到南方的重镇马安，再从马安转车到佩特拉。从首都安曼到红海之滨约旦唯一的港口城市亚喀巴之间有两条干线公路：西侧的国王高速道和东侧的沙漠高速道。约旦国土面积大约相当于我国的浙江省，每一处名胜都能在当天抵达。

周三早晨6点，前往马安的小公共汽车驶出安曼市区，开上了沙漠高速道。视野里是无边的荒漠，车窗外偶尔能看到游牧民贝都

沙漠高速道旁游牧民贝都因人的帐篷

通往雕刻城市佩特拉的公路，古迹就位于远方光秃秃的岩山里

因人的帐篷和他们的骆驼群、羊群。小公共汽车两小时后抵达马安。我不愿为转车浪费时间，花五个第纳尔打车赶到了佩特拉。

雕刻城市佩特拉被锁在一片光秃秃的岩山之中。站在遗迹外观望，谁也不会相信这寸草不生的石头山里会隐藏着一座古代城市。城市的建设者是古代奈伯特人。他们在岩山中修筑城堡，向商队征收过路税，并为他们提供安全保证，以此获得了丰足的财富，在约旦南部建立了以佩特拉为中心的帝国。

中国的园林艺术讲究抑景，而佩特拉的抑景达到了登峰造极的程度。

雕刻城市佩特拉入口

在岩缝里穿凿出来的1.5公里长的狭道快到尽头，已能看到古罗马风格的哈兹涅宫

沙漠中的层峦为建在山腹中的城市筑起了一道天然屏障。千百年来，通往佩特拉城的唯一途径是一条在岩缝里穿凿出来的狭道，宽四五米，两侧是几十米乃至上百米高的峭壁。佩特拉的这个一线天与其他地方的一线天的不同之处在于岩缝中迂回曲折的狭道竟长达1.5公里。也就是说，如果步行进城，抑景起码要持续半个小时。自古以来，小路为了适于马匹行走，是用沙土铺垫起来的，人走在上面并不舒服。带着马粪味道的风说不上清雅，却能拂去步行者身上的汗水。耳边不断传来约旦人的吆喝声："来呀，来呀，骑马逛佩特拉，五个第纳尔一位！"

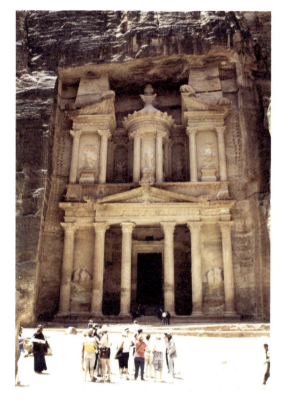

玫瑰红神殿哈兹涅宫

我没有为他们拉客的喊声所动，沿着小路默默地走着。支配我大脑的是一种期待，或者说是漫长的曲径向每一个来访者做出的保证：继续走下去，路到尽头就是那梦一般壮丽的"玫瑰红神殿"了！

狭道中的风逐渐变得清凉起来。终于，我听到了走在前面的游人发出的欢呼声，于是加快了脚步。

人类居然能营造出如此壮丽、如此奇绝的建造物！当遮挡人们视线的峭壁突然中断，漫长的抑景终于结束时，出现在我眼前的正是在电影《印第安纳·琼斯》第三集《最后的圣战》中看到的绝景——雕刻在绝壁上的古罗马风格的玫瑰红神殿。

我不由得屏住了呼吸，一秒钟也不想耽搁，贪婪地用眼睛抓住这梦幻般的奇观。尽管岁月的流逝使得残损的神像已辨不清模样，但柱头的雕花，中楣、额枋上的纹饰精美如初。神殿表面的颜色随岩石的温度不断变化。在正午太阳的照射下，宫殿的红色虽则不似

四周山崖上布满了王公贵族的坟墓

银幕上的那么鲜艳，却折射出一股摄人心魄的光芒，让我这个游人长久蠹立在它面前不忍离去。

玫瑰红神殿哈兹涅宫只是佩特拉众多奇观中的一个。如果拿佩特拉和世界上其他一些著名的石雕建筑，如埃及的阿布辛拜勒大神殿和印度的凯拉萨石窟寺院相比，我们不仅能看出它们在规模上的差异，更能看到性质上的不同。阿布辛拜勒大神殿和凯拉萨寺院是在峭壁上开凿出的单体建筑，而奈伯特人的钢钎却凿出了整整一座城市，一座能容纳3万人的城市。从这个意义上说，佩特拉是一座名副其实的石头城。

能容纳 3 万人的石头城

告别了哈兹涅宫，再穿过一段岩间小道，就进入了宽阔的市中心。奈伯特人在山谷里开出平地，铺筑道路，在道路的两旁建起了宫殿、广场、水库、住房和市场。进入罗马时代后，这里又增筑了大型公共浴场、凯旋门和露天剧场。

佩特拉市内的露天剧场

佩特拉有一处建筑奇观需要游人多流些汗水才能看到。奈伯特人用于祭祀主神杜夏拉的迪尔神殿，也是古迹的石雕建筑中规模最庞大的一处，建在城市北面岩山的峭壁上，距市中心还有大约一个小时的山路。由于神殿的壮丽、奇伟，几乎所有关于佩特拉的导游书上都写着："既然来到了佩特拉，千万不要错过迪尔神殿，否则你会后悔！"当我满身汗水地爬到山顶时，佩特拉的压轴戏——50米高的迪尔神殿用它那两千年来从未衰落的端庄和宏伟使我这个远道而来的东方人胸口一阵发热，心中有什么东西被猛烈撞击了一般。那种迷人的端庄和无法形容的庄严宏伟如此完美地结合成一体，仿佛不应是人间所有，而是神的旨意，仿佛超越了时空限制，而获得了永恒的存在。我坐在神殿对面，让清凉的谷风吹拂掉身上的汗水，良久地注视着奈伯特人不光是为他们

从通往迪尔神殿的山道上回望

佩特拉遗迹最深处的迪尔神殿

干涸的河床是巨片《阿拉伯的劳伦斯》的外景地

自己，也是为今天的我们留下的这件杰作，心里感到一种说不尽的快慰。

回味这种快慰也是旅行者最幸福的时刻。记得我第一次体会到这种感觉是大学时代利用暑假下江南的时候。在南京，当我来到江北的浦口，看到一眼望不到对岸的长江时，第一次为眼前的天下奇观感到了血液中的潮涌，得到了旅行者一辈子都愿意穷追不舍的鼻子发酸、眼圈发热的感觉。

想来人生在世很大程度是为获得感动而活着，能不断给人提供感动的一种极好的行为方式就是旅行。在漫长的旅途上不断有梦想变成现实，而现实也常常超出梦想。这里面既有层出不穷的意外经历，又有数不尽的沮丧和苦尽甘来。旅行在很大程度上就是人生的一种投影，获得感动则是旅行对人们最大的诱惑。当年我坐在浦口江边的浮桶上看大海一般的长江，足足两个小时也没看够。今天，眼前的迪尔神殿虽然千百年来从未挪过地方，却和滚滚东流的江水一样，有一种牵动人心的魔力。我第一次意识到流动的和静止的，液态的和固态的景物如此相似！

佩特拉无疑是约旦观光的高潮，却不是唯一的高潮。叠彩纷呈才是这个中东国家在旅游资源上留给我的强烈印象。从安曼到红海之滨的港口城市亚喀巴四个小时的车程。游人在红海里泡完澡，回程还可以中途下车去看沙漠高速道上的自然奇观，也是曾获七项奥斯卡奖的巨片《阿拉伯的劳伦斯》的外景地。

在中东庞培杰拉什，人们手拉手，伴随着鼓声在古罗马剧场跳舞，当然是男女分开

列柱大道

约旦北部还有一处名胜——被誉为中东庞培的古城杰拉什，从安曼乘公交不过一个半小时的路程，比起去佩特拉和亚喀巴要轻松得多。杰拉什和黎巴嫩的巴勒贝克齐名，是中东规模最大的古罗马城市遗址。公元前63年，杰拉什被罗马将军庞培征服后加入帝国的城邦同盟，迎来了城市发展的鼎盛时期。遗迹除了具备古希腊、罗马城市必备的寺庙、剧场、列柱大道、广场和公共浴场外，还体现了东西方文化要素的巧妙结合。即便是我这个外行人，也能看出两点和其他古罗马遗迹的不同之处来：一是在我走访过的古希腊、罗马遗迹中，任何一处的中心广场都没有杰拉什保存得完好；二是庞大的遗迹拥有南北两个完整的圆形剧场，实属罕见。

死海浮游记

周六早晨，老刘在汽车的后备厢里装了一把雨伞、两份旧报纸和几大桶纯净水，拉上我出了安曼城，驶向约旦河谷。

从安曼向西一路都是下坡。出城后大约20分钟，老刘指指公路前方出现的石碑，告诉我那就是海拔零米的标志。从这里再向西，公路的坡度进一步加大。开始出现异常反应的耳膜告诉我：我们已经走进地球上最低的谷地了。

视野中的绿色逐渐增多起来。几天来，我看惯了无边的戈壁和光秃秃的岩山。今天谷地里的橄榄树、松树和柑橘树的葱绿让人感到格外清新。

前方的谷底出现了一片水洼，在阳光照射下泛起粼粼波光。那无疑就是海拔-392米的地球最低点死海了。到这浮力巨大的神奇的咸水湖来体验一下浮游的滋味是我从童年时代起就抱定的一个梦想。

死海是约旦和以色列的界湖。阿拉伯国家和以色列之间涉及约旦河西岸领土权益的抗争，使地图上针尖大小的这一地区一直是国际政治的热点。这些年来围绕约旦河水的利用而展开的多边协商则为伤透了心的两岸人民带来了一线和平的曙光。

随着热点的逐渐接近，周围的空气也变得森严起来。公路旁的哨卡上，荷枪实弹的约旦士兵在严格检查每一辆过往的车。相比之下，对中国使馆车辆的盘检要宽

死海，对岸的岩山是以色列一侧

松得多。

死海沿岸约旦一侧最著名的旅游点是政府经营的度假村苏怀马。在度假村门口交一个第纳尔的入场费，到更衣室换上泳裤出来，老刘已经取出后备厢的东西在等我。问他要不要和我一起下海，他说已经来过无数次了，宁愿在岸上看着我漂。

死海水面静得没有一丝波浪，只有岸边白色的结晶体告诉人们湖水的不同寻常。老刘指指对岸红褐色的连山告诉我，那一侧就是以色列了。也许是我们来到死海的时间过早，岸边只看到数得过来的几个游人。四五个欧美游客和我一样刚要走进湖水。两个练健美的约旦人并不下海，捞起湖底的细沙把身体涂得漆黑，在阳光下显露着发达的肌肉。

老刘向我传授了两条在死海浮游的要领。一是不要离岸太远，头部一定要露在水面上，千万别让眼睛、鼻子进水；二是只能漂，不能游，先找好窍门，让身体平稳地浮在水面上，等习惯了湖水巨大的浮力后，再考虑如何提高。嘱咐完毕，他让我先下水试一试。

下到齐腰深处，我用手指蘸起湖水舔了舔，一股难言的苦涩立刻让我领会了慎防眼睛、鼻子进水的道理。在海里游泳时不小心喝下一口水还会咸得人挤眉咋舌，这盐分高得多的死海水一旦下肚，会让人翻肠兜肚，恨不得把内脏都吐出来。

每一个尝试过在死海漂游的人，都切身体会到一条道理——头重脚轻。由于头部的比重大，任何一个在死海体验浮游的人都无法像平时在淡水或普通海水里那样，脸朝下伏在水面上。因为一旦伏下去，死海水那不可抗拒的巨大浮力就会将你身上相对较轻的下肢抬起，把重量大的头部扳到水中，随你怎样使劲，也无法把头和脚摆到水平面上。所以，来死海漂游的人无一例外地都采取一个相对稳定的泳姿——仰泳，躺在水面上，头不进水，靠腰腹调节头部与下半身的平衡，以便保持一个稳定的姿势。

在我经过一番演练，找到了"只能漂，不能游"的感觉后，老刘带来的家伙登场了。我终于弄明白了他早上在汽车后备厢里装上旧报纸和雨伞的缘故：不是为消磨时间和遮阳，而是为我拍照留念"点题"用。这是一种只有在死海里才能玩的把戏。一副仰卧在水面上读报或是撑着遮阳伞消闲的做派能弥补四肢表达能力的不足，夸张地记录下湖水浮力的非凡，用一种既直观又简洁的图像表达出这是"摄于死海"。

其实，真正浮在死海里的滋味并不像摄于死海的照片所显示的那么轻松。照片上看到的游人那悠然自得的表情往往掩盖着他们为保持身体平衡付出的努力。腰腹肌肉再好的人恐怕也难以终日泡在湖水里，更多的时间还是要在岸上享受这里充沛的阳光，欣赏奇特的景观。气温在逐渐升高，阳光迅速夺走上岸的人挂在皮肤上的水分，

死海浮游

留下一层像胶水一样黏稠的盐液，被风吹干后变成白色的结晶。在这里，人体变成了一架高效率的制盐机。

老刘递过一大瓶纯净水，让我漱了口，洗掉脸上的盐粉，到底是在约旦住久了的人想得周到。死海里即使一个小小的水星溅到眼睛里也会让人感到生疼。如果再不注意用手去揉眼睛，滋味就更难过。老刘带来的几大瓶淡水除了解渴之外，也为了救急。

"哎呀，快帮我一把！"

老刘还没给我讲解完，不远处传来女孩子的呼救声。循着声音望去，是欧美游客中的一个不小心眼睛进了水，一着急大概又喝了咸水，正在同行的两个男孩子的帮助下从齐腰深的湖水里挣扎着往岸上走。我赶忙将老刘递过来的一大瓶淡水拿过去，让她冲洗眼睛并漱口。

除了报纸、遮阳伞和淡水，老刘的后备厢里还有面包和火腿肠。我回更衣室冲了个淋浴，饱餐一顿之后，又坐上了他的车。

"我带你去爬内博山，传说摩西就死在那里。山上有老教堂。今天天气这么好，说不定能望到耶路撒冷。"老刘的一番话使我那刚刚平静下来的心又激动起来。汽车沿死海东岸先向西行驶，而后开上了山道。

从停车场到内博山顶的教堂要爬一段山路。相传古代犹太民族的先知摩西长眠的洞窟没有留下更多的东西。4世纪始建的弗朗西斯科教会遗址被现代修建的一座漂亮的新教堂罩在当中。走进教堂，可以看到当年老教堂的柱础、石雕和精美的马赛克宗教画。欧美人的团队朝拜者们在烛光前唱起的赞美歌给这里增添了几分肃穆。最令人感到奇异的是以犹太教徒的先哲著称的圣山上建有基督教的教堂，而这种性质的宗教建筑却能在阿拉伯人的国家里得到如此精心的保护。

内博山上不仅有古老的教堂，更有一幅令人终生难忘的画卷。从山顶向北眺望，眼前俨然就是《旧约圣经》的世界。"流着蜂蜜和乳汁的大地"环抱着明镜般的死海。死海北端一条细细的白线是汲汲南流的约旦河。

内博山上望到的这片土地与死海对岸的犹太人国家之间有着极深的瓜葛。3200年前，摩西率领犹太民族挣脱枷锁逃出埃及，在荒野、戈壁中浪迹40年后来到这里。以色列人的先知当年就是望着这块土地，告诉他的人民：这就是神赐给以色列人的"希望之乡"。

顺着老刘手指的方向向西眺望，死海对岸隐约一片白色罩在朦胧的雾气中，像是一座城市，却模模糊糊看不清。不等老刘开口，我已经猜出他在给我指什么："是耶路撒冷？"我的心跳在加速。

内博山顶的弗朗西斯科教会

罩在新教堂中的老教堂遗址

"对，天气再凉一点的话看得更清楚。"

耶路撒冷——三大宗教的圣地！内博山上影影绰绰半掩在雾气中的耶路撒冷就像舞台上被干冰的烟雾遮住裙摆，挡住面容的倩女，使我渴望走得离她更近，以便能够把她看得更清。我让老刘在山下停车场等我，自己顺着草丛中的小道，向更接近死海一侧的小山包走去。

当我爬上山顶时，眼前的景象大大出乎我的意料。这里的确是眺望以色列方向最好的地方，西面正对着死海的一侧是险峻的断崖，前面再没有任何屏障。然而在我登上山顶之前，这里已经有人落户了。断崖边上支着一架军用望远镜，两个身穿草绿军装，戴船形帽的军人中的一个正朝我走来。他腰间皮套里的手枪使周围的空气紧张起来。

我意识到自己恐怕是闯入了军事要地。普通游客大概不会爬上这个长满荒草的小山包。山上的风景提醒我必须正视这样一个现实：和平与纷争在这里相隔咫尺。

我尴尬地主动上前打招呼，告诉对方我是个观光客。解释的同时，心里还在打鼓，不知对方会对这个冒冒失失撞上山来的游客采取什么态度。

这是个个子不高、留着胡子的中年军人，不大善讲英语，但大概听懂了我的意思。他没有动怒，但也没给我明确的答复。我猜不透对方的心思，又进一步解释说："我是个中国学生，只是想上来看看风景，看看远方的耶路撒冷，不知道山上有人。"说罢，从贴身的腰包里掏出护照递给他，还怕他看不出我的国籍，又跟他说了一遍阿语里"中国"的发音。中年军人看过护照后还给我，重复了一遍"中国"二字，留着胡子的嘴角露出了一丝笑意，但对我能否在山头上看风景还是不置可否。

我指指半掩在雾气中的耶路撒冷方向，又指指我手中相机的镜头，再次询问："耶路撒冷，我看一看，照张相可以吗？"中年军人依然没有开口，但微笑着冲我点了点头。

"舒克兰！"我嘴里下意识地蹦出了知道的为数不多的阿语单词中表达谢意的这组发音——也是我觉得阿语中最动听的一组音，喜出望外地举起了相机。

从内博山上俯望迦南大地，左端白色的水面是死海

相机的镜头并没能给我帮太大的忙。景框里出现的耶路撒冷仍然是模糊不清的一片，但约旦军人的好意已经让我感到我和圣地的距离缩短了许多。

我放下相机，正要再次感谢那军人，他却在用手势比画着问我能不能把相机给他看一看。我用我的变焦头将那一片模糊的白色拉到最近，调好焦距，将相机递给了他。他眯起一只眼睛，又调试着镜头在取景框里看了一会儿，摇摇头把相机递给了另一个军人看过后还给我，接着冲我招招手，指指架在地上的绿色军用望远镜，示意我也试一试他们的装备。

"舒克兰！"我喜出望外，万没想到在小山包上会有一架军用望远镜供我这个中国学生遥望圣地耶路撒冷！我嘴里又蹦出了最喜爱的那组阿语发音。

透过高倍望远镜的镜头，我的视线捕捉到了耶路撒冷，其中看得最清楚的是旧市区教会的尖塔和新市区林立的高楼。"那就是耶路撒冷！"我嘴里激动地重复着圣地的名字，眼睛在努力搜寻着古城的标志性建筑。终于，我看到了萨赫莱清真寺的金顶，那深蓝色的墙壁托起的金色穹顶正是耶路撒冷旧城最醒目的标志。

"是萨赫莱清真寺！"

"对，萨赫莱清真寺。"这是中年军人第二次开口。清真寺的石基下就应该是犹太教信仰的象征——耶路撒冷的西墙了。可惜今天我无法从军用望远镜里望到它。

在小山包上拍下的照片日后冲出来只能看到死海。被雾气虚化了的圣地那片白色甚至没能在胶片上留下一点痕迹，但透过军用望远镜看到的萨赫莱清真寺连同那留胡子的约旦军人的微笑却深深地留在了我的心里，成为激励我访问圣地的动机。

一年之后，1994年11月，我终于实现了多年的夙愿，站在了耶路撒冷的西墙前。那一年正值柏林墙拆除5周年和耶路撒冷建都3000年。我把柏林墙和耶路撒冷的西墙这两堵有特殊意义的墙，把德国和以色列这两个有着特殊缘分的国家编进了同一次旅程。欣赏完了在柏林墙前举办的音乐会，我从法兰克福飞到特拉维夫，踏上了"迦南的土地"。当我站在西墙前看着虔诚的犹太教徒对着残垣祈祷时，耶路撒冷飘起了鹅毛大雪。

从安曼到大马士革

早晨7点钟，我坐上了从安曼开往叙利亚首都大马士革的长途汽车。汽车开出"老费城"，又开始沿着沙漠中的高速道向北疾驶，两小时后抵达约旦城市拉姆萨和叙利亚城市德拉之间的边检站。

石头宫——大马士革的中国大使馆

约旦一侧的出境手续异常简单。验过护照，交了出境税，海关草草查完行李就放行了。乘客再坐上汽车，进入两国边检站之间的缓冲地带。

相比之下，叙利亚一侧的入境检查要严格得多，特别是海关对于行李的检查非常仔细。等全车人接受完检查，返回自己座位时，时间已经过去了近两个小时。

长途大巴驶过边境城市德拉后，加快了北上的速度。道路两旁的原野上树木和绿草逐渐增多起来。车窗外挂着残雪的山冈上出现了"忠于您，阿萨德"的大字。阿拉伯人的骄傲——英雄城市大马士革已经不远了。

在使馆文化处工作的老同学大刘用刚出锅的热馒头和红焖猪蹄来款待我。阿拉伯国家的市场上当然不会见到这些东西。大刘说猪蹄是使馆定期从黎巴嫩采购回来的。

大马士革的中国大使馆是殖民地时代遗留下来的一座气质非凡的洋式建筑，被当地人称为"石头宫"，和叙利亚的美国使馆仅一条马路之隔。虽然听大刘说美国使馆占地面积大，设施齐全，但外观上远不如飘着五星红旗的石头宫醒目、气派。我和老同学绕着使馆区聊到很晚，一来叙旧，二来计划一下我在叙利亚的旅程。

沙漠风暴

次日一早，大刘给他的奔驰车加满一箱油，拉着我驶出了大马士革。古都建在绿洲上，出城没多久，周围已经是几天来沙漠高速道沿途风景的继续。不过，从大马士革到帕尔米拉这沙漠高速道是迄今我在旅途上走过的最奢侈的一段路，因为陪伴我的是阔别多年的老同学和他驾驶的奔驰车。公路上没有太多的车辆通行。偶尔看到载有欧美游客的旅游大巴也都被大刘甩在了身后。乳白色的奔驰车开足了马力，带我去追逐梦幻中的丝路古城。

提到帕尔米拉，人们会把它和曾经像风暴一样席卷过叙利亚沙漠的"东方女王"泽诺薇娅的名字联系在一起。这位才貌双全的传奇式人物在夫君遇刺身亡后，替代幼主君临这个通商国家。她摄政的年代，罗马和波斯正在争夺西亚的霸权。泽诺薇娅利用它们对抗中出现的势力空隙，在发展商贸的同时，不断壮大军事实力，策划对罗马帝国的完全独立。在短短的时间内，曾经一度将东起幼发拉底，西至尼罗河，北达小亚细亚的原罗马帝国的属州划入自己的势力范围。公元3世纪中叶,金盔金甲、英姿飒爽的泽诺薇娅和强悍的帕尔米拉弓骑兵的名字一样令敌手们胆寒。

可惜好景不长，帕尔米拉宣布独立后不久，罗马皇帝奥勒良就派使臣送来了劝降书，但被泽诺薇娅断然拒绝。东方女王的狂傲激怒了罗马皇帝，帝国的大军开始向帕尔米拉进击。御驾亲征的奥勒良先招降了在小亚细亚驻防的帕尔米拉军队，继而挥师南下。在强大的罗马军队面前，帕尔米拉未能成功地获取原来期待的波斯王国的支援，成了风中残烛。然而，泽诺薇娅不肯低下高贵的头。她在给罗马皇帝的回信中写道："陛下大概忘记了这样一个故事——当年埃及女王克里奥帕特拉可以在一人之下，万人之上苟且求生，但她却选择了作为一个女王去死。"

公元272年的两场震撼西亚的激战之后，以雇佣军为主体的帕尔米拉军队终于不敌强大的罗马军团,罗马大军兵临城下。泽诺薇娅见敌众我寡，弃城出外搬取救兵，在北渡幼发拉底河时被俘。帕尔米拉军队因为失去主帅而丧失斗志，向罗马军队缴械投降，城池失陷。罗马大军掠尽了城中的金银财宝，其中的一部分用来装点罗马新修建的太阳神殿。

罗马皇帝在帕尔米拉派驻了地方行政官，但不久即被谋反的当地人杀死。正在归途上的奥勒良闻讯，挥师杀回帕尔米拉，将整座城池夷为平地。

泽诺薇娅被押送到罗马，用来装点奥勒良皇帝的凯旋仪式后，被囚禁在一个小山庄里，从此再没有在史籍里出现。公元3世纪席卷西亚的一阵风暴过去，丝路上的名城也逐渐被人遗忘在叙利亚沙漠中。

今天走进帕尔米拉，我最强烈的印象就是这里充满了各种文化的复合因素。遗迹中最古老、宏伟的建筑贝勒神殿乍看上去像一座罗马人的庙宇，但里面除了供奉和罗马

和大刘在帕尔米拉遗迹

人共同信仰的太阳神、月神以外，还有帕尔米拉人自己的主神贝勒，并且地位排在其他神灵之上，这一点和古代巴比伦人一样。圣殿藻井上的纹饰以及墙壁上的浮雕与其说是罗马风格，倒不如说更接近波斯。

不仅单体建筑，遗迹群中建筑物之间的搭配也反映出同一时代文化的杂交，体现着不同时代文化乐谱上主旋律的推移。贝勒神殿带装饰的窗户本身就是一件文化交流的杰作，而透过这个典雅的景框望到的又是西北侧山冈上阿拉伯人修建的城堡。除了阿拉伯建筑外，遗迹里还有基督教教堂。

帕尔米拉遗迹中心部分，远方山顶上是阿拉伯人构筑的城堡

文明之窗

四面门，石材取自埃及的阿斯旺

具有浓厚的东方味道的凯旋门

帕尔米拉城的凯旋门同样是多种文化融合的结晶。由一大两小三座拱券构成的这座古城的东大门除了具有罗马建筑的威严和庄重外，那优美、柔和的曲线很自然地会使来访者嗅到东方文化的气息。

沿中央大道西行，正前方可以望到一座东方韵味很浓的四面门，耸立在大道的正中，格外扎眼。四面门由四组门柱组成，每一组门柱又都拥有四根红褐色的巨大石柱，花岗岩石材取自一度从罗马人手中夺取的埃及阿斯旺。

帕尔米拉的公共建筑——纳博神殿、露天剧场、元老院和交易市场排列在大道两侧，公共浴场、住宅区、泽诺薇娅宫殿和神庙分布在大道的右侧。大道在神庙附近顺地势转了个弯，指向西南的大马士革方向。大道的终点——通商城市的另一座城门就被命名为大马士革门。城外的小山冈上是以皇帝戴克里先的名字命名的罗马人的军事基地，居高临下，给城市带来一种威压，似乎也象征着这座通商城市的宿命。然而，罗马人的兵营也不能永远成为帕尔米拉这部交响乐的主旋律。在它身后更高的山冈上，阿拉伯人建造的古堡占领着绿洲的制高点，俯瞰着整座城市，又一次把世间沧桑、荣枯盛衰的哲理用最直接的语言讲述给今天的人听。

填饱肚子，看完帕尔米拉博物馆，我惊奇地发现变天了。两小时前还烤得人脑袋发蒙的烈日已被从北面压过来的黑云遮住，狂风卷起的沙尘打得人睁不开眼睛。真没想到这干燥的叙利亚沙漠竟会用一场狂风暴雨来迎接我。

当豆大的雨点噼噼啪啪打在车窗上的时候，长途大巴开出了帕尔米拉车站。天公导演了一幕令人叫绝的舞台剧，使叙利亚沙漠中的风暴和我心目中的泽诺薇娅女王重合在了一起。当年泽诺薇娅女王和她的帕尔米拉王国正像沙漠中的风暴一样，顷刻之间席卷了整个西亚世界，随后，又像雨后的梨花一样骤然凋零。叙利亚沙漠今天用暗喻古代西亚史的自然现象，使我这个来访古的人把帕尔米拉和泽诺薇娅女王的名字深深地留在心里。

幼发拉底河溯源

代尔祖尔市内的幼发拉底河与法国人修建的吊桥

长途汽车在雨后的强风中开进了代尔祖尔市。

国营汽车站向北走不远就有一家小旅馆，招牌上标明了一天六美元的房价。在小店开了个房间，放下行李我就跑出店门，去寻找日思夜想的幼发拉底河。

天色已暗。雨后的狂风吹得即便是身强力壮的年轻人，身体也会打晃。顶着风向城北方向走，不到一刻钟，视野里出现了跨河大桥和钢索。

和幼发拉底河的相会并不像期待的那样浪漫，非但没有火红的落日，没有渔归的小舟，就连脚下的代尔祖尔吊桥一经狂风吹打，也不断颤抖，让我这个从来不晕高的人不由自主地伸手抓住了桥上的栏杆。法国人修建的这座专供行人过往的钢索吊桥为大河带来了优雅，为两岸居民带来了方便，但在这样的强风中却显得单薄了一些。

虽然暴雨加大了河水的水量，幼发拉底河也没有黄河、尼罗河的规模和声势，更难跟长江、密西西比以及亚马逊河相比。据说由于近年在上游筑坝建电站，幼发拉底河中游的水量在逐年减少。这就使得这条在规模上本来就不是很大的河流由于当代文明的横恣、跋扈而带上了几分屈辱，几分羞涩，只顾默默无语地赶她的路。然而即便如此，当她流过我的眼底时，我还是嗅到了她独有的气息，感到了她那不愧为一条大河的气度与风范，因为我站在了世界上最古老的文明的发祥地上。

从代尔祖尔前往我要去探访的古代马里王国的遗址有100多公里的路，古希腊人修建的杜拉欧罗波斯城比它近半小时。除了团队旅客外，从代尔祖尔没有直达的汽车，我唯一的选择是包出租车。好在叙利亚是中东物价最便宜的国家之一。

第二天一大早，出租车开出了代尔祖尔，在河套里向东疾驶。对我来说，这又是旅途上一个极奢侈的早晨：车轮下是一望无际的新月沃地，车窗正面是照耀着美索

马里遗迹的发掘现场

马里遗迹内部

不达米亚大地的初升的太阳，车窗左侧是哺育了人类最古老文明的幼发拉底河。

司机是个沉默寡言的小伙子，不会说英语。我想这大概是天意，让我这个初次踏上人类文明故土的人在静寂中去多感知，多思考。

马里遗迹位于代尔祖尔东方110公里处幼发拉底河的右岸。这里距叙利亚、伊拉克边境只有20公里。遗迹从远处看去就像一座土丘。

公元前3000年至前2000年之间，这里曾经是美索不达米亚文明的中心，也是两河流域与西方交流的最前沿。马里之所以在两河流域的古迹中享有盛名，首先是由于古代的马里王国在这里营建了豪华、庞大的王宫。今天遗迹中已经发掘、整理完毕的部分就是当年的马里王宫。宫殿只有一个入口，经过一段曲折的通道进入宽阔的庭院，再从这里走进朝拜大厅、国王办公室、祭祀神灵的宫殿，以及无数仓库、档案库和生活空间。王宫主要建筑的墙壁上当年绘有壁画。它们的残片和大量出土文物一道陈列在大马士革和阿勒颇的博物馆。

出租车从马里遗迹掉头西返，半小时后，车窗右侧出现了一座高大的土丘，走近后可以看出是一堵半坍塌的深褐色城墙。司机把车停在城墙下，指指我手中地图上的标记，再指指城门，告诉我这里就是他们用阿语叫的"老城"。他又顺手从驾驶席旁拿出一瓶纯净水递给我，示意他不陪我进去，在门外等我。我看看表，时针已指到中午1点钟。刚才马里遗迹门口的小卖部不知为什么关了门，司机和我一样，半天没吃东西了。幸好我的背包里还有带在路上以防万一的储备粮——大刘带到帕尔米拉的那顿午餐吃剩下的两个柑子和一个面包。我把面包掰成两半，和一个柑子一起递给他，情知这点东西难以让我们当中的任何一个填饱肚子，但想到了这也是一种交流，一份情意。司机爽快地接过"午餐"，像我刚才谢他送我纯净水时一样，冲我道了一声"舒克兰"。

杜拉欧罗波斯在古代闪米特语中是欧洲城堡的意思。这里是古希腊人为镇守幼发拉底河中游地区修建的著名城塞，公元3世纪毁于与波斯王朝的战争，再以后就湮灭在了尘沙之中。1920年，与阿拉伯人交战的英国士兵在修筑战壕时又把它挖了出来。

和同属古希腊、罗马时代的杰拉什、帕尔米拉等遗迹相比，这里基本还是一处未经清理的废墟，即使对着地图也很难看出街道的布局来。更吸引人的倒是那些留下明显的层位标记的考古发掘用的探坑。

我边走边看，孰料老城看门老头从后面追上来。

"施舍一点，施舍一点。"老头伸着又黑又大的手向我要钱，肩上还扛了一杆老掉牙的猎枪。真是怪事，居然有扛着枪来向游客要钱的！我没有理睬他，继续走我的路。

"哈喽，哈喽，施舍一点。"大黑手抓住了我的衣角。

"穷学生，没钱！"我没好气地拨开了他的手。我不惧怕老头肩上那杆和它的主人一样上了年纪的老枪。说真的，那杆枪与其说是武器，还不如说是件装饰，真碰上点事，能不能打响还是个疑问。

看门老头没趣地走了。好大一片废墟里只剩下我一个人。现在是跟废墟对话再好不过的时候。在杜拉欧罗波斯这片废墟中，我悔恨自己知道得太少。如果换个地方，在帕尔米拉，或是在马里，兴许还能多看出点门道来。但有一点我没有忘记：杜拉欧罗波斯就建在幼发拉底河畔。废墟中心既然看不出太多的门道，那我就去看河！我凭着自己的直觉向北走，去寻找古城脚下的大河。

幼发拉底之行最迷人的景观就埋伏在这里。当我走近废墟北侧的城垣时，隐隐听到了水流撞击岩石发出的涛声。登上残垣，展现在眼前的是一片令人眼眶发热、鼻子发酸的景色：2000多年的古城悬在几十米高的峭壁上。幼发拉底河从西北方的天际滚滚而来，由我脚下流过，两岸是远古以来由大河的乳汁哺育出的美索不达米亚的新月沃地。前一天的一场暴雨使大河蓄足了力量，激流撞击着城垣下刀切般的峭壁，形成一个个急湍，卷起白色的浪花，声势浩荡地流向东方。昨晚在代尔祖尔看到的大河不是没有魄力，但不像杜拉欧罗波斯的大

代尔祖尔火车站月台上

从杜拉欧罗波斯废墟看幼发拉底河

河流得这样富有哲理：和2000多年前的古城互为衬托，用静与动、古与新、瞬时与永远的强烈对比，令游子独登高台，心旷神怡，念天地之悠悠，思乾坤之渺渺，百感交集，慷慨激烈。我掏出刚才和司机对半分的"午餐"，坐在古城的残垣上，嚼着发干的面包看大河东流，并祈望她滔滔不绝地流进我的心田。

"够意思"

阿拉伯语中表示"好""真棒"这种意思的形容词与汉语的"够意思"发音相近。在叙利亚旅行，"够意思"是我用得最多的阿语词。除了用它来评价、赞美两河流域的文化财富外，更多的是称赞并感谢那些诚挚、热情、质朴的叙利亚人。幼发拉底之行是一次接触、了解两河文明博大精深的旅行，更是和这里的人民交流的旅行。叙利亚人在我心里留下的记忆远不是用汉语的"够意思"就能表达清的。

在世界遗产古城阿勒颇，当我从市中心的古堡走下来时，太阳已经快落山了。

肚子在叫。看看表已近傍晚 6 点钟。我想到了下面要做两件事：先找个便宜、实惠的地方填饱肚子，调整一下几天来极不规律的饮食，特别是补充点新鲜蔬菜；然后，找到长途汽车站，乘夜车赶到濒临地中海的城市拉塔基亚。

在中东的不少地方旅行会碰到一个难题：街道、店铺的名字都是用阿语标出的。不知道该怎么走时，看不懂阿语的人只能动嘴去问。我见马路对面一家茶馆摆在街头的几张座椅上有客人，就掏出导游书，打算凭借书上的单词表，加上手势去问路。

这是一家在中东再常见不过的茶馆，或者说是"烟馆"。对游人来说，这里最有特色的不是店里的茶具，而是竖在地上的一支支大得出奇的水烟枪。休闲、歇工的男人们走进"烟馆"，花几个小钱要杯茶，租一副烟具，就可以在这里和"烟友"们聊大天，摆龙门阵。"烟馆"是中东社会缺之不可的社交场所。

茶座上坐着三个中年男人和三个男孩子。没等我开口问路，他们当中看上去最年长的一位已经在招手叫我过去坐。我指着书上的阿语单词，使尽浑身解数向对方传达我的意思。中年人听懂了我的意思，和"烟友"说了几句什么，然后指指停在不远处路边的一辆旧汽车，告诉我那是他的车，他会开车送我去饭馆。他看看我胳膊上的表，在那还没过足瘾的水烟枪上紧嘬了两口，然后跟两个"烟友"中的一个道了别，和另一个带上

三个孩子，领我朝汽车方向走去。我本不想打扰他休息，有心自己去找，怎奈人生地不熟，除了数字之外，斗大的阿语字母又识不得一个，只好接受对方的好意。

我指着三个孩子，问中年人是否都是他的。他拉过其中年龄最大的一个，示意这个是他的，其他两个是身边那位朋友的，接着问我是哪国人。当听说我来自中国时，中年人脸上露出惊讶的

阿勒颇街头小憩的叙利亚人，左起第三位吸着水烟袋的就是送我去车站的摩托车修配店的店主

神色，但马上被笑容取代了："噢，中国，够意思。"这是从他嘴里第一次说出这个与汉语发音、意思都接近的词。他打开车门，让两个年龄大点的孩子坐在驾驶席边上，我和他的"烟友"坐在后排，中间夹上孩子中最小的。汽车钻进了迷宫一样的阿勒颇老市区。

"烟友"带着两个孩子中途下车了。车子在街区里穿行了一会儿，停在一家餐馆门前。6点刚过，还没有客人进店。中年人让我坐下，自己钻进了厨房。工夫不大，他拉着餐馆的老板兼厨师又兼英语翻译走了出来。

"他说这是一家既便宜又好吃的餐馆。这位老板是个信得过的人，你有什么要求可以尽管向他提，一定会得到满足。"这是一种扭曲了的介绍，本该由老板直接说给我听，换成这种形式，听起来格外有意思。

"他说汽车站很近，走过去只要10分钟，也很好找。他说时间还早，你不用着急，可以在店里慢慢吃饭。去拉塔基亚的车很多，吃完饭这位先生会指给你去汽车站的

阿勒颇博物馆内幼发拉底河河神的雕像——苏美尔人的艺术杰作

斧头

楔形文字黏土板

路。""这位先生"自然指的就是"翻译"自己了。

我邀中年人一起坐下来吃饭，他说还有事，孩子也在车里，所以先告辞了，并再三告我不必着急，只管放心用餐，今晚赶到拉塔基亚不会有问题。临别，又指指老板、厨房和我，在每个对象后面分别加了一个"够意思"。"够意思"是我和中年男人之间能够直接沟通的为数不多的几个单词之一，无形之间已经成了我们交流的媒介。

老板为我准备了非常丰盛的一顿晚餐。最令人振奋的是一大盘新鲜蔬菜，白菜心、西红柿、黄瓜、红皮小萝卜，外加几块新鲜奶酪，蘸着香喷喷的豆酱，一顿就足以消除几天来由于缺菜带来的火气。还有一盘叫不上名字来的和松仁、葵花子等干果和在一起蒸出来的饭，果仁、香料和大米的芳香糅在一起，诱使我一粒不剩地把它们全倒进了肚子。

狂飙过后，我喝着热茶正在定神，意想不到的一幕出现了：刚才道过别的中年男人又出现在店门口！我惊喜地站起了身。他一定是放心不下我这位萍水相逢的朋友，特地赶来再送我一程。他指着桌上的杯盘，问我饭菜是否可口。我感动得已经记不起更多的单词，只顾把那句"够意思"又重复了好几遍。

中年人陪我到长途汽车站，带我买好了车票，又开始了在同车乘客中物色"接班人"的工作。工夫不大，他从排队候车的乘客里领过一个比他稍稍年轻的男士，短发，圆脸，刮得铁青的下巴，看得出血管里流着安纳托利亚高原上土耳其人的血。

"这是一位有教养、信得过的先生，他会把你安全送到拉塔基亚。路上有什么事只管找他，他一定会帮你的忙。"接班人如实地把委托者的话翻译给我听。和刚才的店老板一样，这里的"他"指的又是被托付的人自己。

我不知道该用什么方式感谢两小时前还素不相识的中年人。想想背包里除了旅途上的必需品以外，再也找不出什么可以留给他当纪念品的东西，只有一个小笔记本还没有用过。我把它掏出来，在上面留下我的名字和地址。中年人也拿出一张名片给我。上面用阿语标出了姓名、地址和电话，还有一个用蓝色油墨印出的摩托车的标记。凭这个标记，我大概可以猜出他在经营一家摩托车修配店一类的小门市部。

临上车，我和中年人话别。这一次是我主动上前，拥抱了叙利亚人厚实的肩膀。我的眼圈有点发热。中年人一直目送我们的车远去，并冲我竖起拇指。隔着车窗，我似乎还能听到他那句已成口头禅的充满自信的"够意思"。

从阿勒颇到拉塔基亚不到200公里的夜路，由于要翻越阿鲁伊亚山脉，起码要花上四个小时的时间。车子在并不宽的盘山道上以令人难以置信的速度疾驶，使我这个连日来跑惯了平地的人精神紧张。同车的叙利亚人似乎对此习以为常，像在平地上乘车时一样，安心聊他们的天，养他们的神。

接班人尽职尽责。路上怕我无聊，不时找话题跟我交谈。我得知他在拉塔基亚做电器制品零部件的买卖，不光在叙利亚国内，还经常跑埃及、约旦、土耳其、伊拉克，这次出门是到阿勒颇跟客户谈生意。

"你和中国人做买卖吗？"我好奇地问。

"做过，买中国产的零件。不过不是直接跟中国人做，是通过埃及人转手的。"

他说着从夹克口袋里掏出一个信封，又从里面倒出一把晶体管一样的东西。

"就是这样的零件，"他指着各种零件，说了几个我听不大懂的单词，然后把它们装回信封说，"这些零件销路都很好。你在中国如果有朋友做这种生意，可以介绍给我。"

我对电器零件一窍不通，也不知在今天这个集成电路支配的世界里，究竟还有没有人摆弄他这些东西，但还是点头答应了质朴的叙利亚人求到我头上的唯一一件事。

中巴汽车中途在山间的一个小镇上停了几分钟，让一车的乘客吸了几口清新的空气，然后一口气开进了拉塔基亚市区。

时间已过 12 点。我跟接班人道别，他却坚持要帮我找到住处。他说他知道一家交通方便又便宜的旅馆，只要走一小段路，估计住进去不成问题。即使不行，他也有办法。想想现在夜静更深，又没有特定的目标，一个外国人人生地不熟地乱撞毕竟不是个办法，我就接受了这位热心人的好意。

午夜时分，街上几乎见不到行人和车辆。如果不是我们两个人在走，拉塔基亚的市街就成了一幅静止的画面。奇怪的是跟着这位相识不久的叙利亚人在完全陌生的街巷里穿行，我竟感觉不到一丝的不安。我感谢几天来这个国家善良、诚挚的国民给我带来的这种不可多得的体验，同时在记忆中搜寻能够获得这种安全感的城市在世界上究竟有几个。

不知穿过了哪些街道，只记得走了好长一段路，终于来到了接班人要带我找的地方——一座大体育场附设的招待所。叙利亚人敲开了已经上锁的门，一直等到我办完了入住手续。他把一张写有他的名字和电话号码的纸条递给我，问起我明天的打算。

"上午到乌加里特看古迹，下午去萨拉丁城堡。如果来得及，晚上想赶到塔尔图斯。"我说。

"乌加里特很近，有两个小时足够了。去萨拉丁城堡有点远，交通也不太方便，最好打个车。从城里往返，车费应该不超过 500 叙磅，多了不要付。"

他指指我手中的纸条，又说："可惜我有工作，不能陪你去。有事随时给我打电话，即使我不在，接电话的人也会找到我。"

我感激地握着接班人的手，把他送出体育场大门。时间已接近两点钟。接班人几次回身冲我摆手，示意我回去。我没有动身，目送他走远，直到拉塔基亚的大街又恢复了刚才那幅静止画面。

腓尼基人的海运王国——乌加里特遗址

拉塔基亚的早晨，地中海的太阳毫不吝啬地把光芒洒在海滨城市潇洒的街道上，也挂在行人的脸上。

我走出体育场大门，来到停在路边的一辆出租车旁，见不远处的水果摊前有两个人在聊天，估计里面有车子的主人，就大声问："先生，是你的车吗？"

"对，去哪儿？"

"乌加里特。"

"200叙磅。"两个人中的一个把还没吃完的一截香蕉塞到嘴里，朝我走过来。

"不能再便宜点？"

"谁的车都一样。"司机说着已经走到我面前。

200叙磅，大约5美元，包车去看郊外的著名古迹，这个价格也算能接受。我看看司机那双和大多数叙利亚人一样诚实的眼睛，点点头，坐上了他的车。

乌加里特位于拉塔基亚市北一处土冈上。和幼发拉底河畔的古迹相比，规模要小得多。然而，作为人类历史上最古老的城市之一，这里早在距今8000年前就有人居住。尤其使这座古城蜚声海内外的是在这里发现的乌加里特文字，它们是今天世界各地的人广泛使用的拉丁字母的雏形。

乌加里特，曾经的荣华如今化为一片荒芜，草木萧疏，人烟寂寥，令人顿生隔世之感。"人事有代谢，往来成古今"，踩在这片荒凉的土地上，只觉时光无情。我的情绪没有逃过司机的眼睛，从乌加里特回来的路上，司机特意绕了个小弯，带我去看拉塔基亚的黄金海岸。眼下还不到海水浴的季节，但海水深邃的蓝色却让人有一头扎下水去的冲动。

"你再晚来一个月就能下海了。"

"现在不是也很美吗？我觉得这个季节来叙利亚看古迹再好不过了。"

"下午想去什么地方？"

"萨拉丁城堡，有点远，你能带我去吗？"小半天的接触，我已经感到和这位话语不多的司机之间有一种心心相通的东西。

"好啊，我给你最便宜的价格，"片刻，他又问我，"我可以求你一件事吗？"

"当然可以。"没想到我这个受尽了叙利亚人恩惠的旅行者居然还能为他们做点事。

"我有个三岁的小女儿，没去过萨拉丁城堡，可以带她一起去吗？"

在拉塔基亚强烈的阳光下，在叙利亚人忠厚、老成的面孔前，这直截了当的请求那么诚恳，那么天真，听起来让人很舒服。

"当然可以，我们到哪儿去接她？"

"先到我家，正好顺路，不会耽误太多时间。"

"好，我们现在就去。"

乌加里特遗迹大部分还未清理，背后是地中海

车子开进了拉塔基亚市里的一片住宅区，就像20年前在国内常见的居民小区，用红砖筑起的六层楼，连倒垃圾用的洞口和封起来的凉台都相差无几。

司机把车停在两栋楼的夹道里，抬头冲楼上大声喊了几句。一个三十多岁的男士从四楼窗口伸出头来。司机和他说了几句话，回头对我说："对不起，我爱人刚生了小孩儿，家里不方便。我陪你先到我朋友家坐一坐，喝杯咖啡。我爱人给女儿准备一下。"

这出人意料的建议让我惊喜。旅途上能够走进当地人的家

在叙利亚人家里做客

里是很多旅行者的奢望。我怀着新的期待，跟着司机爬上四楼，他朋友夫妇抱着儿子就等在门口。

我在这对教师夫妇家享用过浓香的阿拉伯咖啡后，司机的夫人已经带着孩子在楼下等候了。我走到跟前，发现这是个天使般的孩子。妈妈因为刚生了个小弟弟，脸上带着几分产后的憔悴，却把女儿打扮成了一朵花：剪着齐耳短发，穿一件镶着花边的小连衣裙，脚上配一双洋气的白皮鞋。

"她叫什么名字？"我抱起女孩问司机。

"尼罗斯，一个库尔德女孩的名字。我是库尔德人。"

"噢。"我点着头，掏出一块飞机上发的巧克力棒棒糖放到孩子手里，心里为司机这不同寻常的自我介绍感到一种强烈的冲击，但没有让它流露在脸上。

尼罗斯是个非常听话的孩子。从城里到萨拉丁城堡近40分钟的山路，她静静地坐在后排的座位上，不哭不闹，手里紧紧抓着我给她的巧克力糖。怕她一个人寂寞，我不时地回头叫一叫她的名字，拉拉她的手。这时，醉人的笑容就会挂在库尔德女孩的脸上，和世界上幸福的孩子们的笑脸一样甜。

萨拉丁城堡静静地耸立在拉塔基亚城北15公里处的一座孤峰顶上。古城居天下之险，被刀切般的断崖包围着，就像悬在空中一样。它通过高出地面六十多米的吊桥和外面相通，易守难攻。

萨拉丁城堡入口

萨拉丁城堡

　　始于 1096 年，持续了近两个世纪的十字军东征在西欧人眼里是从异教徒手中"解放主的坟墓"、"光复失地"的"圣战"，但对东方国家的人民来说，无疑是一场灾难。当西欧的基督教徒们被卷入因两次"圣战"的战果而引起的宗教狂潮时，他们碰到了强劲的敌手。1187 年，阿尤布朝的第一代君主萨拉丁率 6 万埃及、叙利亚联军，于哈丁一役大败十字军，活捉耶路撒冷国王和神殿骑士团团长，同年 10 月光复耶路撒冷。拉塔基亚郊外这座原本由十字军控制的钢铁城防也在一场围城战之后更名易主。

　　西欧基督教徒不甘心自己的失败。英国狮心王理查会同法王、德皇第三次组成十字军，于 1189 年再次挥师东进，企图重占耶路撒冷，但遭到顽强的抵抗，被迫与萨拉丁签署合约，退出占领地。萨拉丁抗击十字军的胜利震撼了整个欧洲。

　　阿拉伯的英雄不仅是战场上的勇将和治理朝政的明君，还是一位博爱主义者。他公平对待领地内的异教徒，允许欧洲异教徒到耶路撒冷朝圣和经商。萨拉丁在欧洲的骑士中也享有极高的名望，他的名字频繁出现在西方文学作品里。

　　暮春，蓟草花和狗荠花开遍了山野。我抱着库尔德人的小女儿，踏着当年阿拉

库尔德天使尼罗斯

伯英雄走过的石阶向古堡顶上走去。尼罗斯的父亲跟在后面，帮我背着背包。尼罗斯还是那么乖，那么依人，一只手紧紧攥着巧克力糖，另一只手轻轻搭在我的肩上，静静地望着对她的祖先来说再熟悉不过，但对这个生长在城里的库尔德孩子来说还很陌生的紫色山谷。我使劲做了几次深呼吸，脚步没有减慢，抱着尼罗斯的手没有放松。我不想让我急促的喘息打扰了孩子那映在山花中的恬静的小脸。

阿拉伯英雄增筑的城堡规模庞大。尼罗斯的爸爸带着她在城下空无一人的庭院里玩，我一个人登上了古堡。每上一层平台，我都从垛口或窗孔探出身去呼喊尼罗斯的名字。尼罗斯听到我的喊声，就会抬起天真的小脸，用那甜美而带着乳气的声音喊我的名字。短暂的交流中，尼罗斯已经记

尼罗斯和父亲在萨拉丁城堡前

住了我中文名字的发音，同时也让我感到我和她之间的一种难以用语言表达的默契。

我说不清是什么促使我以这种心情和这个小女孩交流，也许是出于对尼罗斯所属的民族，对他们的境遇所寄予的同情，也许是几天来我所感受到的叙利亚人的真诚和友善在这父女二人身上的投影。

走下城堡，尼罗斯把她手里的一把野花送给了我。清风迅速吹干了被汗水浸湿的 T 恤衫。望着尼罗斯被山风吹起的轻柔的头发，我心里暖暖的。遍野的山花，明亮的阳光，岩石筑起的森严壁垒，以它为舞台展开的一幕幕历史剧，剧中的主人公——阿拉伯骑士的骁勇与宽容……所有的一切都不及眼前这库尔德天使那张天真、纯洁、不容任何人去玷污的和平的笑脸！我端起相机，把焦距对在了孩子的脸上。

"尼罗斯，笑一个，笑一个！"

孩子的爸爸也在帮我逗她。

镜头里的尼罗斯抬起头，笑脸像山花一样美，像拉塔基亚的太阳一样和煦。

黄昏，我站在车站等候去塔尔图斯的长途汽车。离开车还有点时间。我从背包里取出尼罗斯的爸爸临别硬塞给我的食品袋，剥开一只香蕉，打算先垫垫肚子。

"你是去塔尔图斯吗？"用不大熟练的英语过来搭话的是一个 30 出头的微胖的妇女，深褐色的头发编了一只辫子扎在脑后。

"对。"

"你是学生吗？"

"对，来叙利亚旅行的。"

"我也是学生，在这里学习，在塔尔图斯工作，"她拍一拍肩上的书包，继续问我，"你学习什么？"

"历史。"

"噢，历史，我学……数学。"她费了很大劲才想起"数学"这个英文单词。

接着，又难为情地笑笑说："我会说法语，英语不好。"她边把笔记本装进书包，边问我到塔尔图斯后住处怎么办，打算去哪里看看。我告诉她住处要等进城以后再找，明天上午打算去阿尔瓦德岛。

她听罢，把刚刚塞进书包的笔记本又掏出来，在上面画了示意图，又写上自己的地址、电话，然后撕下来交给我，说："今天晚上如果你没有事，请到我家来吃饭。我家离车站不远。你打电话，我去接你。"她说得那么直接，那么诚恳，蓝色的眼睛充满友善地期待我的回答。

不用说，我又碰上了一位"够意思"的叙利亚人。

节日礼花

第二天上午，我登上了阿尔瓦德岛。整座小岛是一件古老的文物。古堡里陈列着从海上丝绸之路的沉船中打捞上来的巨大陶罐。岛上的工匠们至今仍在使用和当年亚历山大东征时一模一样的方法，建造运载货物承载文明的木骨船。

告别了塔尔图斯，我取道霍姆斯返回大马士革，中途绕了点远，冒雨去了一趟位于霍姆斯北边的城市哈马，因为那里有世界最大的现役水车。

古都大马士革是一座被历史赋予了凝重感故而令人肃然起敬的城市。漫步在老市区，旅行者可以重温历史变迁，同时去回味人种、宗教和文化的融合给这里带来的不同寻常的韵味。市中心的古堡始建于公元前，11世纪以后为抗击十字军以及后来蒙古人的进攻而多次进行过增筑。巨大的交易市场和其他中东城市一样，不管城外的风云如何变幻，千百年来从没失去过那永不衰竭的活力。从东到西横贯老市区的大道中央保留着古罗马时代的纪念门。城东的伊斯兰地区集中着以倭马亚清真寺

阿尔瓦德岛——丝绸之路上的贸易中转基地，也是叙利亚唯一的海岛

岛上小巷

岛上要塞

为代表的宗教建筑以及成片的民居。出乎我意料的是城西的天主教区，教堂的密度之大和信徒之多令人吃惊。

　　宗教、文化的错综交织不仅体现在建筑的群体分布上，也体现在每座单体建筑物上。穆斯林心目中的第四大宗教圣地，世界文化遗产倭马亚清真寺是个极好的例子。公元715年建成的这座伊斯兰世界最古老的寺院上半部分具备了清真寺的典型特征，而下半部分却原封不动地使用了基督教建筑的基座和立柱。如此大

哈马市内世界最大的现役水车

胆的建筑形式上的不统一对今天的建筑师们来说恐怕是不敢想象的。清真寺的入口处有萨拉丁的墓，阿拉伯的英雄就长眠在这里。有趣的是墓葬的旁边还陈列着一具德国人敬献给这位令他们敬仰的异教徒骑士的华美的石棺。

世界文化遗产——大马士革的倭马亚清真寺

在大马士革逗留期间，大刘还抽空带我去南方城市巴士拉游览了世界上保存最完好的古罗马圆形剧场。

离开大马士革的前一天恰值叙利亚的法定节日——革命烈士纪念日，而且和星期日赶在了同一天。街上到处张贴着古巴革命英雄格瓦拉的宣传画。

晚上，大刘在住处为我饯行。饭吃到一半，夜空中忽然升起几团火光，伴随着几声炸裂声，映红了临街一侧的玻璃窗。

"是在放花，"大刘说，"庆祝烈士纪念日。"他告诉我礼花是中国政府通过使馆赠送给叙利亚的，前不久刚放过一次。他打开房门，邀我到院子里去看花。

随着花炮在空中不断炸裂，流光把市街和邻街的院子照得雪亮。礼花给大刘提了个醒，他接着带我去看大马士革的夜景。

20分钟后，奔驰车把我拉上了市北的克辛山顶。这里已经挤满了人，正值两场礼花之间的间隙。节日的大马士革

文明交叉路口上的孩子

用它那并不十分充裕的电力为自己穿上了晚宴的盛装。四周不时传来年轻人的欢声笑语。人们还没有从第一场礼花带给他们的兴奋中平静下来，又怀着更大的期待，等待着后半场焰火把和平的城市装点得更美。

克辛山——《圣经》上所说的世界上第一次发生杀人事件的地方，今天映在我这个学生眼里的却是赞美和平的万家灯火，与流血的杀伐毫不相干。眼底的一片辉煌更使我沉浸在第二次中东之行的余韵中。我跟身边这位吃了多年阿拉伯饭的老友谈起这次重归中东的感受，特别是这里俯拾即是的文物、古迹和好得让人落泪的人。

巴士拉保存完好的古罗马圆形剧场

我发誓不久的将来再来中东，去看耶路撒冷的西墙，看黎巴嫩的巴勒贝克，看伊拉克的乌尔古城……

啪，啪，啪，赞美和平的礼炮又响了起来，随之而起的是克辛山顶人们的欢呼声。中国赠送的礼花把大马士革的夜空映得通红。

马萨达誓言

1994 年 11 月第三次中东之行的路上，我做了一件犯忌的事，特别是按常理不该在去以色列路上做的。

法兰克福机场是欧洲有数的国际中枢机场，那里赴以色列登机前的安检是我经历过的包括"9·11"恐怖事件发生后的安检中最严格的一次。机场巨大的候机楼里

圣都耶路撒冷，从橄榄山上远眺，山麓布满了犹太教徒的坟墓

设有赴以色列航班专用的候机大厅。特殊的待遇加上荷枪实弹的防暴警察以及德国警犬使得这里的气氛变得异常森严。办理登机手续的顺序也与众不同。到柜台办手续之前，无论手提、托运行李，一律开包检查，像过筛一样仔细。

距汉莎航空公司飞特拉维夫的航班登机只差半个小时了，等待安检的队伍仍在缓慢地挪动。

"对不起，先生，您一个人旅行吗？"接近安检台时，排在后方的男青年隔着我身后的几位候检旅客，很客气地问我。

在听到这问话之前，我始终被候机大厅里森严而又新鲜的气氛吸引着。听到声音，才开始注意说话的人。

斯文、清秀的脸，高过 1 米 8 的修长身材，深邃的眼神，加一头浅褐色的头发，一个秀气、洒脱的 30 出头的青年。

"对。"

"飞特拉维夫？"

"对。"

"请问你只带这些行李吗？"他指指我的全部家当：一只没有装满的旅行包和一个装随身物品的双肩背小包。由于秋季的中东冷不到哪里去，我的行囊里少了不少防寒的衣物。

"对，就这些。"

"我能求你帮个忙吗？"他指指身边的两只硕大的软皮箱子，"我从德国搬家回以色列，行李太多，肯定要超重了。"

我知道所有的导游书都无一例外地提醒游人：上飞机时不要帮陌生人带行李，特别是乘坐赴以色列的航班。但我这次却没有听这些规劝。首先是凭直觉，我很喜欢这个文气的小伙子；再者，仔细到连一只跳蚤都不会放过的安检也为我上了一道保险。

见我答应了他的请求，他伸出手来跟我握手。我让过夹在我和他之间的几个乘客，站到他身边。

"我叫约瑟夫·高德，你就叫我约瑟夫好了。"他掏出一张名片递给我。可以看出名片的主人有博士学位，在一家音乐制作公司做副总，公司本部在海法。递名片大概也是为了让我更放心。

"实在感谢你。我在德国工作了三年，现在结束工作回国，这两大箱都是衣服。"他摊开双手，一副无奈的样子。

"完全可以理解。工作了三年，两个箱子算少的。"我也把我的姓名、来历告诉他，并解释说是个学生，没有名片。他问我为什么选以色列来旅游，我开玩笑说因为能遇见他。

约瑟夫是位福星，为我们带来一个连他自己也没有想到的收获。这要感谢他那满满两大箱衣物占用了相当长的安检时间。为了让飞机正点起飞，汉莎的工作人员不仅飞速为我们办完了行李托运和登机手续，而且由于普通舱找不到两个挨着的座位，他们居然安排我们俩坐进了还有空位的公务舱。

起飞不久，乘务员过来送餐。

"Kosher?"约瑟夫接过菜单，询问餐饮是否经过犹太食品认证。我借机问他犹太教洁食的有关教规。

约瑟夫跟我仔细说起他们的教规，告诉我植物种子、果实和蔬菜是神赏赐给人类，供他们食用的。陆地上的动物凡是反刍的、偶蹄类的，都是洁净的，但猪和骆驼除外。

大概是看到我表情有些困惑，约瑟夫笑着告诉我他跟大多数犹太教徒一样，属于对清规戒律不是很严格的。如果是他父母那代人，规矩就要多得多。

　　"那你在欧洲生活多年，会不会感到不方便？"

　　"还好，特别是在城市里。现在犹太教徒遍布世界各个角落，提供犹太认证食品的商店哪个大城市里都不难找到，就像找一家犹太教堂一样。我未婚妻在曼彻斯特工作，她家比我讲究，但也没听她说有太多的不便。大不了自己买东西，自己做饭就是了。"

　　他让乘务员加了一杯红葡萄酒，跟我碰过杯说："按犹太教规，这酒必须是犹太教徒酿造，犹太教徒开瓶的。"

　　他品过一口酒，接着说："我相信这班到以色列的航班所有的食品都是经过拉比认证后盖章的。不过对于正统的犹太教徒来说，酿酒用的葡萄也必须是犹太教徒种的，这一点反正我不会去追究了。"他冲我努努嘴，示意我去看左前方座位上又高又胖，蓄着长发、长髯，留着长鬓角，戴犹太帽的中年男士和他的两个女儿。这父女三人从送餐开始就在不停地向乘务员仔细询问，认真检查每一样食品，最终只留下了蔬菜沙拉和面包，然后从手提行李里取出惊人的一大塑料盒通心粉，开始了一顿狼吞虎咽的大餐。

　　"他们属于相当正统的，比我要讲究得多。"约瑟夫的话音还未落，机舱内就开始广播，解释本次航班的所有食品都是经过拉比认证的纯正洁净食品。约瑟夫告诉我这大概是由于有乘客提意见，机组做出的反应。

　　从法兰克福到特拉维夫四个小时的行程，我跟约瑟夫聊了一路。除了谈我的学习，聊他的工作外，大部分时间都是我在向他询问关于犹太民族和犹太人国家的有关信息，其中印象最深的话题是他们这个全加在一起不过1500万人的民族为什么会在世界各个角落获得成功，出了那么多名人。

　　约瑟夫谦虚地把这归结为历史的产物。长期以来受歧视、受压迫的历史加强了犹太人作为一个民族集团的凝聚力和对歧视的反抗心理。他们以犹太教为心理支柱，以对歧视、欺凌的反抗为动力，力争在能力上比周围其他人更优秀，并把这种心态和努力变成了民族的传统。千百年来迫害、离散的历史导致了两个连被迫害者也没料想到的结果。一是他们背井离乡，无论跑到哪个国家，都无法获得土地耕种，所以只能到城市里谋生。久而久之，就使得他们高度集中到城市，成为人类历史上并不多见的"城市民族"。而城市历来是高度发达的文明的策源地，集中着各层次的教育机构，也孕育了先进的文化。酷爱学问、文化、艺术的犹太人接受高端的教育、训练后走进社会，在教育、科研、文化、艺术及相关领域里发挥出他们的聪明才智。

二是犹太教徒长期以来被强制从事商业、金融业，尤其在中世纪的欧洲，金融业被视为肮脏的行业，遭基督教徒鄙视。犹太人在从事社会地位低下的商业、金融业的过程中，不仅逐渐积累了财富，更磨砺了心智，其中最直接的就是文字和计算方面的能力，以此换得犹太人在相关领域里的普遍成功。

谈到犹太人的成功与民族宗教、文化传统的关联，约瑟夫同样很自负。犹太人的宗教、文化传统崇尚学问，赋予知识以最高的价值。犹太教圣典上有一句名言："没有知识的人是最贫穷的人"，犹太人因此普遍酷爱学习。他们的孩子五岁进私塾接受学前教育时，塾师会把一滴蜂蜜滴在书本上让孩子们去舔，告诉他们学习是甜蜜的，但要尝到这甜蜜需要付出不懈的努力。久而久之，热爱学习已经变成了犹太人遗传基因的一个组成部分。如果发现子女在某些方面有一点专长，犹太人父母会毫不吝啬地为子女创造条件，使其专长得到发挥。他们的信条是：绝不能忽视、埋没孩子们一丝一毫才干。这样的环境也使得犹太人从小就注意去发现自己的长项，并持之以恒地努力，在学问、艺术等领域获得成功。

守着这样一位老师，四小时的时间一晃就过去了。傍晚，班机在雨中降落在特拉维夫机场。由于有法兰克福机场超严格的检查，特拉维夫的入境手续显得异常简单。

走出候机楼大门，一位黑发的中年妇女和一个二十多岁的女孩儿已在出口迎接，是约瑟夫事先跟我提起的他的姨妈和表妹。见约瑟夫和一个陌生的东方人一起拉着两大件行李走出来，姨妈显出莫名其妙的样子，张开双手，耸耸肩。约瑟夫过去和她们拥抱过，把缘由告诉她们。母女俩友善地和我握了握手。

约瑟夫问我住处有没有着落，我告诉他我已经预订了特拉维夫的青年旅馆。看看云越来越低，一场暴雨在即，他从行李箱取出一件风雨衣，然后把两只大箱子交给姨妈和表妹，又从表妹手中接过车钥匙，执意要送我去旅馆，说是天色已晚，又要下大雨，我一个人去找还要费些周折。我使劲回绝，劝他很久没有回国，应该赶快回去和家人团聚，却没能说服他。

约瑟夫在瓢泼大雨中把我送到了特拉维夫市内的青年旅馆。临别，他告诉我今晚在特拉维夫的姨妈家住一宿，明天再到机场接上从英国回来的未婚妻，一起回海法自己的家，并问起我第二天的打算。

"如果你方便，明天欢迎你到我海法的家里来做客。这里到海法坐大巴一个半小时，很方便。家里只有我母亲和未婚妻，我们一起吃晚饭。"

我谢过他的盛情邀请，跟他说由于时间有限，我明天计划先赶到死海之滨的马萨达要塞，然后从那里去耶路撒冷，把几个必须走访的地方先看了。

他听了说，如果是去别的地方，他还会坚持邀请我，因为我要去马萨达，他就

死海之滨的马萨达要塞

不强求了。我告诉他马萨达要塞是我决定来以色列之后的第一个访问目标，有特殊的意义。在旅途的后半，我有计划去看恺撒利亚的古罗马遗迹，那里距海法更近，我一定顺路去找他。

约瑟夫听罢点点头，又拿出一张名片，写上家里的电话交给我，告诉我在旅行中无论碰到什么问题，都尽管找他，并期待着能在海法接待我。临别，他特意对我说："我入伍时也在马萨达宣过誓。明天你上山时不要乘缆车，沿那条叫蛇道的山路爬上去，这样你会更了解以色列人。多带水，那里很干燥。来海法前给我个电话！"

"你放心，我一定靠自己的腿爬上

要塞的大卫星旗下曾经是
以色列入伍新兵宣誓的地方

去。这是我的马萨达誓言。"我用力握着他的手说。

次日一早,我坐上了开往耶路撒冷的汽车。一小时后,在耶路撒冷转乘大巴前往马萨达国家公园。车窗外是中东国家到处都能看到的荒漠,感受不同的是这里的公交车司机腰上都别着手枪。30分钟后,车窗左侧赤褐色土漠的远方出现了粼粼湖光。无疑,那就是一年前在约旦一侧看到的死海了。汽车沿死海西岸南行,眼前一处巨大的岩峰拔地而起,俨然一座天然的空中城堡。这就是马萨达要塞,记录着犹太人反抗与离散的历史。

大约在公元前100年前后,耶路撒冷犹太王国的大司祭首先利用这里险要的地形修筑了要塞。其后,经过激烈的权力之争获取王位的希律大王于公元前30年在原有城塞的基础上建设了豪华的北宫。然而,马萨达对于犹太民族所具有的特殊意义并非由于希律大王修筑宫殿,而是源自公元70年发生在这里的一出可歌可泣的历史悲剧。

公元66年,罗马帝国的尼禄皇帝派将军维斯帕西亚努斯率三个兵团的兵士前往镇压犹太教徒的大规模起义,世界史上著名的"犹太战争"拉开帷幕。

维斯帕西亚努斯和日后接他的班,同样成为罗马皇帝的长子提图斯在率兵攻打

山下菱形的遗址是当年罗马人构筑的营垒

耶路撒冷之前，先采取各个击破的战略，平定了包括撒玛利亚、加利利在内的各地方城市，完成了对耶路撒冷的包围网。公元67年，58岁的罗马将军和一位年仅30岁的敌方将领在战场上历史性地相遇了。

敌将的名字叫约瑟夫，和我在法兰克福机场邂逅的约瑟夫是一个名字。犹太战争开始时，约瑟夫在加利利指挥犹太义军阻击南下的罗马军队，出奇策成功地将6万罗马大军死死钉在北部前线达47天之久。然而，在无论是兵力上还是组织作战能力上均居上风的罗马大军面前，约瑟夫指挥的犹太义军显得势单力薄。残酷的守城战之后，犹太人浴血死守的约德法特于7月24日失陷，犹太义军方面4万人战死，约瑟夫被俘。

维斯帕西亚努斯父子赏识这个年轻有为、敢于同天下无敌的罗马大军巧妙周旋的犹太将领的才干，把他留在军队里做书记官。约瑟夫以他的教养和智谋得到了信任。维斯帕西亚努斯让他沿用他的犹太名作为罗马名，按拉丁语的发音成为约瑟夫斯，并以将军专属的战地记录官的身份侍奉自己。

公元70年，维斯帕西亚努斯巩固了在本国的权力基础后，回首解决帝国的东方问题，再派长子提图斯任总司令，率罗马大军重返巴勒斯坦，打响了耶路撒冷攻城战。有趣的是，在提图斯的军阵中不乏犹太人高级将领和谋臣协助作战，他们的重要使命是向固守耶路撒冷的犹太同胞们劝降。

然而，约瑟夫斯等犹太谋臣们多次尝试的劝降并没有成功，罗马大军最后还是需要用弓矢和破城锤来解决问题。在强大的罗马军势面前，犹太教徒以神殿和安东纽斯要塞为据点，进行了顽强的抵抗，但终于未能阻挡住罗马军队的攻击。经过四个月的攻坚战，耶路撒冷于9月26日失守，神殿被大火焚烧。历史上的犹太战争事实上就此结束。今天在罗马广场的提图斯凯旋门的浮雕上就可以看到罗马远征军把从耶路撒冷神殿中掠获的犹太教的象征——今天以色列国徽上的七枝烛台运回罗马的场面。

作为罗马远征军的一员，约瑟夫斯曾亲眼目睹圣城耶路撒冷失陷以及这里的同胞们走向毁灭的全过程。随军打完犹太战争后，他随提图斯将军一道去了罗马，辅佐维斯帕西亚努斯皇帝，晚年从事史书的编纂，于公元100年客死在罗马。约瑟夫斯作为一名出色的史家，先后完成了《犹太战记》和《犹太古代史》等史著。

在正统的犹太教徒眼里，约瑟夫斯的所作所为无疑被视为可耻的行径，是不可饶恕的。但由于他的《犹太战记》是人们了解2000多年前那场反罗马起义的唯一历史文献，今天的犹太人会去阅读他的著述，但决不会改变对这个变节者的评价。对于我这个局外人来说，约瑟夫斯展示了玉碎之外的另一种人生选择。通过他的史

当年希律大王修建的北宫的
残垣，山下有罗马大军的营垒，
白线般的细道是上山的蛇道

著，我们今天也可以详尽地了解发生在马萨达的那出历史悲剧。

耶路撒冷虽然失陷，但以宗教领导人为统帅的犹太抵抗力量占据了包括马萨达要塞在内的几处天险，顽强抗击罗马军队的进攻。其中近千名犹太教坚贞教徒在马萨达筑起营垒，誓与罗马人战斗到底。

据约瑟夫斯记录，当年在马萨达守城的犹太起义军包括妇女、孩子在内共有967人，在宗教领袖的指挥下，和10倍于他们的1万罗马攻城军僵持了近三年。尽管在人数上占有绝对优势，罗马将军弗朗维乌斯·习尔瓦并没有让他的军队强攻。他指挥罗马大军在要塞周围建起了八处营垒，修筑坚固的工事，将要塞围得水泄不通，切断了通往山上的补给线。

据险死守的犹太教徒最终兵粮告罄，但不甘被异教徒生擒做奴隶受辱。公元73年4月15日，也就是犹太教逾越节的第一天，悲剧发生了。守山犹太教徒决定集体殉教。由于自杀违背犹太教规，他们选择的自绝方式是由男人们先杀掉自己的妻子和孩子。男人们先将妻子儿女抱在怀中，流着泪和他们吻别。接下来的一瞬间，被强烈的宗教信仰支配的男人们完全变成了另一种人，就像是借助第三者的手一样，果断地结束了骨肉亲人的性命。而后，男人们用抽签的方式选出10个人作为执行者，杀掉了其他所有男子，再由10人中的一人杀死其余9名执行者，最后放火焚烧要塞，作为唯一违背教规的人自尽。守城的967名犹太教徒除躲进山洞里避难的7名妇女和孩子外，全部殉教。马萨达要塞由此成为犹太人民族精神的历史见证，成为犹太人信仰、气节与尊严的象征。

就像海法的约瑟夫前一天告诉我的那样，包括他本人在内，以前所有以色列新兵入伍时都要在马萨达的国旗下庄严宣誓：绝不让马萨达再度失陷！1900多年过去了，犹太人从未忘记这段历史，他们懂得如何用不屈的马萨达精神激励自己为民族的生存与繁荣而战，不让马萨达的悲剧重演。与中央情报局、克格勃、军情六处并称世界四大谍报机关的以色列国防军的特种部队"摩萨德"的名称也来自马萨达的另一个译音。只是今天以色列新兵的入伍宣誓已不在这里进行，因为无论出于什么样的理由，自杀毕竟是与犹太教教义相抵触的行为。

我忠实地履行了前一天跟约瑟夫分手时立下的马萨达誓言，用了一个多小时，沿蛇道步行登上了峰顶。11月的马萨达气温没有想象的那么高，不至于把上山的人烤焦。死海谷底刮过来的干燥的凉风吹得峰顶的大卫星旗哗哗作响，也帮助到访者拂去身上的汗水。

今天置身于马萨达遗迹，人们可以循着约瑟夫斯的记录，逐一确认与1900多年前那出历史悲剧相关的每一个角落，而且会惊奇地发现史书的记录与历史遗物的

要塞顶上的残垣断壁，1900多年前犹太义军的玉碎事件就发生在这里

吻合程度竟是如此之高。当年希律大王增筑的北宫是要塞中最险要、最壮丽的建筑，有三重坚固的墙壁环抱。今天，最外面的一重围墙虽已塌毁，但仍不失当年的气度。北宫旁边建有罗马风格的浴室，地板、墙壁用马赛克装饰，引人追忆它往日的奢华。山上巨大的储水池可以贮存4万立方米的雨水，供上千名起义军在这里守城近三年。犹太教会的遗址是当年起义军在神的面前誓师，要与罗马军队决一死战的地方。从峰顶望下去，可以看到荒野中总共八处正方形的建筑遗构，是习尔瓦率领的1万罗马攻城军构筑的营垒，分布在峰顶四周，形成对马萨达要塞的包围网。

遗迹中最令人震撼的是传说守城犹太教徒决定集体殉教顺序的"抽签室"。以色列考古学家在这处遗迹中发掘出写有犹太人名字的10块陶片。出土的陶片陈列在展厅中供人们参观，其中一块写有指挥守城的宗教领袖的名字。究竟陶片上出现的10个人是否就是当年扮演执行者角色的10个犹太教徒，这一点还没有结论。由于罗马方面没有留下任何历史资料，约瑟夫斯的著述成了历史悲剧唯一的记录。即使是仅出于数字上的巧合，1900多年前的遗物在这一特殊的环境中也足以使人想象出当年攻上山来的罗马人目睹眼前960具殉教者的尸体和烧成灰烬的要塞时他们作为战胜者的心情。如此壮烈、撼人的场面足以告诉征服者：他们永远无法用武力征服这些被征服者的心。

望着眼底的死海、蛇道、罗马军营垒、要塞上的残垣断壁和迎风招展的大卫星旗，我似乎领悟到了前一天晚上约瑟夫要我徒步登上马萨达要塞的用意，也为自己没有食言而感到欣慰。

耶路撒冷的圣与俗

长途汽车抵达耶路撒冷车站已是晚上9点钟。我在离耶路撒冷旧城不远的地方找了一家叫卡普兰的旅店。旅店规模不大，房间内的陈设也极为俭朴，只有一张床和桌椅，也不提供早餐。但这里步行到耶路撒冷旧城的雅法门不过10分钟，作为探访圣地的起点实在是再方便不过了。

登记入住时，店主见我出示的中国护照，惊喜地叫出声来。我问他是不是不常见中国游客来这里，他先说是，但马上指给我看贴在告示板上的来自各国的客人回国后写给他的感谢信，其中有一封是来自一位上海客人的。

耶路撒冷旧城的雅法门

耶路撒冷旧城墙

我向店主咨询圣城该怎么去走，他告诉我通常有两个选择：先进城或是先爬橄榄山。由于他的旅店就在旧城边上，所以不妨先去看旧城。

"无论怎么走，今天时间也太晚了。你刚到，还是先在我的店里冲个热淋浴，好好休息一下，明天一早进城。"

我依照店主人说的，先到街上小店买了一份犹太人传统的皮塔饼夹羊肉，吃完后回房间冲了个热淋浴，翻开介绍犹太民族和以色列历史的书先给自己充电，心里有一种压抑不住的亢奋。因为天一亮，我就能走进今天犹太人国家这个古老的首都，去感知三大宗教的圣地。

老实说，这一夜我没睡着。

第二天一早，我冒着细雨从雅法门走进了耶路撒冷旧城。第一个目标是希律大王增筑的耶路撒冷大神殿的残垣，也是犹太教徒心灵的故乡西墙。进入雅法门，右手边就是耶路撒冷旧城的象征大卫塔。从这里步行到西墙不过十来分钟的距离。走近西墙朝拜的人都要戴上帽子遮住头顶，像我这样没戴帽子的游人可以在入口处借一顶纸制的犹太小帽。

不同于世界上其他几大宗教都有着多处圣迹，西墙是犹太教徒唯一的圣地。这处世界著名的宗教空间留给我的印象是复杂难言的。站在它面前，我试图把自己的感受尽可能条理化一下，既留给自己，也方便讲给别人。

西墙今天给我的印象推翻了我在走近它之前所抱的成见：肃穆、严格与闭塞，代之以轻松、包容和开放。当然，这里不乏那些全黑装束的虔诚的犹太教男女，分别走进按性别划分的两个广场，对着西墙用全身心祈祷。然而，除了他们之外，这里还有更吸引我的因素。首先，西墙是对所有人开放的，并不忌讳异教徒走近，祈祷者们也不会为游客们频繁对准他们的相机镜头而恼怒。这一点不但比清真寺，甚至比基督教堂、佛教寺院还要宽容。西墙的左侧就是犹太教会，允许异教徒观光客随便进入参观。其次，西墙环抱的是犹太人心中迦南故土的正中心，但犹太教徒却满足于隔墙祈祷，并没有要求进入心脏部分。因为心脏部分，即大神殿的基座之上

西墙、萨赫莱清真寺，能明显看出西墙上中下三层石材大小不同（吕晓波 摄）

西墙旁的犹太教会

建有伊斯兰教的萨赫莱清真寺。犹太人容得了异教徒的象征性建筑建在自己民族圣殿的基础之上。再次，西墙前不光有黑衣黑帽因而稍稍令人感到沉重的正装祈祷者，也有结伴而来的学生，有西装革履的白领职员，有身着草绿色军装的男女军人，他们构成西墙前祈祷人群的主力，让人看到的是活力与希望。祷告结束后，参拜者要倒退着离开。除了这一点以外，在我看来他们的祈祷并不比我们中

西墙前虔诚的犹太教男信徒

女信徒用的朝拜广场

国人司空见惯的在佛像前烧香许愿的人奇特多少。

西墙的另一个名字叫哭墙。即使看不到正统派犹太教徒面壁哭诉，祈祷上帝降临，从困苦中拯救犹太人，哭墙多少也给人一种沉重感，令人愁伤。这种感觉更多的是与我们知道的犹太民族苦难的经历和卓绝的复兴史结合在一起的。有趣的是像以前在青藏高原、在贝加尔湖畔、在富士山麓的神社里看到的不同民族的人拜神祈愿时一样，犹太教徒也把自己的心愿写在纸条上，塞进西墙的石缝里。冰冷的秋雨打在石墙上，仿佛是历尽2000年离散历史的古老民族的泪水，把纸条打湿、浸透，让人感到一种难以名状的心酸。

除了这些感受之外，我还有一种被历史的沉积所诱发的感怀。耶路撒冷的西墙为我们提供的不仅是了解犹太教世界的点，而且是感知不同时代、人种和信仰的面，引导我们从不同层面看耶路撒冷。仔细观察西墙，你会发现石壁的上段、中段和下段石材的大小各异，来自不同时代。以色列人并不忌讳把有关圣地的这些信息公布给每一个来访者。据介绍，西墙最下面七层巨石是希律大王增筑的第二神殿的一部分，中段稍小的石材是罗马时代的遗物，最上段的石基是奥斯曼土耳其统治时期奠

石缝里塞满了祈愿用的纸条

定的，和今天我们看到的耶路撒冷旧城墙同属一个时代。而在这看得见的三段基座之下，还有 17 层石基，属于更久远的时代。今天面积不足一平方公里的耶路撒冷旧城除了西墙所在的圣殿山外，按居民的不同信仰划分为犹太人区、穆斯林区、基督教区和同样信仰基督教的亚美尼亚人区，其特征从横向上看是不折不扣的多种宗教文化的组合与共存。而西墙恰好为我们提供了一个纵向感知和认识耶路撒冷的极好的剖面，让我们更好地去品味她究竟什么地方与其他城市不同。

同样体现着耶路撒冷特异之处的是坐落在犹太人的圣殿山之巅的伊斯兰教的萨赫莱清真寺，又名圣岩清真寺，就是我一年前在死海东岸的内博山上借约旦人的军用望远镜看到的金顶寺院，是古城耶路撒冷最醒目的建筑。在复杂的感受中告别西墙，我的下一个目标就是萨赫莱清真寺。由于清真寺建在圣殿山顶上，站在西墙下面望不到它。我不便打搅前来祈祷的人，就去问一个背着冲锋枪在广场边上站岗的以色列大兵。

"先生，打扰一下。"

大兵没反应，隔着一道矮墙，和对面的几个战友聊得正欢。

"先生，打扰一下！"我加大了嗓门。

那大兵没想到有人会找他，转过身来，见是个来观光的外国人，顽皮地做出大惊失色的表情，用手搭起凉棚，虚张声势地向广场内眺望了一番，这才结束了玩笑，问明我的意图，用手指着广场西侧用木头搭起的阶梯给我看。这是非伊斯兰教徒进入萨赫莱清真寺的唯一通道。在入口处接受检查之后，我登上了圣殿山顶，站在了穆斯林心目中仅次于麦加和麦地那的第三大宗教圣地前。

早晨的冰雨此时变成了纷纷扬扬的大雪。雪中的萨赫莱清真寺不失庄严与秀美，用亚美尼亚的蓝色陶片装饰的八面墙壁托起金色的穹顶。清真寺内保存着与伊斯兰教的诞生有关的圣岩。寺院是倭马亚王朝的哈里发马利克为纪念阿拉伯人公元 638 年攻占耶路撒冷，于 691 年修建的，也是伊斯兰宗教建筑中的第一座穹顶寺院。

如果说犹太教徒的西墙使我纵向看到了耶路撒冷历史的沉积，穆斯林的萨赫莱清真寺无疑是反映多种宗教文化共存的集合体。首先，寺院借用了其他宗教建筑的基础，建在犹太教的圣殿山上。其次，它是伊斯兰教早期的穹顶建筑。兴建时伊斯兰建筑形式尚未确立，寺院采用的是拜占庭王朝的建筑样式，与基督教又有着深深的瓜葛。再次，寺院的大部分建材，尤其是支撑穹顶的每一根柱子长短和样式都不同，均取自罗马和拜占庭时代的其他老建筑。这使我想到一年前走访过的大马士革的倭马亚清真寺。那座清真寺是在罗马教堂的原址上改建的，除原封不动地沿用罗马教堂的建筑布局，还直接使用老教堂的基座和列柱，伊斯兰教徒只改造了寺院的顶部，更换了建筑内的装饰。今天的萨赫莱清真寺让人看到的同样是伊斯兰教的圣地对多种文化的兼容。事实上，萨赫莱清真寺不仅对穆斯林，而且对犹太教徒和基督教徒来说也是圣地，因为寺院中的圣岩被视为当年亚伯拉罕将自己的儿子奉献给上帝的石台，而这位圣者是犹太教、基督教和伊斯兰教共同的先知。

《古兰经》记述当年居住在麦地那先知寺的教祖穆罕默德借助神力，从麦加的克尔白圣殿一夜之间抵达耶路撒冷神殿山上的极远清真寺，即阿克萨清真寺。在神殿山的圣岩上，他乘神马在天使的陪伴下，登霄夜游七重天，谒见真主安拉。穆罕默德登霄的圣岩保存在金顶的萨赫莱清真寺内，传说上面留有穆罕默德的足迹和天使的手印。而为纪念教祖抵达极远清真寺，8世纪初在金顶清真寺的对面即极远清真寺的原址上又增筑了银顶，即今天的阿克萨清真寺。不巧的是我赶上了周五伊斯兰教的礼拜日，异教徒无法进入金、银清真寺，只好改日再访。

从圣殿山下来，下一个目标是感受基督教的圣迹，而它们在耶路撒冷旧城中分布最广，无需寻找。最简单的是《圣经》记载的耶稣被判处死刑后，背负十字架被押解到遇害的加尔瓦略山途经的14站"苦路"。从城东狮门附近当年审判耶稣的罗马广场开始，到埋葬耶稣的圣墓

雪中的萨赫莱清真寺

阿克萨清真寺

当年耶稣背着沉重的十字架走过的苦路（吕晓波 摄）

教堂为止，苦路的每一路段都有路标，每一站都有标志性建筑，到处都可以讲出故事。今天，弗朗西斯科教会的修道士们依旧背负着巨大的十字架，沿这条耶稣受难之路边行走边祷告。来自世界各地的虔诚的志愿者信徒们也加入他们的行列，队伍中不时还能听到抽泣声。

苦路的最后四站在位于旧城中心的圣墓教堂内，从圣殿山走过去不过五分钟的路。进入教堂正门，马上会看到一块带有红色斑纹的石头，传说是当年下葬前停放耶稣遗体的地方。教堂的正中央即是圣墓——当年耶稣被埋葬，并在三天后复活的圣诞洞穴。

与西墙不同的是圣墓教堂选址无法做到那么精确。公元33年耶稣被钉死在十字架上以后，耶路撒冷经历了两次犹太战争，自公元135年起罗马人又对城市进行过大规模的再开发。因此，当年耶稣刑死、复活的舞台——加尔瓦略山，即骷髅山的详细地址已难以确认。公元326年君士坦丁大帝的母亲圣海伦娜来到耶路撒冷，寻访当年耶稣殉难、复活的地点，认定当时的维纳斯神殿就是加尔瓦略山的位置，拆除神殿，营建了圣墓教堂。这一点圣墓教堂与苦路的情况相似。耶路撒冷历尽荣枯盛衰，可以说建在厚厚的历史积淀之上。今天基督徒寻访的苦路不过是200年前才被确认，重建的。

然而，山不在高，有仙则名。就是这处位置不尽准确、规模也并不宏大的圣迹却像磁石一样吸引着全球各个教派的基督徒。苦路布满了全球各个基督教派教徒的足迹。圣墓教堂更不用说了，本身就是基督教各教派建筑的集合体。传说当年竖起钉有耶稣的十字架的地点属东正教会，而耶稣被卸下十字架的地方则属罗马天主教会。教堂的核心——圣诞洞穴当初虽为圣海伦娜皇太后下令所建，属东正教会，今天却由罗马天主教会、亚美尼亚使徒教会等联合执掌。更有趣的是听说由于基督教各个教派的人员在此杂居，关系很难摆平，每天早晨8点由一个阿拉伯少年打开入口大门。

　　中午，我在市中心繁华街道找了一家门脸不大的犹太餐馆，坐在临街的小餐桌边，要了一份皮塔饼夹丸子和一杯热茶，目的是小憩的同时，感知一下圣都的日常生活。店前的街道就是苦路的一部分，即便在雨中也不乏朝圣和观光的人流。头戴犹太帽的年轻店员端过来一碟白豆酱，示意我配着皮塔饼一块吃。这是在中东几乎所有餐馆都能见到的佐餐食品，本身并不奇特，由于是第一次在犹太人开的餐馆里看见，我于是想跟店员打听一下它的名字。

　　"请问这食品叫什么？"

　　"胡姆斯。"

圣墓教堂　　　　　　　　　　　　　　　　旧市街

胡姆斯——这不是阿语的叫法吗？

"希伯来语也叫胡姆斯吗？"我又追问了一句。

"没错。"店员带着不容置疑的表情。说罢，又指指我挂在椅背上的背包，善意地提醒我注意随身物品，当心扒手，因为这里人多且杂。

胡姆斯酱和圣都的扒手——这两个小小的意外提醒我用心去看耶路撒冷的另一面。造访者在走近耶路撒冷之前，不少人会像我一样，慑于三教圣地的名声与压力，人为地把它当做一个被罩在无菌罩里的无比圣洁的空间。而今天小店店员警惕扒手的提醒帮我把这层防护罩摘掉，使我嗅到了一些圣城中俗的气味，或者说是耶路撒冷本来的体臭，感受到了这里首先是普通人的生存空间这一现实。找回这种平常的心态后再去用心观察、感知耶路撒冷，人们会在这不足一平方公里、至圣无比的旧城中发现不少俗的因素。城东的犹太教区居住着以色列人中最虔诚、最保守的信徒，却有不少醉汉在街上徘徊。从雅法门通往大马士革门的繁华的街道上，同样以商魂著称的犹太人和阿拉伯人为争夺观光客吵得一塌糊涂。

圣与俗还诱发了危及以色列首都存亡的现实问题。在以色列三大城市——耶路撒冷、特拉维夫和海法中，耶路撒冷市民每户的平均收入要远远低于其他两市，拖了经济发展后腿的首要因素恰恰是耶路撒冷的神圣。由于这里是全世界犹太教徒至高无上的圣地，导致那些主张严格按照犹太教规生活，既严于律己又严于律人的所谓正统派犹太教徒不断涌入，相反，不情愿受清规戒律束缚的世俗派纷纷迁出。正统派信徒自诩为司祭民族。他们只从事犹太教规、律法的研究，与经济活动无缘。他们的涌入和世俗派的大量迁出对于市政当局来说意味着税源的减少。

另外，以色列政府和耶路撒冷市政当局自 1967 年占领东耶路撒冷以来，为了维护首都的神圣，一贯奉行"犹太人占绝对多数"的政策，采取多种手法抑制巴勒斯坦人口比率的提高。然而，即便是这种民族净化政策，也无法与巴勒斯坦人的高出生率抗衡。为了抑制住这种人口增长的势态，同时增加税收，以维护耶路撒冷的神圣，当局想出了以俗致圣的高招，一项耶路撒冷市区扩展计划出台了。其主要内容是把城市周边的犹太人居住区也纳入耶路撒冷市的版图，引进既有纳税能力又能为维持犹太人人口比例做贡献的世俗派，以确保耶路撒冷的神圣。

颇具讽刺意味的是最强烈地反对这项城市扩张计划的并不是它所针对的巴勒斯坦人，而是被纳入合并规划的周边地区世俗派的犹太居民。他们毫不忌讳地表示：我们不愿做圣都的居民。

杰里科

　　大马士革门周围聚集居住的巴勒斯坦人，兴许对正统派犹太教徒来说是圣都中俗的极致。在商业街一家贩卖 T 恤衫的小店里，我结识了巴勒斯坦人阿哈迈德·赞迪。他和犹太餐馆里的店员一样，善意地提醒我注意背包和相机，因为旧城区人又多又杂。阿哈迈德接着向我敲响了另一个警钟：为明天旅游做好充分准备，因为是周六——犹太教的安息日。

　　"所有的店铺都会关门。没有公交，也找不到地方吃饭。相信我，朋

旧城大马士革门附近穆斯林居住区

周六安息日，新市区街上空荡荡的

以色列博物馆院内的死海文书馆

友，我说的一点不过分。"接下来向我推荐的是他为我设计的方案：由他驾车带我去约旦河西岸的杰里科。阿哈迈德有多重身份，既开店做买卖，又兼司机和英文导游。他人很绅士，并没有一味地将他的提案强加于人，但我还是没有马上答应他。因为我过于相信自己的两条腿，觉得有足够的力气徒步走遍耶路撒冷的每座城门，再爬上橄榄山。同时，我也怀疑犹太人的安息日是否真的就能使街上变得那么清静。阿哈迈德并没有强求，留下了自己的姓名、地址和电话，让我不要急于决定，如果需要他，晚上 12 点以前给他去个电话。

事实证明阿哈迈德的话并不夸张。等我靠自己的两条腿走访过旧城的每座城门，再想奔橄榄山的时候，黄昏的耶路撒冷又飘起了大雪。想到即便爬上橄榄山，也无

旧城墙和大卫塔

和阿哈迈德在橄榄山上

法眺望到期待中的景色，我扭头又返回新市区。等走到市区的街道上，才感到气氛与早晨出门时已完全不同。几乎所有的店铺都已关张，街上的行人也寥寥无几。多亏卡普兰旅店的老板热心指点，我才在远离旅馆的一家小超市买到了食品和饮料，晚上和次日早晨不至于挨饿。这时我意识到我把安息日看得太轻了。旅店老板也证实了阿哈迈德的话一点都不夸张，周六的马路上恐怕看不到一辆大巴。耶路撒冷没有铁路和邻近的观光名胜相连，我知道没有大巴意味着什么：要么真的靠自己的双腿，要么去坐巴勒斯坦人的出租车。回到旅店，我早早地拨通了阿哈迈德的电话。

第二天一早，阿哈迈德到旅店来接上我，按他的建议，我们先上了橄榄山。因为天气预报说下午还有雨，巴勒斯坦人建议我趁着天气还好，把山上的景物该看的先看了。

和眼底的耶路撒冷旧城一样，橄榄山也是三大启示宗教的圣地。犹太教徒们深信弥赛亚终将在橄榄山上显现，随之而来的是死者的复活。为了更早复活，哪怕早一分一秒也好，他们渴望死后能够埋葬在弥赛亚降临的这座圣山上，橄榄山麓因此成了犹太人最向往的墓地。死后葬在这里，复活后可以紧随弥赛亚从今天封闭着，但他日终将打开的黄金门进入耶路撒冷。

对于基督教徒来说，这里是耶稣度过复活前最后一周的地方。

橄榄山上的万国教堂和东正教堂，都是20世纪修建的

耶稣从杰里科来到橄榄山，于周日从黄金门走进耶路撒冷城，周一到周三白天在神殿山上向大众布教，晚上回到山洞里启发弟子。周四晚上，他和13位弟子食用最后的晚餐，周五被捕，受难，刑死，周日早晨复活，40天后从橄榄山升天。

橄榄山的神圣对伊斯兰教徒也不例外。他们相信世界末日终将到来，相信那一天耶路撒冷和橄榄山将被一条大河隔开，而在圣城和橄榄山之间将飞现一座七孔大桥。届时善人可以走过大桥，而恶人则会掉进河水，最终坠入地狱。

由于这些缘故，橄榄山上自古以来集中了无数犹太教徒的坟墓，还建有罗马天主教、东正教等基督教各教派的教堂。橄榄山上的树木为其既增添了肃穆，也让人从一片喧嚣中静下心来，全身心沉浸在这片如有神助的山冈上。不过，对造访者来说，更有魅力的还是从橄榄山上眺望到的远景。站在瞭望台上，以16世纪奥斯曼苏丹兴建的古城墙和萨赫莱清真寺的金顶为标志的耶路撒冷古城尽收眼底。这里是圣山磁性最强的去处。

阿哈迈德的车开下橄榄山，驶过干枯的丘陵和溪谷，一路向西，目标是约旦河西岸的巴勒斯坦自治城市杰里科。杰里科是西岸巴勒斯坦人聚集地中和犹太人关系处得最好的城市，这是它得到以色列政府的信赖，先于其他城市获得自治权的重要原因。随着杰里科的接近，犹太人移民点也明显多了起来。令人惊叹的是犹太人在这荒漠般的旷野中建起了那么多说不上豪华，但看上去舒适、整洁的定居点。阿哈迈德一路都在为巴勒斯坦人的土地上犹太人定居点的不断增多而叹息。

"啧，啧，又建了这么多新房子，最好最好的房子，可没有一栋是给我们的。"话里充满着对犹太人的不满。

"这么干燥的地方，用水可怎么办？"我找不到更好的话语来回应他，只能试着去挑这些房子的毛病，想着这样可以让他的心情缓和一些。

"水的事情不用犯愁，等进了城我就带你去看水。"

杰里科位于约旦河流入死海的河口以西。除了

杰里科有8000年前人类最早的城市遗址发掘现场，远方的农园是犹太人的移民点

今天在有关国际政治热点问题的报道中经常出现的城市的名字之外，杰里科还有两个不太为人所知的世界之最：一是建于−250米以下的绿洲，是无可争议的世界海拔最低的城市；二是在1万年前就开始有人类居住，7800年前已经出现了城墙环抱的街区，是人类史上最早出现的城市。考古发掘现场如今被辟为公园。犹太教徒崇尚这座城市，因为它是3200年前以色列人随摩西出埃及，在西奈半岛的荒野里浪迹40年后，由摩西的继承人约舒亚率领进入伽南之地后攻陷的第一座城市，因此是以色列民族发展史上的一座里程碑。基督教徒也敬仰它，因为它和耶稣的生平及基督教诞生、发展的历史密切相关。耶稣出生在约旦河西岸另一座著名城市伯利恒，30岁后经圣约翰施洗，在杰里科最终战胜恶魔的试探，开始传道生涯。而今天杰里科的主人公则是巴勒斯坦人。这里1967年第三次中东战争后被以军占领，经过巴以双方和国际社会卓绝的努

1994年实现自治后建成的杰里科巴勒斯坦自治政府的警察局

杰里科有着丰富的地下水资源，支撑着这里的灌溉农业

力，在我此次来以色列半年前，即1994年5月，和加沙地区一道最早实现了巴勒斯坦人的自治，被定为阿拉法特自治政府的首都。

阿哈迈德采取"倒叙"的方式带我看杰里科，第一站就非常自豪地把我引到了新近落成的市中心巴勒斯坦自治政府的警察局前。这是巴勒斯坦自治政府国家机器的象征，只可惜看不到电视节目中列队受训的警察们的形象。第二站去看绿洲城市丰富的水源和引水灌溉的农园，解答我提出的"用水怎么办"的问题。

像吐鲁番的坎儿井一样，地处低地的绿洲城市有着丰富的地下水源。我学着阿哈迈德的样子，捧起农园水泵抽出的清凉的水洗了把脸，剥开他从看泵的巴勒斯坦孩子那里要来的一只大甜橙品尝起来。

"你看，你选择对了，跟我来杰里科。要是一个人留在耶路撒冷，说不定连水

也喝不上。"厚道的巴勒斯坦人不无得意地说。

"是呀，如果没跟你来，真不知道这里的富足，"我不只是应和，更多的是说我的真实感受，同时也想从他这里多听一些生活在以色列的巴勒斯坦人的声音，"你在城市里的生活怎么样，比这也不差吧？"

"你指耶路撒冷？"他沉默了片刻说，"只能说还过得去。老老实实过日子，别有太多的奢望。周围的事情也别老用脑子去想，想多了就会感到不公平，很恼火。毕竟我们有很多自己的事情不能自己决定，生活在自己的土地上却要受制于别人。"

"是吗？我在埃及、约旦、叙利亚见到不少穆斯林，他们都梦想着到以色列来工作，发愁拿不到签证。按理说他们生活在自己的国家，自己的事自己能做主，却羡慕你们的生活。"

"对，他们只是羡慕这里的钱，并不是我们生活的全部。他们挣够了钱就会走，谁也不会甘愿忍受一辈子。"

"生活在杰里科的人怎么样？现在有了自己的自治政府，自己的事自己可以做主了吧。"

"杰里科？不错，以色列人是在撤军，可一旦你想自己做主干点什么，他们随时都会回来。这周围你也看到了，被犹太人包围着，定居点越来越多。我们还远远做不到自己决定自己的命运。"

8世纪倭马亚王朝兴建的宫殿，毁于地震，现辟为国家公园

杰里科真正需要花点时间去看的是两处古迹。公元8世纪倭马亚王朝兴建的宫殿在落成后不久即毁于地震，因此相对完好地保持了当年的风貌，今天被辟为国家公园。再往前追溯，沿干涸的河床上行两公里，有当年希律大王营建的冬宫遗址，与马萨达要塞的北宫属同一时期。遗址的发掘、清理工作正在进行当中，残垣断壁刺

国家公园内景观

激着人们的想象力，让每一个到访者在自己的脑子里为《新约圣经》时代的杰里科描绘一张复原图。

按年代顺序倒叙下来的最后一站是近3200年前约舒亚率以色列人攻陷杰里科后兴建的犹太人城市，今天还可以看到当年犹太教会的遗构。这周围犹太人定居点也最集中。说起当年以色列人和原住民之间那场著名的"杰里科之役"，阿哈迈德毫不忌讳地使用"大屠杀"这样的字眼来发泄他仇视犹太人的情绪。其实关于杰里科之役，犹太教圣典中也有"城中生物，无论男女老幼，牛羊家畜都在利剑下丧生"这样露骨的记述，就是我们汉语所说的"屠城"，只不过这种词眼在杰里科这特定的环境中由阿哈迈德嘴里说出来，更震撼了些。

回程我继续询问阿哈迈德在耶路撒冷的生活和感受。他不避讳地告诉我父辈是在东耶路撒冷经商的，买卖要比他今天做的大得多，自己吃这碗饭也是第三次中东战争的结果。照他说，过今天这样的日子也是不得已，因为他们失去了土地和家园，只能

国家公园一隅

进入城市生活，别无选择。他的话让我想起约瑟夫在飞机上的那番话，我把它讲给阿哈迈德听，他却使劲摇着头表示反对："不对，至少在这个国家里，犹太人拥有土地和家园，拥有一切，而且是从我们手里夺去的。因为有了这一切，他们富，我们穷，他们在上，我们在下。"

"你听到没听到过这样的说法：生活在耶路撒冷的人里有两种是最幸福的，一是最虔诚、最保守的犹太教徒，另一种是穆斯林。因为这两种人都不用纳税，不用服兵役，离神的距离也最近，每天享受最充实的精神生活。"我没有把握我问的问题是否太直接，太刺激人了。

"我们穆斯林和坚贞派犹太教徒完全不一样。他们不纳税，不当兵都是出于自己的选择，是受国法保护的特权。我们穆斯林是贫穷，纳不起税。不服兵役是犹太人不可能让你服，不是自己的选择。不错，我们生活在圣地，有特权到别人进不去的萨赫莱清真寺的至圣之处去礼拜，可这些都要在犹太军人的监督之下，在他们的枪杆下去做。谁都知道他们的枪是为了对付你的。过这种没有选择的日子，你觉得幸福吗？"

"那你觉得穆斯林和犹太人有可能和好吗？"

"永远不可能，至少在巴勒斯坦，"他回答得异常坚定，不等我追问，又解释说，"因为积怨太深。穆斯林今天还在流血，犹太人也遭到报应。再有，这一路你都看到了，有多少犹太人的居民点，最好的土地都被他们占去了。涉及土地的问题，犹太人是绝对不会退让的，以前是这样，今后也还是这样。"

老实说，这和我预想到的答案差不多，只是在杰里科这座外界公认的相对亲犹太的城市，从一个在犹太人国家里生活得还算不错的穆斯林嘴里说出，语气又是如此激烈，不免让人感到有些诧异。阿哈迈德的言谈很难让人相信当年入主伊比利亚半岛的阿拉伯人曾经给被逐出家园而流离失所的犹太人提供过避难场所，而犹太人也曾经是阿拉伯人最值得信赖的同盟，两个民族曾和睦相处，为半岛带来繁荣。

我无意去追究多少人都没有梳理清楚的是是非非，只是通过杰里科之行切实感受到了上帝给今天生活在巴勒斯坦这块土地上的一对冤家留下的担子有多么沉重。

杰里科响晴，而耶路撒冷仍在阴雨中。我没有进城，由阿哈迈德引路，在近郊一家巴勒斯坦人开的小餐馆里又吃到了香喷喷的胡姆斯酱，只是主食从犹太人的皮塔饼改成了阿拉伯的大饼，和一年前在约旦、叙利亚吃到的一样。

2000 年前希律大王在地中海之滨兴建的港口城市恺撒利亚遗址

卡梅尔山上的对话

告别以色列的前一天,我乘公交车从特拉维夫赶到了古城恺撒利亚。2000 年前,这里是希律大王营建的地中海沿岸最大的港口城市,在东地中海可与希腊的雅典媲美。为了表达对当年地中海世界的霸主罗马帝国的友善,希律大王用罗马皇帝的名字为城市命名。罗马人也考虑到犹太王国的宗教和国民感情因素,没有在王国的首都耶路撒冷派驻军队,而让承担帝国东方防卫任务的军团驻扎在了恺撒利亚。希律大王的苦心经营为这里留下了宫殿、港口、圆形剧场、角斗场和水道桥等遗迹。

游完恺撒利亚,我继续乘大巴向北到港口城市海法。我约好和一周前分手的约瑟夫在这里见面,作为此次以色列之行的最后一站。

和上午刚刚走过的恺撒利亚一样,海法也和古罗马帝国有着极深的瓜葛。它的前身是罗马人于公元 1 世纪建设的城市。和恺撒利亚不同的是,前者曾经作为犹太人和罗马人和睦相处的象征,被冠上罗马皇帝的名字,而后者则是从诞生之日起就被赋予了作为罗马军队的基地,用武力将犹太人逐出耶路撒冷乃至整个巴勒斯坦的使命。

尽管地中海之滨的这两座城市诞生的背景一个是"和",一个是"争",但它们今天留给我的印象却和各自的背景相反。恺撒利亚作为一处古迹,特别是十字军东征时大规模增筑的城防,加重了它森严、冷酷的色彩。海法正相反,作为一座在古

恺撒利亚的圆形剧场

郊外的罗马水道桥遗址　　　　　恺撒利亚的古城墙

代城市基础上再生的现代化城市，凸显的是国际港城的潇洒与繁荣。最具象征性的景物是市中心被犹太教徒和基督教徒一同尊为圣地的卡梅尔山，希伯来语的原意为"上帝的葡萄园"。卡梅尔山在《旧约圣经》里多次出现。据经书记载，伊利亚当年曾在山上居住。他不仅被犹太教徒、基督教徒，也被伊斯兰教徒尊为先知。而今天的卡梅尔山更引人注目的则是巴哈伊教徒在山上建设的教会本部的庞大建筑群和美丽的花园。教祖巴孛于1844年在祖国波斯开创这一独特的一神教，被视为异端，从诞生之日起传教活动就被当局严令禁止。巴孛本人也被逐出波斯，浪迹于伊拉克和奥斯曼土耳其帝国，几度身陷囹圄，刑死后遗体被信徒们隐藏多年，于1899年辗转运到海法。信徒们在卡梅尔山上为教祖兴建了陵寝和由九级平台组成的空中花园，把宗教本部建在这里。巨大的建筑复合体今天成为港城海法最具代表性的景观。海法令人叹服的是它集中体现了以色列人和的一面，能容得异端宗教的建筑成为这座城市的象征。

天公仍不作美，持续阴雨，再加上我赶到海法时已近黄昏，无法看到常常被人们拿来同旧金山、拿波里相提并论的以色列第一港城的美景。

和一周前在特拉维夫送我到青年旅店时一样，约瑟夫穿着一件风雨衣出现在我们的会合地点——政府旅游服务中心的大厅里，接上我，一起走进了闹市区一家他选好的意大利餐厅。他抱歉地告诉我他未婚妻因为有事，不能跟我们一起吃饭。

这是我和约瑟夫继上次在飞机上四个小时长谈之后的第二次对话，一开始的话题自然落到一周以来我在以色列旅行的经历和感受上。我不事雕琢地跟他讲我如何履行马萨达誓言，讲在以色列博物馆看到《死海文书》时的亢奋，讲圣地耶路撒冷带给我的冲击，同时也把我在旅途上看到的、感受到的，特别是不解的东西讲给他听，让这个国际派以色列人为我做点评和解说。

和在飞机上一样，约瑟夫边喝着葡萄酒边帮我释疑，说我看到的是以色列城市中的两个极端。每个国家的海港城市往往都是最开放的，海法也不例外。这里不仅有今天我看到的巴哈伊教徒，还有大量的阿拉伯人、德鲁兹人，都信奉伊斯兰教，可他们跟犹太人相处得很和睦。他为我这次在海法停留的时间太短而遗憾，邀我下次多待几天，说他一定要带我到德鲁兹人的村子里去看看，这样可以帮我换一个视角看犹太人和穆斯林的关系。

"我们并不排外，知道和别人共存共荣，"他非常肯定地说，"也许海法人比耶路撒冷人更现实，宗教信仰上也一样。在海法，不管哪种宗教，狂信的人都比较少。你不是在耶路撒冷碰上了安息日，感到不方便吗？以后再遇到安息日你就到海法来，至少公交大巴照开，也不用担心找不到地方吃饭。"

约瑟夫并不赞成把周边城市的犹太人拉进耶路撒冷补缺这种愚蠢的做法，也不认为不纳税、不服兵役的巴勒斯坦人和极端虔诚的犹太教徒是圣都最幸福的居民。问他为什么不愿意住到耶路撒冷去，他给出的理由竟和阿哈迈德一样：因为那不是自己的选择。他说他愿意履行服兵役和纳税的义务，以此换取可以选择自己生活方式的自由。同时，他还更正了阿哈迈德关于犹太人不可能让穆斯林服兵役的说法，告诉我以色列的军队里并不是没有穆斯林，德鲁兹人就有不少从军的。

约瑟夫并不否认以色列当局对巴勒斯坦人施压，但觉得这是不得已的。他的主张是要想获得自由，首先要有付出，而对巴勒斯坦人来说，最基本的付出就是要变得更现实一些。历史上、宗教上的问题太复杂，纠缠不清。从现实利益出发，才会给大家带来好处。

"我还要说海法，在这里，大家都尊重现实，和睦相处。估计你去找海法的穆斯林，问他们对今后巴以关系怎么看，答案肯定跟那个阿哈迈德不一样。"

酒过三巡，约瑟夫变得更加健谈。我也放得更开，问他一些平素和犹太人接触时不便深谈的问题。

"我知道希特勒残杀犹太人是基于人种理论，但也是以整个欧洲蔓延的排犹、厌犹情绪为背景的，否则他得不到那么多人支持。上次在飞机上你分析过犹太人为什么会在全世界获得成功，今天我想知道为什么会有那么多人忌恨犹太人。你想过这些吗？"我知道我问到了一个非常微妙的问题，或许会使对方不愉快，但也想到今天在海法在这个理智的犹太人面前不能错过这个机会。

"你已经说过一点，就是希特勒那种对犹太人的憎恶，出于人种理论。和穆斯林之间因为有巴勒斯坦问题，涉及土地和流血，当然产生仇恨，这些我就不说了，"约瑟夫平静地回答我，"很多犹太人在各个领域获得成功也是让人嫉妒、遭人忌恨的原因之一，当然不是全部。犹太人成了欧美国家许多行业的精英，相互之间又有着紧密的联系，有些人甚至惧怕犹太人会支配整个世界。"

我不否认约瑟夫举出的这个理由。顺着他的语脉，我也能数出政治、思想、经济、金融、法律、艺术等犹太人获得成功的领域。人口不过1500万的犹太人通过竞争所获得的这些成就的确令人羡慕，同时也难免引起旁人嫉妒，而他们身上体现出的以宗教为主要媒介的强烈的凝聚力也使旁人感到他们是不同于大多数人的特殊的、带神秘色彩的另类。我顺着宗教的线索继续往下问。

"和你们的宗教信仰，和选民思想有没有关系？犹太教徒不是相信上帝选择了犹太人，只跟犹太人签订契约，要他们绝对服从，而上帝也会偏袒自己选择的犹太人吗？既然你们是被上帝选出来的，能得到上帝的特殊关爱，那没被选上的更多的人会怎么想？"见他没有回答，我又追问，"就拿我这个中国人来说吧，平常跟犹太人接触并不多，但如果你说上帝只选了你们，给你们特殊的关照，而没有选我，你们这些被选了的人又那么抱团，那我会怎么想。再说直接一点，你觉得上帝会像选你一样选我吗？"

约瑟夫笑了，回答得很巧妙："上帝选不选你首先取决于你是否相信他，我是指和我们犹太人一样相信他。你怎么判断一个人是不是犹太人，是看他的国籍吗？不是，因为犹太人各国都有。是看肤色吗？也不是。你也知道，犹太人的肤色、毛发并不统一。多数像我，但有黑皮肤的，也有跟你一样黄皮肤的。关键是信仰犹太教，按犹太教规生活。"

见我听得认真，他反问："你见过犹太人像基督教徒一样传教吗？没见过吧。"在被他问及之前，我从来没想过这个问题。现在想来，我确实没见过也没听说过犹太人传教，包括向别人推介他们的信仰，这和其他不少宗教大相径庭。

"不传教是不是因为你们相信自己是选民，而信的人太多了不就体现不出被选的人的价值了吗？"我知道我的话里不无刁难的成分。

约瑟夫依旧语气和缓地回答我说："别把我们犹太人看得太狭隘了，我希望全世界信犹太教的人更多。谁都可以成为选民，但你首先要相信上帝会选你。"他见桌上的葡萄酒瓶见底了，又向店员要过酒单。

我也感到刚才和约瑟夫这段对话过于沉重，于是主动换了个话题，询问他的制作公司的工作。他告诉我他们主要是企划、制作音乐产品，尤其是歌剧、交响乐等古典音乐。他问我喜不喜欢歌剧，我说很喜欢，没少看，但懂得并不多。

"你看，我不知道你喜欢歌剧，早知道就给你带来我们制作的歌剧盘了。"他边说边从风衣口袋里拿出两盘 CD 递给我，说是送给我的礼物。一盘是德国的交响乐团访以公演的实况，另一盘是以色列交响乐团演奏的芭蕾舞剧《胡桃夹子》的全曲。

"告诉我歌剧里你最喜欢谁的作品，我看我们有没有，可以寄给你。"

我刚要回答，忽然意识到我的答案说不定又会把我们的交谈拉回到沉重的话题上去。说实话，我最喜欢瓦格纳的歌剧，但知道他的作品在以色列是被禁的。这位音乐家曾在德国的音乐杂志上匿名发表论文，弹劾犹太人和犹太文化对音乐的影响。他的言论日后被纳粹党利用，瓦格纳本人也成为希特勒推崇的作曲家。据当年纳粹集中营的幸存者回忆，纳粹分子曾强制犹太人在集中营里演奏瓦格纳的作品。当犹太人被赶进毒气室惨遭屠杀时，集中营里播放的也是瓦格纳的乐曲。由于这样的原因，不光德国的乐团、歌剧院访以时不能上演瓦格纳的作品，从 20 世纪 80 年代初开始，以色列的音乐团体尝试上演瓦格纳作品的活动也都因遭到大屠杀幸存者和他们支持者的抗议示威而终止。以色列国会也作出决议：在大屠杀的幸存者还活着的今天，禁止在公共场合上演瓦格纳的作品。由于想到这些，我心里在掂量该不该跟约瑟夫说实话。

这一瞬间的犹豫没有瞒过他的眼睛："那我来猜猜看吧？"

"不用，我可以告诉你，我最喜欢瓦格纳的作品，喜欢他的《天鹅骑士》。"我意识到没必要跟约瑟夫躲躲闪闪。如果跟这个和善、开通的以色列人都没法说实话，我想今后也就不用跟其他犹太人交流了。"纯粹是看他的作品，没有别的意思。"我补充上一句。

约瑟夫笑了："你不必解释。他写歌剧很有才气，比他的交响乐更出色。我在德国常去欣赏他的作品，也去过拜罗伊特的瓦格纳歌剧院。"

"噢，真羡慕你，那是我的一个梦。"

"可惜我们公司还没有录制过他的作品，没法送给你，"他端起酒瓶为我斟满酒，说，"嗨，艺术家嘛，他也是被人利用了。"

"那以色列人婚礼上也不用他写的婚礼进行曲？"

"不用，用贝多芬的。不过我注意到现在有的人家电话里已在用他的曲子。我们做这一行的人，很敏感的，"他俏皮地冲我挤挤眼，接着说，"其实在家庭音乐会上早有人演奏他的作品。公演虽然还很难，但我相信早晚会实现的。"他说得肯定，让我感到我说出瓦格纳名字之前的担忧是多余的。

在卡梅尔山上和约瑟夫的交谈并不比在飞机上那次短。考虑到我明天一早还要到特拉维夫去赶飞机，约瑟夫打车把我送到了海法的青年旅馆，和在特拉维夫那次一样，也是在雨中。我使劲握了握他的手，感谢他为我的第三次中东之行增色。他半开玩笑地说即使我没遇见他，也会碰到和他一样的以色列人，旅行的内容会同样充实、难忘。他关照我好好休息，有什么事随时都可以往他家里或公司打电话。临别还特别提到瓦格纳歌剧的 CD，说日后有了一定寄给我。

我站在卡梅尔山上望着约瑟夫的车在暴雨中远去，感到自己和以色列更近了。

踏着佛陀的足迹

斯里兰卡、印度、尼泊尔

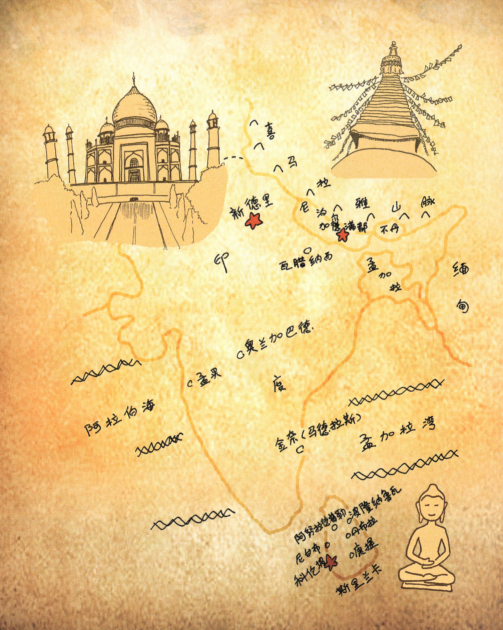

喜马拉雅山脉

新德里

尼泊尔　加德满都　不丹　缅甸

印　瓦腊纳西

孟加拉

奥兰加巴德

孟买　度

阿拉伯海

金奈（马德拉斯）

孟加拉湾

阿努拉德普勒　波隆纳鲁瓦

尼甘布　丹布拉

科伦坡　康提

斯里兰卡

和斯里兰卡的温柔相比，

印度对于一个来自异文化圈的人来说，

无论在精神上还是在肉体上

都是一块严酷的大地。

1994 年 2 月 19 日午夜，我站在科伦坡卡吐纳亚卡国际机场的到港大厅里。热风带着印度洋的潮腥味吹到脸上、身上，提醒我已经踏上斯里兰卡的国土。

在这个岛国的逗留时间只有四天半。由于这次购买便宜机票的缘故，我必须在四天后的下午赶回机场，搭乘斯航的班机赶往印度南方城市马德拉斯。斯里兰卡 6.6 万平方公里的国土不算大，但和它那极其丰富的自然风光和人文景观相比，四天半的时间实在不算长。此次南亚之行的主要看点是密集分布的佛教遗迹。因此，早在计划阶段，我的眼睛就盯住了小岛的内陆部分。

人们形象地把斯里兰卡比做南亚次大陆掉在印度洋中的一滴眼泪。首都科伦坡位于小岛的西南端。岛的中央，由北部的历史名城阿努拉德普勒、偏东的波隆纳鲁瓦遗迹和南侧的古都康提构成的三角地带被称为文化三角区。这里有世界上屈指可数的以佛教遗迹为中心的古迹群，其中有不少无论从规模，还是从宗教、文化、美术史的角度看都具有极高的价值，因此被列入联合国教科文组织的《世界文化遗产名录》，并投入大量资金进行清理、修葺。更吸引人的是，这些古迹中的绝大部分今天仍是人们崇尚、朝拜的对象。因此，进入文化三角区在某种程度上也意味着走近斯里兰卡人的生活。

小岛百分之七十的居民是僧伽罗人，他们的历代王朝都把佛教作为护国宗教。公元前 3 世纪，僧伽罗人在岛的北部建立了佛教王朝，定都阿努拉德普勒。进入 11 世纪，由于印度南部势力的侵入，王朝的首都迁到波隆纳鲁瓦。再往后，王朝与印度南部势力的抗争日趋激烈，继迁都波隆纳鲁瓦之后，至少又经历了四次大规模的南迁。到了 15 世纪中叶，僧伽罗王朝选择的最后一个王都是三角区南端的山城康提。文化三角区最大的魅力在于它是斯里兰卡诱人的历史与文化的缩影。

从机场先赶到 30 公里外的首都科伦坡去并不是聪明的选择，因为那样至少会耽误一个晚上的时间。我现在需要披星戴月赶到三角区最北端的阿努拉德普勒，然后由北向南尽可能详尽地转完文化三角区内的主要景胜。科伦坡适于放在路程的最后。

我决定包一辆出租车进文化三角区，因为现在是花钱买时间的时候。南亚国家相对便宜的物价也允许我做出这样的选择。参加当地为外国人组织的包吃、包住的空调大巴旅游团也并不便宜。到港大厅里挤满了为旅游公司拉客的人，如果不放心，还可以到旅行社开设的柜台，在这里找到一辆出租车加一个司机兼导游并不难。难的是我提出的一个苛刻的条件：立即上路。

"能不能稍晚一点，哪怕凌晨四五点钟也好。"柜台里旅行社的小老板用央求的口吻跟我商量。

"不行，你知道天亮前的几个小时对我来说有多么宝贵。我实在太喜欢你们的国家，太迷这里的古迹了。你如果找不到司机，我只能再去求别的旅行社。"

老板抓着电话机，使尽了浑身解数，终于给了个令我满意的答复：司机找到了，正往这边赶，一刻钟后就能出发。司机是个在斯里兰卡不多见的身高和我相仿的瘦高个。球鞋、仔裤，加一件纱洗的半袖衫，脸上、身上带着一股粗犷的野性味儿。恐怕是出家门太急的缘故，他手里只抓着一只塞有毛巾、牙具的大搪瓷缸子。

"他叫阿迪，我们这里最好的司机。途中有什么要求尽管跟他提，也可以打电话给我。"老板边介绍，边递过名片。我握过阿迪那只没拿缸子的大手，为让他跑夜路的事道过歉，边向他解释原因，边走出机场大楼，坐上了停在路边的一辆白色的旧丰田轿车。印度洋的暖风透过敞开的车窗吹到脸上和手臂上，潮乎乎的。我问阿迪这个季节天气怎么样，他告诉我因为印度洋季风，北边稍好，南边常下阵雨。

午夜的公路上车不多。沿途的哨卡边，荷枪实弹的军人在严格盘检过往车辆。在北方重镇贾夫纳，政府军围剿泰米尔猛虎组织的战斗打得正激烈，各大城市恐怖事件时有发生，紧张的气氛也充满了通往北方的干线公路。几次过哨卡时我问阿迪要不要下车打开行李受检，他都告诉我对载有外国人的车辆检查较松，并老练地回答着士兵的盘问，轻松过关。再看看下车开箱受检的斯里兰卡人，就知道事态对于印度洋上的这个小小的岛国有多么严峻。

"贾夫纳那边是不是很紧张？"我问阿迪。

"外国人觉得可怕，因为你们看到的都是报纸、电视上的报道。我们生活在这里，反倒觉得没什么了不起。再说，就算紧张，你不是也得在这里生活嘛。"

"城里不是发生过不少恐怖事件吗？你们不觉得泰米尔猛虎组织可怕？"

"咳，可怕什么，去北边看看就知道了。打死了不少，也抓了不少，都是半大的孩子。"从阿迪的口气可以断定他绝对不是泰米尔人。

"你是僧伽罗人？"

"不，你没猜对，"他得意地冲我挤挤眼睛说，"我们被称做摩尔人，是穆斯林。"

不知是出于穆斯林在选择职业时的倾向，还是我和他们有什么特殊的缘分，几次在旅途上包车时遇到的都是伊斯兰教徒。要知道，在斯里兰卡这样一个佛教国家里，穆斯林仅占总人口的百分之七。

"家里有几口人？"

"老婆和三个孩子，老大上中学，最小的两岁。"

"日子过得好吗？"

"怎么说呢，在科伦坡算是不好也不坏。我一个养四个，富不起来，也穷不下去。"

"像你这样全程为我开车，做导游，老板能付你多少钱？"

"付我多少钱？老板才不给我钱呢。他给我一个挣钱的机会，我要从你身上挣钱。"

他问起我的来历，我告诉他我是个中国的穷学生，来旅游的。他说："你可不穷，穷的话你怎么能来斯里兰卡旅行？你是富人。"他感到自己话说得重了一点，于是岔开话题，跟我聊起斯中关系，告诉我科伦坡市内有不少中国援建的项目，等回到城里，他一定带我去看。

我跟他提起我小的时候访华的斯里兰卡总理班达拉奈克夫人，以及她赠送给中国的小象米杜拉，盛赞斯里兰卡的妇女能干，出了世界上第一个女总理。

"不错，"阿迪点头说，"不过，也不是说谁都能干，要看她的出身，接受的教育和付出的努力。我们家的女总理也很能干，既漂亮，又有教养。我在外边挣钱，她在家里教育孩子，料理家务，还做得一手好菜。等回到科伦坡，我一定请你到我家，尝尝她的手艺。"他说得很得意，加上刚才说好的带我去看科伦坡市容，短短时间内已经向我许下了两个愿。

我谢过他的好意，并表示对他的羡慕。阿迪更得意地说自己很幸运，并问我结婚了没有。

"没有，单身更轻松。"

"噢，所以你一个人出来旅行，可你为什么要去阿努拉德普勒？你有四天时间，除了北边的贾夫纳现在外国人没法去，我可以带你到东海岸的亭可马里、南边的汗班托塔，也可以去看挖宝石的矿井或野生动物园。斯里兰卡好玩的地方多了。"

"可你知道，我是学历史的。"

"噢。"听到这个能让他接受的理由，他不再往下追问了。

旧丰田车在干线公路上向北疾驶，东方破晓的时候，开进了一座叫不上名来的小镇，车速减了下来。我下意识地伸伸懒腰，打了个哈欠。看看阿迪，开了大半夜车的斯里兰卡人兴许是被我牵动，这时正好也疲倦地打了个哈欠。

"我们跑了有一半了吗？"我问。

"一大半了。"

"停车歇会儿吧，你太辛苦了。"

"好，休息一个小时，我保证早上7点钟赶到阿努拉德普勒。"

"不，歇两个小时，8点钟赶到就行。"

"好，就两个小时。"阿迪把车停在路边。我们放倒座椅，躺下来开始充电。小镇上雄鸡报晓成了我们的催眠曲。不知眯瞪了多一会儿，我被雨点敲打车身的声音吵醒了。我轻轻起身，想隔着阿迪的身体摇起驾驶席一侧的车窗玻璃，阿迪却机警地睁开了眼睛。

"是季风雨，这个季节就是这样，一会儿雨，一会儿晴。"他伸伸懒腰，揉揉眼睛，升起座椅背，把车开到镇上挂着旅馆招牌的小店门口。

"我们吃点东西。我给阿努拉德普勒的一个老导游打个电话，让他在那边等我们。你是学历史的，他的讲解比我对你更有帮助，"见我略显意外的样子，又补上一句，"不用担心费用，老导游是我的朋友。"

文化三角区

丰田车开进阿努拉德普勒遗迹的时候，清晨为我们叫早的那场雨已经停止。头顶上虽然是乱云飞渡，但太阳已经从云缝里探出头来。

阿努拉德普勒曾经像一轮初升的太阳，为斯里兰卡带来了佛教文化的曙光。公

古都阿努拉德普勒的佛教遗迹

元前236年，印度孔雀王朝阿育王之子高僧摩哂陀携佛经渡海来到这里，开创了斯里兰卡佛教的历史。从印度伽雅释迦牟尼得道的大菩提树上分下来的树枝也是在这个时期在阿努拉德普勒扎下了根。此后，阿努拉德普勒作为僧伽罗王国的首都，同时也作为南亚以及东南亚大部分地区崇尚的佛教文化的圣地，迎来了它的鼎盛时期。佛教从这里传遍了全岛，再从小岛普及到缅甸、柬埔寨、泰国及世界各地。佛教文化的中心还吸引了各国前来求法的留学僧人，这当中就有东晋的高僧法显。

公元前3世纪始建的伊苏鲁牟尼耶寺中保存的情侣石刻

阿努拉德普勒的历史是斯里兰卡佛教文化发展的历史，同时也是对立、抗争的历史。僧伽罗王朝自诞生之日起就面临着来自印度南方的泰米尔人的挑战。公元前1世纪中叶，僧伽罗人曾经成功地阻止过泰米尔人的南侵，但好景不长，国王新即位便被泰米尔人赶下了王位。直到公元3世纪马哈赛纳大王夺回王都为止，阿努拉德普勒历史舞台的主角常常是当时同样信仰佛教的泰米尔人。马哈赛纳大王在中兴僧伽罗文化的同时，还为地处干燥地区的王都修建了16座水库，开挖了运河，恩泽被及今人。

废都中到处可以见到的景象

马哈赛纳大王之后的 500 年，僧伽罗人和泰米尔人在这块土地上展开了争夺势力的拉锯战。随着时间的推移，王国佛教界发生内讧，加之泰米尔人的攻势日趋凶猛，公元 10 世纪，僧伽罗人终于放弃了千年古都，王朝的政治、文化中心南迁到波隆纳鲁瓦。

阿努拉德普勒虽然曾经是斯里兰卡民族冲突的舞台，但历经沧桑的古都今天迎接游人的却是一片祥和。长满绿草的废塔和修葺一新的白塔相映衬，古迹间牛在悠闲地吃草，野猿在树上戏耍。废都是 2000 多年纷争的见证人，佛教为这块土地带来了灵气，驱走了杀伐的邪恶，使人忘却了相距不过百公里的北部地区还在进行着激战。

阿迪早上打电话找的老导游已经在古迹入口处的大道上等我们。身材瘦小、肤色黝黑的老人手里拿了一把和他的性别、年龄不大相称的粉红色折叠伞。和阿迪交接班之后，老人先带我去看举世闻名的老菩提树。进入圣域门口时，我学着他的样子，脱下鞋来装进背包，边走边听老人用那并不好听，但非常熟练的英语从古老的菩提树开始讲阿努拉德普勒的故事。

从他的解说中，我得知老菩提树的树龄有 2200 多年，是从印度伽雅释迦牟尼大彻大悟的那棵大菩提树上分下来的。公元前 3 世纪，印度阿育王的公主把它带到了阿努拉德普勒，由国王亲手种下。今天，伽雅的大菩提树已经老死，阿努拉德普勒这棵菩提树就成了世上最老、最神圣的一株。从它身上分下来的枝杈又被带回伽雅，种植在当年大菩提树的位置上。

阿努拉德普勒的佛教遗迹分布集中。跟着这位非常专业的老导游，我高效率地走访了马哈赛纳王宫遗址、马哈毗诃罗寺院、阿巴耶利大塔等最具代表性的斯里兰卡早期佛教遗迹。

斯里兰卡的佛教遗迹无一例外以佛塔为中心构成。这些塔的外观和我们中国人心目中的佛塔全然不同，大多是最原始的覆钵形，像一只倒扣着的巨碗。塔内最早埋葬的是释尊的遗骨、遗发，后来是高僧们的佛舍利和遗物。半圆形的顶点竖立着装饰性的塔刹。不仅斯里兰卡，印度、尼泊尔等南亚国家的佛塔大多也呈这个形状，但当它们传到中、日、韩等东亚国家时，本属装饰性的塔刹部分被夸张地加大，并同东亚国家传统的木构建筑结合起来，形成了山西的应县木塔、钱塘江畔的六和塔那样的外观。而北京白塔寺内由尼泊尔僧人亲手设计的白塔还保留了南亚佛塔的原形。

南亚佛塔的规模之大也和中国的佛塔有着不同的表现。在中国，要爬上一座巨塔的塔顶往往会使人气喘吁吁，而在南亚的佛教遗迹里，平地上围着巨塔转上一圈就要耗费不少时间。塔身固然是参观的主要对象，看周围的装饰，诸如圣兽的塑像和石门上的雕刻等也要花费不少时间。

季风期的天气比少女的心还难捉摸。当我们围着一座著名的塔——鲁梵伐利大塔转了半圈时，刚刚还透出阳光的天空忽然像被墨笔涂成了黑色，顷刻之间下起了瓢泼大雨。雨水顺着巨塔半圆形的外壁流到基座上，平地变成了小河。大塔周围非但没有屋檐避雨，要想顺原路返回寺院入口也是件难事，因为以大塔为中心的古寺院规模之大实在超出了我的想象。

老导游撑起了那把粉红色的折叠伞，见实在无法遮住两个人的头顶，就伸出一只手抱住了我的腰。我用右手搂住了他干瘦的肩膀。两人赤着脚，踏着没过脚面的雨水走向塔门方向。旧折叠伞仅仅遮住了两个人的头。老导游的右肩和我的左半身早被雨水浇透，但我们互相搂住对方的手都没有松。我知道我的臂膀紧紧拥抱住的是这位与我父辈年龄相仿的斯里兰卡老人的友善，是他对我这个异邦人的一片温情。

暴雨中，老导游的讲解一直没有停。

回到阿迪车上的时候，我身上浇湿的衣服已被雨后的骄阳烘干。老导游一直站在路口，目送我们的车开出阿努拉德普勒老市区。

"你给他钱了？"阿迪大概看到了老导游在胸前合掌谢我。

"对，50个卢比。"

"噢，我还怕你给多了。"

"非常热情、善良的一位老人，教给我好多东西。"

"你觉得好，就好。50卢比能帮你学历史，算便宜吧。"

是呀，50个卢比——两个美元，我说不上这个价格对我是便宜还是贵。但50卢比即使是贵的，又怎么抵得上老导游为我遮雨的那份情。50卢比不是报酬，而是一次以心换心的交流。

汽车从阿努拉德普勒向东，半小时后来到郊外的佛教圣地密兴多列山脚下。

公元前247年6月满月的日子，居住在阿努拉德普勒的提婆南毗耶·帝沙王来此行猎，由一只美丽的野鹿带路，邂逅从印度来此传教的上部座佛教弘法大师密兴多列，僧名摩哂陀。国王经摩哂陀点化皈依佛门，他的臣民在短短七天之内有8500人成为佛教徒，佛教顷刻之间传遍了全岛。国王将68座石窟和一座寺院赐予摩哂陀，供信徒们修炼，密兴多列山由此成为斯里兰卡佛教的摇篮。

通往山顶的是一条一千八百多级的石阶路。阿迪留在山下补他的觉，我一个人拾级而上。雨后的烈日使大地变成了蒸笼。山道两侧开满鲜花的印度素馨树用茂密的枝叶为参拜者们搭起了一条绿色的走廊。斯里兰卡人为它那美丽的花朵取了个动听的名字：佛陀花。阵阵幽香不但帮人驱走暑热，还把佛迹的圣洁留在每一个造访者的心里。

密兴多列山上的安波多罗塔

绿色走廊的尽头是古迹的中心部分。从这里开始，朝拜者要脱下鞋子，赤脚进入。和绿色走廊相接的是被一片棕榈树环抱的雪白的安波多罗塔，高僧摩哂陀就长眠在这里。向南望，山顶的摩诃赛耶大塔在午后强光的照射下格外耀眼。

从安波多罗塔到山顶的最后一段路更难走。石阶路到这里开始变窄，并失去了绿树的遮掩，裸露的岩石被太阳晒得滚烫。真佩服来这里朝拜的斯里兰卡人，他们能悠然自得地赤脚行走在石阶上。而对我来说，脚下的路简直变成了灼热的铁板，走不了多远就要找个背阴的地方让脚掌降降温。汗水顺着脸颊不住地往下流，我掏出毛巾搭在脖子上，边擦拭着汗水边向洁白的摩诃赛耶大塔攀去。

密兴多列山顶的风光不负攀登者的一路汗水。站在摩诃赛耶大塔下举目远望，眼底是被绿色植被覆盖得严严实实的富饶的大地。绿毯上有两样东西特别引人注目。白色的是一座佛塔，显示着佛教国家的国民深厚的信仰。像绿宝石一样闪闪发光的是水库、水塘。它们大多是先人为今人留下的财富，也是传统农业国家斯里兰卡与自然协调、共存的象征。

传说摩诃赛耶大塔内葬有释迦牟尼的佛发，是佛教信仰的象征。我怀着对智者的崇敬之心，围着大塔漫步，也让山顶的清风拂去身上的汗水。在大塔背面的树荫下，我遇到了一男三女四个结伴出来游玩的斯里兰卡青年。男孩子正在给女孩子们看一本相册，见我走近，主动叫我过去坐下，并把相册中自己持枪穿军装的照片指给我看。男青年当过兵，参加过在北部对泰米尔武装力量的战斗。当我问起他参加战斗的经历，在战场上打死没打死过敌人时，他用磕磕巴巴的英语加上僧伽罗语单词，和着手势，兴奋地给我讲起那场战役他们取得了胜利，俘虏了很多泰米尔人。

站在摩诃赛耶大塔前，眼底是一片和平的景象。2500多年前的智者释迦牟尼用来启迪人们的是佛法的慈悲和宽容，而大塔前这位当代青年让我看到的却是像一对齿轮没有咬合好而发生剧烈碰撞那样的严酷事实。令我略感欣慰的是当我问僧伽罗青年他喜不喜欢打仗时，他的回答是否定的。我为四个年轻人拍了张照片。男青

摩诃赛耶大塔，塔身呈覆钵形

年要我日后把照片寄给他，并用僧伽罗语给我留下了地址。我接过他写的纸条收好，想着下山后让阿迪帮我翻成英语，日后一定把照片寄给年轻人，并在照片背面写上一句祈祷和平的话。

　　阿迪的车载着我继续沿干线公路向东南方行驶。

　　斯里兰卡的乡间，无论走到哪里，都是一片和平景象。特别是黄昏时分，当人们看到赶着水牛走在田埂上的牧童、水塘边汲水的妇女、小村庄升起的炊烟时，便会感到和平与斯里兰卡人传统的农耕生活有着多么深的缘分，而在今天，和平对这个国家又是多么可贵。

　　"看，那姑娘在冲你笑。"

在摩诃赛耶大塔下邂逅的几个斯里兰卡青年

顺着阿迪手指的方向望去，是一幅斯里兰卡乡间到处都能看到的画面：一位少女散开头发在水塘中沐浴，池水没到她的颈项，露出水面的笑脸就像一朵绽开的莲花。

天快黑下来的时候，右前方出现了一片一眼望不到边的水面，这是波罗迦罗摩海——12世纪的名君波罗迦罗摩巴忽大帝兴建的巨大的人工湖。僧伽罗王朝的第二个王都波隆纳鲁瓦到了。

湖畔建有国营旅馆。阿迪到前台先为我开好房间，问我："你愿意单住，还是咱们合住一个房间？"

"合住，我没有任何不方便。"

"多谢！"

我大概可以猜出阿迪谢我的原因。凌晨坐上他的车时，阿迪说的"我要从你身上挣钱"那句话启发了我。和客人同住一个房间省出的八美元可以由阿迪交给他家的女总理，去支撑他说的"富不起来，也穷不下去"的生活。

阿迪老练地推开房门，打开屋顶的风扇，跟我说："你先洗把脸，然后咱们去吃饭。我去要一盘蚊香，晚上睡个好觉。明天赶早去看波隆纳鲁瓦遗迹，那里挺费时间的。"

暴君与美女

波隆纳鲁瓦遗迹坐落在波罗迦罗摩海的东岸。由于王都的营造年代比阿努拉德普勒晚了近千年，古迹的保存状态相对要完好得多。加之这里距北方城市有一段距离，缓解了人们对治安问题的担忧，从南方城市康提、科伦坡来访的游客也多了起来，使古迹充满了观光热点的味道。时间虽然还早，但为了避开白天的烈日，早上的湖畔已经聚集了不少各国游客。

来到波隆纳鲁瓦之后，我才开始后悔不该仅仅分给这处古迹半天

波罗迦罗摩海

波隆纳鲁瓦遗迹

遗迹中密布残损的佛塔和佛像

的时间，而应当在湖畔再住上一宿。迄今为止，在我到过的亚洲的名胜古迹中，曾经有几处给我带来过这样的遗憾。土耳其的以弗所是一处，叙利亚的帕尔米拉是一处，今天的波隆纳鲁瓦又是一处。然而，后悔也无济于事，我不能因此打乱全盘旅行计划，只能暗下决心：有朝一日重游这里的时候，一定弥补今天的缺憾。好在我没有跟团，阿迪的车开进了古迹公园，载着我移动，节省了不少时间。缺点是无法在古塔残垣间悠闲地漫步。

　　大片遗迹中最吸引我的是迦尔寺的三尊露天石佛像，雕刻在平地凸起的岩石上，分别呈立、坐、卧三种姿态。石佛像的魅力不仅在于精美和巨大，还在于它们突兀在丛林之中，与供奉在庙宇殿堂内的佛像相比，省去了不少人工的雕琢，和斯里兰卡人的质朴，和这里不加任何修饰的自然结合得更完美。

　　看完古迹，我们赶在正午前离开了波隆纳鲁瓦，继续驱车向南。沿途的植被变得更加茂密，还经常有野生

废寺石雕

古迹中的小型印度教寺院

动物出现。

斯里兰卡是野生动物的乐园。驱车在这里旅行，会经常与不少通常关在动物园笼子里的动物邂逅。成群的长尾叶猴在农家门前的大树上戏耍，野猪、羚羊时常出现在农田里。街头路口，一米多长的大蜥蜴在跟旅店的黄狗吵架，汽车拐急弯时阿迪按响的喇叭声也会惊飞几只孔雀。

通过两晚一天的相触，我跟阿迪更熟了。昨晚充足的睡眠使本来就很强壮的斯里兰卡人恢复了精力和体力，身上的那股豪爽劲儿和野性味儿也更足了。旧丰田车也似乎蓄足了马力，在乡间公路上疾驶。车子穿过一条从莽林中开出的土路，季风雨的积水使路面变得凹凸不平。阿迪把车速减下来，全神贯注地握着方向盘，以防车轮陷进水洼泥泞中。

"看见前面那堆粪没有？我带你去看。"阿迪在一堆食草动物的排泄物跟前停下车，打开车门和我下车。

"是野牛粪？"我问。

"不，野牛粪没有这么大块，也比这细。这是大象的粪，而且还很新鲜，说不定它们就在附近。路上不是有不少用木头支起的高架吗？那也是用来吓唬大象的。"

汽车穿过土

锡吉里亚峰——斯里兰卡享誉全球的佛教美术宝库

锡吉里亚峰的入口——狮门　　　　　　　　锡吉里亚峰下的狮子脚

路，前方密林中一座孤峰突起，红褐色的岩石和周围深绿色的植被形成鲜明的对比。锡吉里亚峰——斯里兰卡享誉全球的佛教美术的宝库就在眼前了。初到这里的人首先会为大自然的造化之妙惊叹不已。然而，锡吉里亚值得人们惊叹的远不止这奇崛的岩峰，更有一个发生在峰顶的历史故事。平地突起的这块巨石曾经是斯里兰卡历史上一个王朝的首都。

　　5世纪中叶入主阿努拉德普勒的贤君达森迦利有两个儿子。长子迦叶波为平民出身的王妃所生，次子目犍连的生母出身王族。迦叶波生性多疑，忌怕父王将本属于自己的王位继承权交给血脉纯正的弟弟，便发动宫廷政变，将父亲囚禁在宫中，篡夺了王位，并企图加害目犍连。目犍连怀着对迦叶波的仇恨逃往印度。

　　其后，迦叶波逼着父王达森迦利交出全部财产。达森迦利让迦叶波把他带到自己为发展农业兴建的大水库边，指着水库告诉逆子："这就是我的全部财富。"迦叶波恼羞成怒，指使忌恨父王的家臣杀害了亲生父亲。

　　迦叶波虽然获得了梦寐以求的王位，但这以后的日子并不好过。亡父的冤魂经常在梦里出现，吓得他整夜不能入睡，担心弟弟目犍连回来复仇的恐惧更使他心惊肉跳，几乎发狂。阿努拉德普勒的老王宫一天也不能多住了。迦叶波竟鬼使神差般地下令在拔地而起的锡吉里亚峰顶修建新王宫。锡吉里亚峰凸现在丛莽中，四周是200米高的刀切般的峭壁。迦叶波令人在山峰北侧砌起了一尊巨大的镇妖坐狮，以狮口为上山的入口，取名"狮门"，与沿峭壁凿出的石梯相接，上下山的人只能从狮子嘴里进出。石梯最险要的地方还装有投石机，一夫当关，万夫莫开。暴虐的国王借锡吉里亚峰天险，先为自己修起了易守难攻的城防。接着，他又下令在峰顶筑起豪奢的王宫，开挖蓄水池。宫殿凌空独立，引山上的泉水从地板下流过，用来消暑。就这样，迦叶波将自己的王

绘于上山通道上的锡吉里亚仙女像

座从阿努拉德普勒的老王宫搬到了锡吉里亚峰顶的新宫殿。

然而，锡吉里亚的天险也没能给杀父篡位的国王带来安宁。尽管有重兵把守，有宫娥粉黛相伴，宫墙上还总是出现亡父浑身是血的影子，风声中传来异母兄弟发誓报仇的吼声。迦叶波于是想到靠改变周边环境来缓解心理上的压力，并为此费尽了心机。他令人在宫殿周围开凿壁龛，供奉佛像，修建舞榭歌台，在轻歌曼舞中寻求一时的安宁。他处心积虑做的另一件事是把王宫的通道变成一条宗教绘画的画廊。工匠们先将岩石壁面打磨平整，在上面抹上掺有稻糠和植物纤维的黏土，而后把石灰和沙土和在一起，涂在黏土层的上面，最外面用厚厚的石灰掺上蜂蜜调制成的白泥形成绘画用的白墙。然后，画师们用蔬菜、水果以及花草的汁液作颜料，在画壁上绘制出了500名仙女飞天散花的画卷，他期待着婀娜多姿的仙女能为七年前被自己杀害的亡父镇魂。

迦叶波煞费苦心的经营是徒劳的，他最惧怕的事终于发生了。11年后，目犍连从印度带兵回来复仇。或许是天意惩恶，两军战事正酣的时候，迦叶波乘坐的大象前足陷入泥沼，不能自拔，被目犍连的军队团团围住。迦叶波自知落入目犍连手中

峰顶的宫殿遗址和贮水池

从峰顶俯瞰山下的宫殿残迹

性命难保，遂拔出腰间的短剑自刎，军队因失去主帅而阵脚大乱，一败涂地。目犍连攻下锡吉里亚王宫后，把它连同整座岩山一道捐赠给了佛教僧侣，并马上将首都迁回了阿努拉德普勒。锡吉里亚峰顶的历史剧降下了帷幕。

沿着当年迦叶波开凿的石梯登上峰顶，游人看到的是已成为一片废墟的王宫，听到的是山顶的风声。这里不但没有 14 个世纪以前的荣华，还会使来访者感到一种难言的寂寞，让人们在心里反复给自己提出一个永远也难以找到答案的问题：当年年轻的王位继承人为什么居然能够为了权力而舍弃人世间最宝贵的骨肉之情，去选择最难忍受的苦楚——孤独？

迦叶波为亡父镇魂的 500 名仙女像如今只留下了 18 尊。从 1400 年的睡梦中醒来的锡吉里亚仙女用她们较之当年毫不逊色的妖娆吸引着全世界慕名而来的游人。丧心病狂的暴君留在宫墙上的壁画今天竟成了令每一个来访者为之叹息不止的艺术杰作，这也许是上苍在锡吉里亚峰顶和世人开的最大的一个玩笑。

带着无限感慨走下山的时候，太阳已经西沉。阿迪的车在南行的路上跑了不到一刻钟，突然掉转方向，拐进了岔道上一家乡间小旅店的停车场。他大概想到了别让我一下子离开锡吉里亚太远，好让我把历史名胜带给人的感怀，连同这乡间的景色一道留在心里。

晚上，小旅馆的餐厅里只有我和阿迪两人，一个服务生候在我们身后。电视里正在播放彩票抽奖仪式，主持节目的是一位僧伽罗姑娘和一位泰米尔姑娘。这在斯里兰卡是有着特殊意义的组合。

两瓶啤酒下肚，阿迪的脸涨红了，不再收敛他身上那股野味儿，话也粗了起来："妈的，那泰米尔女孩儿不高兴，就像谁欠了她钱似的。"

我问他泰米尔人是否容易分辨，他说听说话看服饰就知道。我又追问如果穿一样的服装，不开口怎么分辨。阿迪信口说泰米尔人肤色偏黑，但马上又觉得不妥当，补充说："咳，这谁也说不准，一般是这样，可也有不黑的。你看电视上这俩女孩儿，哪个白，哪个黑？要说黑，我比她们都黑。妈的，那泰米尔女孩儿为什么不笑？"他恼怒得简直要蹦起来了。

我又问阿迪日常生活中和泰米尔人相处得如何，他告诉我只要没事，大家都是朋友，就怕碰到闹事的时候。穆斯林和僧伽罗人之间也是如此。据说他父亲那辈本是在科伦坡开店做买卖的，20 世纪 30 年代赶上民族纷争，父亲的店被人砸了。

"要是那爿店能留给我，也不至于今天过这样的日子。"阿迪没好气地边说边丢掉餐叉，派头十足地举起双手，在空中挥了一下。身后的服务生马上领会了客人的意思，毕恭毕敬地把一只铜制水钵端到他跟前。阿迪在盆里洗过手，开始用右手撮起盘子里的牛肉炒饭，蘸着碗中的咖喱汁，灵巧地送到嘴里，边吃还边对饭菜发着牢骚："妈的，这哪里是什么牛肉炒饭，分明是水牛肉做的，又老又硬。"今天的他和两天前那个向我炫耀自己小康生活的阿迪简直判若两人。

我没去理会阿迪对饭菜的不满，倒是愿意听他多说几句实话："跟我说说你的孩子，你希望他们长大了干点什么？"

"反正不想让他们像我一样。女儿大了，嫁个好丈夫也就行了。儿子还小，一定要让他接受比我好的教育，往后像他爷爷那样去经商，"他又灌了一大口啤酒，说，"咳，难哪！我这个当爹的能为他们做点什么呢？没本事多给他们留点钱，就想为他们创造一个好一点的环境。老实说，我不想老待在科伦坡，我的梦想是带着全家到马来西亚去。"他的话里带着穆斯林对东南亚伊斯兰教国家的憧憬。

"嗨，说这么远的有什么用。我现在最想为孩子做的就是给他们买一台录像机，我那小儿子特别喜欢看动漫。家里的录像机坏了，需要换磁头。我在一家卖电器配件的店里看到一只，400卢比，东西不错。这次出车挣点钱，回到科伦坡，我就去把它买回来换上。我儿子不定多高兴呢。"阿迪说得那么动情，充满野性味的眼睛此时放出的是温柔、慈祥的光，和普天下的父亲一样。

"阿迪，快看，那泰米尔女孩儿笑了！"

电视上转播抽奖仪式的节目结束了。摄像机镜头最后在那对节目主持人的笑脸上定格。

山城康提

斯里兰卡不愧是文化遗产的宝库。从锡吉里亚到山城康提之间不到100公里的路上，阿迪带我走访了丹布拉、那兰达、阿鲁毗诃罗寺三处世界遗产。其中丹布拉是斯里兰卡最古老的石窟寺院，寺内的石佛像和壁画比敦煌莫高窟中最古老的作品还要早500年。

随着文化三角区中下一个目的地康提的接近，车窗外的风景由茂密的丛林变成了漫山遍野的茶园。斯里兰卡中部的丘陵地带以盛产誉满全球的锡兰红茶而著称。山坡上身着色泽鲜艳的民族服装、背着半人高的茶篓采摘茶叶的大多是泰米尔妇女。她们的祖先是殖民地时期被英国人从故乡印度作为劳动力带到斯里兰卡来的。今天，康提近郊绿色的茶田和采茶的泰米尔姑娘已经成了这一带缺之不可的风物诗。但当人们在路边的茶店小憩，望着山坡上采茶姑娘的身影，端起一杯香茶品味的时候，

那兰达的印度教寺院　　　　　　　　　　　　和阿迪在遗迹里

应当也会尝到饱含在锡兰红茶中的苦涩和辛酸。

　　下午，骄阳似火，好在康提近郊的马哈维利河水不时把凉意送到人的心里。正午过后，从清晨开始工作了大半天的大象们来到河边，随着主人的吆喝声在水里翻着身，让主人用椰子壳和肥皂帮它们冲刷掉身上的泥污，享受一天中最快活的时光。碰到游人走近，牧象人还会让大象从河里站起身，冲人行礼，用鼻子吸起水来，像洗淋浴一样喷到自己背上。

　　康提是斯里兰卡第二大城市，但这里没有我们司空见惯的现代化城市的喧嚣。古都对于旅行者来说有一种共同的魅力，在精神和肉体两方面帮人们消除紧张和疲劳。康提城四周被群山环抱着。历史上，山峦作为天然屏障，阻止过从北方南下的

丹布拉石窟的释迦涅槃雕像　　　　　　　康提郊外马哈维利河畔的牧象人

康提佛牙寺内

入侵者，而今，群山又阻挡着当代城市文明的洪水对古都的冲击。

康提还是斯里兰卡文化的中心。市内康提湖畔的佛牙寺供奉着释迦牟尼的佛牙舍利，是僧伽罗人信仰的象征，参拜者络绎不绝。每年夏季，康提都要以佛牙寺为中心，举行著名的佩拉诃拉节。佛牙被从寺中请出来，驮在象背上，被盛装的象群和载歌载舞的人们簇拥着在城里游行。届时，来自斯里兰卡和世界各地的人们为一睹节日的盛况而涌进城里，古都康提在两周之内把凝聚在体内的能量毫无保留地释放出来。一年一度的佩拉诃拉节就这样为古都掸去蒙在身上的浮尘，使康提固有的色彩变得更浓更艳。

平日的佛牙寺早晨5点半，上午9点半和傍晚6点半各有一次法事。只有在这些时间段，供有佛牙的圣堂才会打开，参拜者可以看到僧侣们敲着锣鼓、奏着乐器为佛舍利供奉贡品的场面。每到这时，来自全斯里兰卡的参拜者就会把寺内填满。多亏阿迪从朋友开的茶馆领来两个小男孩，他们帮我提前占了一个观摩法事的好位置。走出佛牙寺，太阳已经落山了。阿迪放走了两个小向导，把车开上了寺东边的山道。

"先吃点水果，喝点水垫一下，我带你去看康提舞蹈，完后咱们再去吃饭。"

剧场是在半山腰空场上搭起的一座大棚子。舞台上青年男女表演的民族舞蹈可比这平凡的空间要独特得多。伴随着极有异国情调的音乐，男人和女人浑然忘我，以富有节奏感的肢体动作共同融入这只属于山城康提的艺术世界中去。

舞台上的演出接近尾声时，阿迪又拉着我提前走出大棚，在门外露天剧场的水泥看台上找了个好位置。在这里上演的节目更精彩。男演员赤着脚，边舞边走过一片用火烧热的碎石。每次通过滚烫的石子路时，还把一大把火绒撒到脚下，引起一团大火，把整个人包在当中。每看到这惊险的场面，观众便爆发出一阵尖叫声，接着是热烈的掌声。只有阿迪不动声色地喝着手里的饮料，估计这节目他已经看了无数次了。

清晨，从小山冈上的旅店向山下望，古都康提就像用积木堆起来的玩具城一样可爱。康提湖是一面长方形的镜子，映出四周的山色。湖畔绿色草毯上的佛牙寺以及老王宫、博物馆一色的褐瓦白墙，让远眺的人看上一眼就会把它们刻在心里。一群野猿一大早就开始在旅馆旁的大树上"晨练"，边闹边叫。如果换个地方，过早地被车流的喧嚣吵醒，我心里肯定会憋上一股无名火，可这里却不同。树上的野猿和山下的古城这一动一静两幅画面对我来说都有着难言的魅力，让人觉得看着它们是一种远比躺在床上睡觉更好的休息。

阿迪的反应和我正相反。他把那群精力过剩的猴子一顿臭骂，恨自己昨晚找错了旅店，并早早地在脖子上搭了条毛巾，跑到一楼的小门厅里避难去了。

吃过早饭，我回房间取行李，阿迪说昨晚上山时听到车子有点杂音，先

山城康提的民族舞蹈

到停车场去收拾一下。等我拿了行囊下楼，却见他垂头丧气地走进门厅。问他怎么了，他气急败坏地说把车撞了。"他妈的！"他一声大骂，把柜台里的店主人也吓了一大跳，"谁他妈知道那条路拐过弯去还有个水泥台。我在路边试车，开那么慢还撞上了。"

我赶紧去看门外的丰田车。还好，不影响跑路，只是保险杠被撞得凹进去一大块。

"唉，回去怎么跟老板交代，他肯定要骂我。"

"能不能到哪儿去修一下，修好了再去见老板。"

"现在也只好这样了。嗨，这趟买卖算白跑了，挣几个钱还不够修车的。"阿迪耷拉着脑袋，接过我为他端来的装牙具、毛巾的大搪瓷缸放进后备厢，又死命把厢盖摔了下去。

从康提到科伦坡的 120 公里路是几天来最静的一段。我担心阿迪心事太重，开车出事，一路上不断找话题跟他聊天，却唤不起他的情绪来。不过气归气，阿迪的车开得还是那么老练，并没有让人感到不安全的兆头。我从心里感谢这位斯里兰卡人，没有他的帮助，我无法如此高效率地走完期盼已久的文化三角区。今天当他碰到困难时，我却无力帮助他。我知道对阿迪来说，我是个没有太多油水可赚的客人。沿途无论是哪家宝石店、茶店或香料园，我从来都是分文不掏，因此不会使阿迪得到什么好处。靠和我同吃同住省下的几个钱现在要用来修车，不能再拿去交给他家的女总理，更无法买他看好的那只能让孩子高兴的磁头了。想到这些，我的心情也变得灰暗起来。

香料园里遇到的孩子

接近中午的时候，我们抵达了科伦坡。阿迪履行了他几天前许下的诺言，带我转遍了科伦坡的观光热点，包括中国援建的班达拉奈克国际会议中心。他本来只管把我送回科伦坡，问他影响不影响后面的工作，他说反正要修车，再早回去也无法跟老板还车交差，索性陪朋友陪到底。我深知这一半是实情，一半是斯里兰卡人的好意。几天来朝夕相处，使我和这个看上去粗野的中年人之间萌生了一种感情。

我没打算在科伦坡过夜，想赶到海滨度假胜地尼甘布去。那里不光距离机场比科伦坡近，第二天去飞机场前还可以在黄金海岸晒半天太阳。我把计划告诉阿迪，他马上答应先把我送到汽车站，然后再去修车。

我谢过他的好意，对他说："去车站之前我想做

科伦坡市内一处水果摊

旧殖民地风格的建筑群

市内一角

一件事，我们去买你说的那只录像机磁头，算是我感谢你的一点心意。"阿迪先是愣了一下，但马上点了点头，又拍了拍我的肩膀。磁头被电器铺的老板草草装进一只塑料袋，递到阿迪手上。阿迪非常珍惜地把它收好，开车送我去汽车站。临别，我感谢他几天来的辛劳，特别是这半天又义务带我转科伦坡，实现了四天前刚刚坐上他的车时对我的承诺。

"咳，其实要说承诺，我很对不起你。我答应过请你到我家，吃我老婆做的饭，可我没有履行诺言，"他边摇头边说，"说老实话，我也没办法请你到我家来。家里又脏又小，加上三个孩子闹，实在没法让客人来。我老婆也不是什么接受过特别好的教育的人。我是她的第二个男人，她的前夫是个警察，后来她跟他离了婚，带着一个女儿嫁给了我。"

我非但没有责怪阿迪，反而被他的真诚打动了。和刚刚相识时比，同样是那张粗犷而充满野味儿的脸，今天目光里带上了四天前没有的真诚和友善。汽车出站时，望着站台上斯里兰卡人高大的身影，我感到自己的眼眶也有些发热。

在尼甘布海岸上

尼甘布的早晨，金色的沙滩上坐满了身着色彩鲜艳的民族服装等待渔归的妇女。从充满生活气息的这段沙滩再向北，高级度假饭店鳞次栉比。尼甘布是东南海岸著名的海滨旅游胜地。高级度假饭店令人艳羡，但不是穷学生去得起的地方。

我起了个大早，到海边的鱼市上去看热闹，填饱肚子后便开始在温暖的印度洋里泡澡。游累了就上岸来，在破渔船边上引逗着一群在海滩上戏耍的小猪仔玩。

在尼甘布海岸上，我结识了一个 12 岁的小姑娘。她怀抱着刚会走路的妹妹来到我晒太阳的地方，提醒我注意丢在海边的书包和衣物。我告诉她不要紧，这个时

尼甘布海岸上等待渔归的妇女

优美的海岸风光

间海滩上除了我以外没有别的游人。

"一会儿就会有人来了，你游吧，我帮你看着。"小姑娘的英语讲得不好听，但口齿特别清楚。

我谢过她的好意，告诉她我已经游了一个早晨，正想在沙滩上晒晒太阳。

"你喜欢晒黑吗，就像你这只胳膊一样？"她指着我的左臂问。四天来坐着阿迪的车在文化三角区旅行，

尼甘布海岸遇到的姐妹

我的左臂常常搭在敞开的车窗框上，不知不觉之间，已被南亚的烈日晒得和右臂判若两种肤色。

"对，再黑点更好，最好像你的皮肤。"

"可我喜欢你的肤色，那样我会觉得很幸福。"小姑娘说的大概是实情，她那双铃铛似的眼睛认真地看着我。

"看来，我们彼此羡慕，我们交换一下好不好？如果我旅行结束，回到大学时皮肤还像右胳膊这样白，同学们会笑我，说我根本没到过斯里兰卡。"

听说我是学生，姑娘指指自己说："我也是学生。"

"是吗，你学习什么？"

"学英语，在教会学校里。"

"那你是天主教徒？"

姑娘点点头。斯里兰卡西海岸的渔民几乎都是天主教徒，因为佛教徒出于信仰上的杀生戒，不能从事这一行业。

"这是你妹妹？"我伸手去抱她怀里的小女孩。那孩子一点也不认生，倒到了我的怀里。

"对，我的小妹妹，她一岁零两个月，刚会走路，还不会说话。"

"你家住在这附近吗？"

"就在那儿，最左边的那家。"她指着不远处一排用泥土垒墙，用树叶和茅草搭顶的房子给我看。

"家里几口人？"

"爸爸，妈妈，两个妹妹。除了这个小妹妹，我还有一个大妹妹，是聋哑人，"见我有点惊讶的样子，她又补充上一句，"就是听不到声音，也不能说话。"

"噢，那你爸爸是渔民？"

"对，祖祖辈辈都是打鱼的。"

"你在教会学校学英语，长大了想做什么？"

"我想到饭店去工作，现在来尼甘布的外国人越来越多。如果我英语学得好，饭店一定会雇我。我可以挣钱，让家人幸福。"

小姑娘跟我聊了很多，聊她日盼夜想，但至今还没去过的科伦坡，聊近年外国游客增多给渔村和他们的生活带来的变化。见我对渔民的生活感兴趣，她主动邀我到家里去看。我抱着她的小妹妹，她背起我的背包向公路边那排简陋的房子走去。

和阳光灿烂的尼甘布海岸相比，土屋里昏暗得看不清东西。紧挨着土墙摆了两张棕床，没铺褥子和床单，床上支着变了色的蚊帐。除此之外，屋里再没有像样的家具。在低矮的土屋里，我看到了小姑娘的母亲——一位颧骨高凸的干瘦的妇女，还有那个有残疾的大妹妹。姑娘的父亲没在家，母亲情知屋里没法待客，搬了条凳子让我坐在了门外棕榈树的阴凉下。渔家的生活环境显得那样惨淡，让人心里阴沉，不过抱着一只陶罐在门前沙地上玩耍的小妹妹那天真无邪、无忧无虑的面孔却能帮人驱走生活中的烦恼。

瘦弱的母亲为我倒了一杯水端过来，又把小姑娘拉到身边，小声向她吩咐着什么。我听不懂她们的对话，只是看着姑娘的脸上失去了笑容，并和母亲小声争执着。母亲开始还在耐心说服女儿，到后来简直要发火了，低声训斥着孩子。姑娘最终拗不过大人，硬着头皮代她妈妈说出一番出乎我意料的话：

"她问你能不能给我们 15 个卢比。她没有奶喂我的小妹妹，也没有钱给妹妹买奶粉。如果你能施舍给我们 15 个卢比，我妹妹就有奶喝了，我们全家都感谢你。"姑娘说罢，羞愧地低下了头。

残酷！残酷不光在于我目睹的渔家的生活境况和瘦弱的母亲的恳求，残酷还在于要把这乞求施舍的话通过一个已经懂得羞耻的女孩子的嘴说出。尽管她是一个贫苦渔家的孩子，尽管她的年龄不足我的一半，尽管她和我有着不同的肤色，但我们的交流是平等的。她本来是多么自由，多么自信，心中充满了靠自己的劳动让家人幸福的抱负。而现在，生活的重负却使她很不情愿地变成一个乞怜者。

我呆呆地在棕榈树下站了好久，没有说出一句话来。

母亲大概也没想到她的请求会让我如此为难。见气氛这么僵，连忙又向女儿交待了几句。小姑娘这才抬起了一直低垂着的头，再次把母亲的话翻译给我听："她说我们不想让你为难。我们说的事你想做就做，不想做就不做。"我不愿意再承受这尴尬的场面对人的压力，也想不出更好的话来安慰那可怜的小姑娘，只轻声说了一句对不起，然后拎起背包，离开了渔家的小土屋。

然而，那个因为要代替家人向我乞求施舍而丧失了自信的小姑娘却使我无论如何都无法放下。时间距我去机场还有两个小时，我边收拾行李，边动着脑子。当我抓起那条早晨游完泳后还没有晾干的毛巾往塑料袋里塞的时候，心里豁然一亮。我把毛巾搭在肩上，拿出一张 10 卢比纸币装进裤袋，走出了旅店。

当我又回到小姑娘家的土屋前时，姑娘惊喜地叫出了声："你又回来了！"我把10 卢比纸币交到她手上，对她说："我只能给你这些，求你帮忙做一件事，可以吗？"

"当然可以，做什么事？"

"我想再游会儿泳，晒晒太阳，怕衣服丢了，你帮我看一下行吗？"

"当然行！我一定帮你看好。"姑娘脸上又绽出了笑容。她的家人也走出土屋，纤弱的母亲向我说着道谢的话。刚才出门不在家的父亲——一位只有十来岁孩子的身高，蓬着头发，一只眼睛有残疾的中年男人也在冲我笑。

"你还能在尼甘布待多久？"

"只有两个小时，11 点要去机场赶飞机。"

"那我们欢迎你再来，每次来我都帮你看行李。"

"好，咱们说定了，我一定再来求你。下次来，我肯定能晒成你的颜色。"

小姑娘笑了，笑得那么甜，那么充满自信。尼甘布的金色沙滩反射着太阳的强光，刺得人简直要流眼泪。

马德拉斯街头

和斯里兰卡的温柔相比，印度对于一个来自异文化圈的人来说，无论在精神上还是在肉体上都是一块严酷的大地。

在马德拉斯城南拉提斯大道旁的青年旅馆里刚放下背包，我就在街头漫无目标地浏览起来。

马德拉斯被东西流向的库姆河、阿迪亚尔河以及南北流向的白金汉运河分割成"土"字形。库姆河以北的旧市区在运河以东集中着殖民地时期的老建筑和商业网点，运河以西有火车站、医院、美术馆等公共设施。库姆河以南，西侧是办公街，东侧的玛丽纳海滩是马德拉斯市民休憩的场所。滨海大道旁有泰米尔妇女坎娜姬的铜像——从夫殉死的烈女坎娜姬是泰米尔妇女崇拜的偶像。这个地区还集中着卡帕雷斯瓦拉印度教寺院、圣多美教堂等宗教建筑以及马德拉斯大学、玛丽女子大学等教育机构。阿迪亚尔河以南是马德拉斯的新市区，也是这座城市绿树最多的街区。

南印度是达罗毗荼人的故乡。走在马德拉斯街头，行人大多是与雅利安人种不同的低鼻梁、深色皮肤、身材相对瘦小的达罗毗荼人。同时，马德拉斯也不乏大城市的繁荣与威严。库姆河北岸的圣乔治城是殖民地统治时期英国人构筑的要塞。

圣乔治城堡以北靠海港一侧是最嘈杂的老商业街。19世纪的英国人曾经用"黑街"这个字眼称呼这里，与历史上雅利安人管达罗毗荼人叫"黑人"具有同样的歧视色彩。到了20世纪初，老街才被"乔治城"这个新名字取代。

马德拉斯有许多基督教堂。其中，距离圣乔治城堡不远的圣玛丽教堂是印度最早的英国国教会教堂，建于1680年。沿滨海大道南下，大灯塔边有一座优美的基督教堂，是著名的圣多美教堂，雪白的尖塔像利剑一样刺破蓝天。

和基督教堂相比，对我冲击更大的是卡帕雷斯瓦拉印度教寺院。色彩斑驳、雕满印度教神像的巨大塔门在南国强烈的阳光下显示着自己的存在，是印度教徒信仰的象征。在圣水池中净身的信徒们把宗教大国特有的气息传达给来访的异邦人。

在马德拉斯，我碰到了不少不可思议的事。"摇头称是"是印度人表示首肯的做法，一下子令人难以适应。位于库姆河北的泰米尔纳德邦高级法院的宏伟建筑被人声鼎沸的室内最大的露天市场包围着。一座城市中最杂乱、喧闹的空间和全邦最严肃、最需要秩序的机构凑在一起，不能不说是印度式的独特组合。

在集市的一角，我目睹了这样一幕奇特的景象。一棵大树下坐着一个老妇人，穿着虽然说不上华贵，但也干净、整洁。她身边堆了一堆干草，两米开外的地方站着一头被拴在树上的小公牛。

马德拉斯的基督教堂

圣多美教堂

卡帕雷斯瓦拉印度教寺院

　　在印度旅行，无论到城市还是乡村，都能看到不畏行人和车辆，悠闲地在街上踱步，甚至卧在马路当中的牛，但从来没人对它们非礼。公牛是印度教三大主神之一湿婆神的坐骑，被视为圣兽，因而获得了比人还高的地位，随其逍遥市井街头，没人去冲撞它们。印度近代史上，1857 年曾发生过印度军人反抗英国殖民统治的大规模兵变，其导火线就是士兵使用步枪时，装填弹药需要用嘴咬破盛火药的牛皮纸筒，而英国人发给士兵的火药筒上涂有防潮的牛油和猪油，无异于强迫印度教和伊斯兰教徒触犯宗教禁忌。兵变从孟加拉兴起，顷刻之间席卷了北印度，撼动了英国殖民统治的基础。

　　对于拴在树上的圣牛，我起初以为老妇人会用身边的稻草去喂它，但观察到的结果大出我的意料。小公牛望着那堆稻草眼馋，拼命想去接近，鼻子却被绳索拴在树上，无法缩短和稻草之间的距离。老妇人坐在树荫下，把稻草理成小把，举在手上向过路的人挥动。如果哪个过路人动了恻隐之心，就花几个小钱从她手里买一把稻草，拿去喂那头可怜的圣牛。在我们东方人心目中，圣人、圣兽是人们崇拜的对象，但在这里，圣牛却变成了人用来为自己换取实惠的道具，而且，这种行为还建立在使圣兽经历痛苦的基础之上。

更令人惊奇的是路上的行人。看到圣牛受难，非但没有一个人过去指责或制止，相反，倒有不少人买了老妇人的稻草去喂牛。打个不尽恰当的比方，在我看来，老妇人的做法无异于将庙里的观音菩萨五花大绑，以此向前来朝拜的信徒讨要施舍，谁掏一点钱，就能为菩萨松去一道绑绳，减轻一些神的痛苦。出于一种罪孽感，至少在佛教、基督教、伊斯兰教或犹太教文化圈里，我想绝对不会有人这样去做，而在马德拉斯街头，这却是现实。我不知道老妇人的身世、境遇，也没见她向过路人讲述什么，只是望着她以及向她布施的人们那平静的面孔，切实感到我今天站在了一块与我们中国人的常识、与我们的价值观差异过大的土地上。

人说印度社会对一个旅行者来说，最大的魅力在于能够让人同时去体验人世间善与恶、美与丑、圣与俗的极致，通过一次旅行，既看到天堂，也看到地狱。马德拉斯向我暴露了不少印度社会的痼疾，有些甚至让人看了心里颤抖，怀疑自己是否真和这里的人生活在同一个地球上。如果把马德拉斯城南绿树环抱的洋房和身着华贵的莎丽出入酒店的贵妇人视做天堂的象征，那么，街头的乞丐就应该是供我们窥视地狱的窗口。

乞丐——任何一个到过印度的人都会对他们抱有极深刻的印象。尽管我对他们早有耳闻，尽管有人说他们之中有不少是有组织地以行乞为职业，但在这里目睹的现实远远超出了我的想象。如果说母亲带着一群孩子乞讨，或者盲人奏着乐器乞求施舍是司空见惯的事，那么，被麻风病夺去四肢或五官中的某一个部分的残疾人成群结队并扯起一块破布祈求你往里面扔钱的场面就足以让人触目惊心了。然而在印度，这样的乞丐也算不上稀奇，还有许多行乞的情景更让人觉得凄惨。不，与其说是凄惨，不如说是对人灵魂的一种极大的震撼，告诉人们世上还有这么多和我们一样的人，他们竟会用我们连想也不敢想的方法去乞讨。

一个衣衫褴褛的老太婆怀抱婴儿，拿着一只奶瓶走向一对欧美游客。

"太太，先生，给点钱吧，给这孩子点奶喝。"老太婆把怀里用脏布裹着，像木偶一样不知是否真在呼吸的婴儿举到游客面前。女游客显然被行乞者镇住了，慌忙摸出一张纸币递过去。

"太太，这点钱太少，只能买到这里，"老太婆不满地摇着头，举起奶瓶，用黢黑的手指掐着瓶子最下面一格，"一个卢比，一点点奶，孩子饿。五个卢比，到这里，更多的奶。"老太婆说着，把手指移到奶瓶快要灌满的位置，追着游客不放。游客被逼得无奈，又递过去一张纸币，算是为自己解了围。

"先生，行行好，给孩子点奶……"老太婆举起奶瓶，又朝我这边走来。我避开她那犀利的眼神，拔腿跑向马路对面。

老太婆令我感叹的是她那套借以提高行乞效率的工具。吃奶的孩子，加上手中的奶瓶弥补了衣衫不够破烂、肢体不够残缺给她带来的谋生条件的不足。行人可以无视一个单身要饭的老太太，但如果无视一个为一条小生命乞讨的老太太，便会产生一种罪恶感，而这罪恶感恰恰是老太婆瞄准的靶子，是她期待的猎物。

晚上回到青年旅馆，和同屋的瑞士人及旅馆的印度人雇员聊起乞丐的事，瑞士人说他已经在印度待了两个月，像这样用婴儿乞讨的事屡见不鲜，可他从来没掏过一分钱。连年轻的印度雇员也叫我别向乞丐施舍：

"那孩子肯定不是老太婆自己家的，最大的可能是从街上捡来的弃儿。谁能保证她讨来了钱会给孩子买奶粉？街头有不少乞丐都是有组织的，头目们都靠手下的乞丐发了财。政府也号召不要给乞丐钱，否则他们总不会有劳动欲望。"

年轻雇员说的话不无道理。乞丐团伙或公司的存在我也有所耳闻。那破布里裹着的孩子不知是否真会被他的"抚养者"拉扯大。当他真长大了一些，作为老太婆行乞工具的价值相对降低时，会不会又被当做累赘遗弃？老太婆怀里会不会又换上一件"新道具"？对此，印度青年的回答是肯定的。他坚持所有的行乞者都不值得怜悯。

瑞士人虽然也同意不该向他们施舍，却对他们中的一部分表示同情："你来的时间短，再待几天肯定会看到不少乞丐的确很惨。他们会让你去思考人为什么痛苦到了这个地步还要拼命活下去。"

结果，第二天我就目睹了瑞士人说的惨状。

清晨，交通高峰期，几声动物般的哀鸣吸引了我的注意力。循着声音望去，一个乞丐正从便道上"走"下马路，抓住堵车的时机，向车上的乘客乞讨，那惨烈的场面把我惊呆了。乞丐的下半身像泥一样瘫在一张硬纸板上。先天的大脑麻痹使他从降生之日起就失去了用语言和人交涉的能力，嗷嗷的惨叫声大概是他的声带可以发出的唯一的声响。像癫痫病人发病时一样翻起的白眼珠只为瞳孔留下了一个极小的角度，使他勉强还能靠这一点上天的怜悯捕捉到眼前的人和物。由于面部肌肉瘫痪而歪下的脸和斜翻着的眼睛组合在一起，让人判断不出他的表情到底是在哭还是在笑。

"嗷，嗷！"乞丐惨叫着向车里的人举起双臂。双臂上没有手掌，小臂以下光秃秃地露出两个肉球。乞丐就是用这双没有手掌的胳膊挂着地，挪动瘫在硬纸板上的身体的，也是用它作为道具向行人乞怜的。当他作为一个残疾儿诞生到这块土地上时，他的手臂就被人为地截断了，为了让他在同其他乞丐的生存竞争中获得比别人更多的怜悯而不至于饿死。一双残缺无用的手远不如失去手掌的断臂带给人的冲击大。除了怜悯之外，他还要靠由于自己的外观给人们带来的恐惧来换取供他生存的施舍。

"嗷，嗷！"趁着堵住的车流还没有移动，乞丐又高叫着"走"到一辆载有游客的三轮摩托车旁，在胸前举起双臂。两个年轻的外国女孩儿惊恐地掏出钱来，丢进了吊在乞丐脖子上的铁桶里。

我没有勇气把这令人毛骨悚然的场面再看下去，加快脚步朝滨海大道方向走去，一路走，一路回味着昨晚同屋瑞士人那句话，"人为什么痛苦到了这个地步还要拼命活下去"。那乞丐的生活是建立在用断臂移动自己身体和对行人惨叫的基础上的，那么，如此维生的意义又何在？难道只是为了支撑一具肉体存在下去，只是为填饱肚子，补充由于移动和惨叫而消耗的体力，再去重复痛苦的移动和惨叫？

南国的天空晴得没有一丝云，像一块蓝底的计算机屏幕，上面没有显示任何答案。带着马德拉斯毫不留情地送给我这个异邦人的迷惘，我来到城南儿童公园旁的甘地纪念堂。纪念堂门口，有人在做和国内某些观光点类似的买卖——收费看鞋。我没有理会收费人，脱下鞋来装进背包，自己背着走进纪念堂。

印度之行对我来说是一次求道之旅。一路上我在追寻着这片土地养育的释迦牟尼和圣雄甘地的足迹。释尊作为佛教的创始人，早已深入我们东方人的精神生活。而甘地对20世纪有颇为深远的影响，他在为印度政治上的独立流血流汗的同时，更把国民精神上的独立和经济上的富强作为自己的使命。他深知消除贫困和愚昧，并维护独立是一场比争取独立更艰苦、更卓绝的斗争，并为此付出了毕生的努力。

纪念堂里没有太多的游人。我掏出毛巾擦掉脸上的汗水，坐在大厅中央甘地的大理石胸像前，良久注视着这位瘦小的巨人。屋外的绿树和蓝天在胸像后面形成明亮的背景，把雕像的面部留在

马德拉斯甘地纪念馆中的圣雄像

阴影中，从我的角度看去，刚好是一张对比度鲜明的照片。逆光中，国父正用他那双慈祥而坚毅的眼睛看着今天的印度社会，要她记住先人为她的独立和尊严流下的血和汗，向她讲述自己寄托在她身上的梦想。望着甘地像，我也在想：如果国父看到今天马德拉斯街头的乞丐，看到"神的孩子"在流泪，他又会想些什么呢？

逆光中的甘地没有回答。纪念堂内静得没有一点声响，只有清风吹过，为我在这喧嚣的城市里提供一块冥想的空间。

走出纪念堂大门，阳光刺得人眼睛发痒。

"先生，先生，行行好，施舍一点吧！"过来要钱的是一对小兄妹。站在前面的妹妹六七岁的样子，掌心托着一张揉搓旧了的纸币，端端正正的一张小脸，正该是上学的年龄。

"先生，给点钱，一个卢比！"比她大不了多少的哥哥跟在她身后。

"我没有钱。"我指着身上破旧的T恤和短裤——为印度之行准备的迷彩服，示意我也穷。

哥哥大概从我这寒酸相上看出不会有什么收获，转身去追别的行人了，可妹妹还伸着小手不肯离去。看着她手上那张旧纸币，我忽然冒出一个想法来：如果我跟这个行乞的小姑娘要钱，她会有什么反应？

"钱，钱，你要给我钱，我也很穷！"我向她伸出手去。

小姑娘感到意外，伸在我面前的手抽了回去。

"施舍施舍，我很穷，给我一个卢比。你有钱，我没有！"我跟上一步，手一直伸到她鼻子底下。

小姑娘没再退缩，把攥在手里的旧纸币递到我手上，那么爽快，那么干净。不知是我这身和嬉皮士相差无几的打扮镇住了她，还是心中的神左右了她的意志，向别人施舍这一行动被这个靠人施舍为生的孩子完成得那么坦然。

小姑娘不等我反应过来，又像她哥哥一样追别的客人去了，而我这个接受了施舍的成年人却愣住了，因为我从一个比我弱小、靠乞讨为生的孩子那里要到了钱！这是一件凭我们中国人的常识绝对理解不了的事，因此，在我眼里是一个奇迹！

望着旧纸币，我感到我在甘地那里没有找到的答案，这个小姑娘似乎给了我。她的行动告诉我：试图用我们的价值观去判断印度社会各种不可思议的现象——人的贫与富、物质与精神生活的落差之大，圣雄甘地和3000年积习的妥协，被截断双臂的乞丐生存的意义，以及靠行乞为生的小女孩对我的施舍等——所有这些为追根求源而付出的努力全是徒劳的。我们总想用我们头脑中已经形成的尺度去衡量在印度看到的各种奇异现象，而印度社会恰恰就像一道最坚固的城墙，阻止我们去如此接近、认识异文化。它使得我们试图用一条有机的线索把各种散乱的现象联成体系的努力较之在其他国家、社会、文化圈遇到更大的阻力，从而促使我们改变对这些事物的立场，放弃那种想去理解、解释它们的傲慢，而虚下心来，带着很大程度的忍耐去接受种种不合情理的现实，从中感受它们和我们生存的社会之间存在的巨大差异，去发现当我们拿自己头脑中的常识、道德与准则衡量外界时，将是多么不健全。事实上，异文化之间存在的是差异，而不是优劣。这使得我离这些异文化背后的价值观更近了。在积极地放弃单一价值观后，我将获得新的价值尺度，一种更深邃、更宽容的价值尺度。

站在马德拉斯街头，我感到自己在变。

柏油马路被南国的太阳烤得滚烫，远方的行人和车辆在蜃气楼中虚化，变形。我掏出变了色的毛巾擦了把汗，攥着那张旧纸币，朝着烈日下行乞的小兄妹走去。

孟买印象

黄昏，印度国产大使牌轿车行驶在北方平原乡间的石子路上。前排驾驶席旁坐了一位 27 岁的印度青年阿米尔·贾马尔——孟买国营旅行社的导游，毕业于德里大

孟买的印度门和泰姬陵饭店

学。他陪同我们几个游客在德干高原访古，并负责把我们送到恒河畔的印度教圣地瓦腊纳西。不知是什么缘分，阿米尔又是个伊斯兰教徒。

告别孟买之后，我开始了新的旅程。

傍晚，地平线上巨大的落日勾起我对一周前另一个黄昏的回忆。那是在从象岛返回孟买的船上。火红的夕阳正落到林立的高高的楼群上。平静的孟买湾内停泊着印度海军的航空母舰。游船航行的正前方是孟买的象征——用浅褐色玄武岩构筑的雄伟的印度门。它是 1911 年为纪念英国国王乔治五世访印在此登陆而建造的。大卫·里恩导演的名片《印度之行》一开始，总督和女主人公也是从这里登陆的。和它毗邻的印度萨拉森风格的建筑是印度民族工业的巨子——贾姆谢德吉·塔塔于 1903 年建造的泰姬陵酒店，被誉为 20 世纪最杰出的建筑之一。夕阳中的孟买向我们展示的是它的威严与繁荣。

阳光照在我心头的七色板上，折射出不同颜色的光束。大都会孟买给我留下的印象就是由包括这夕阳中的剪影在内的色彩各异的一组图片拼合而成的。这里面除了以橙色为基调的黄昏中的孟买，还有一个以红色为基调的朝阳中的孟买。清晨，沿着滨海大道驱车北行，阿拉伯海初升的太阳把那些楼群的影子拉得长长的，抛向与印度门相反的方向。滨海大道被誉为"女王的项链"，车流、广告牌和高楼上伸出的无数只卫星接收器汇成了讴歌当代城市文明的乐章。以信息产业的崛起为象征的南亚大国的经济腾飞在这里得到了最充分的体现。然而我也听说：经济持续增长不过滋润了这个国家人口的百分之二十。财富的分配仍然是政府面临的严峻课题。

和孟买的繁荣形成鲜明对比的是孟买市经营的露天洗衣场。它的规模较之一座大型体育场丝毫不逊色，从高架道望去，蔚为壮观。洗衣场被分割成上百块作业区。赤脚站在作业区里的人们在水泥台上用力抽打着浸泡过的脏衣服。他们脚下，污水汇成了浊流，流入作业区边上的水沟。

孟买市内巨大的露天洗衣场

在这里以洗衣为业的人被称为德比，属于四大种姓之外的贱民阶层。他们每天一早到各自承包的客户家敛来脏衣服拿到洗衣场，洗好晒干后，天黑前送回客户家。一天洗上百件衣服，换得二十几个卢比的收入，供他们养家糊口。印度人家里几乎没有洗衣机，个别家庭有洗衣机也是为了洗那些无法交给德比的内衣等物的，其

沉默之塔

他大部分依靠德比，这样比买洗衣机、洗涤剂，支付水电费要更便宜、划算。

啪，啪，德比们千百年前是这样，今天还是这样，双脚站在污水里拼命抽打着脏衣服，荡涤着社会的污垢。

孟买也是宗教的熔炉。这里最具象征性的宗教建筑是城西马拉巴尔山丘上拜火教徒实行鸟葬的"沉默之塔"。塔的外形像一座碉堡，异教徒无法接近。拜火教徒离世后，遗体被安置在塔内的停尸台上，脱去衣服，供秃鹰、野鸟啄食，尸体白骨化后清理到塔底。

同样在马拉巴尔山丘上，还有一座小巧的耆那教寺院，是供来自异国他乡的人窥视这个多宗教社会的又一个窗口。和同样诞生在印度的佛教相比，耆那教对一个来自异国他乡的人来说非常生疏。教祖马哈维拉在佛典中的汉译名叫大勇。他30岁时脱掉所有的衣服出家，赤身裸体开始苦行，12年之后大彻大悟，获得众多信徒。马哈维拉是和释迦牟尼生活在同一时代的印度六大思想家，即佛典上所说的"六师外道"之一。教祖辞世后，耆那教分为两大宗派——裸形派和白衣派。裸形派就是佛典上所说的"裸形外道"。直到今天，出家人仍有一丝不挂在街头阔步的。白衣派是我在马拉巴尔山丘的寺院看到的身着白衣的出家人。他们的鼻子上都罩有一块

孟买湾象岛上
的印度教石窟寺院

白布，以防因吸进空气里的虫子而杀生。未出家的教徒们也都严守杀生戒，没有人务农，因为耕地、打谷都难免杀死虫子。耆那教徒因此大多从事不杀生的工商业，在印度社会有较高的经济地位。

孟买印象中自然少不了阿拉伯海的绿色，少不了海中的宝岛——埃勒凡陀岛，即象岛。小岛在孟买东北的海中，从印度门乘船一个小时的航程，是孟买旅游的经典景点。岛上 7 世纪以来开凿的宏伟的印度教寺院群向人们展示着印度丰富的历史文化积累。乘船往返，上岛游览，刚好用去一个下午的时间。当我从象岛乘船返回孟买，视野中再次出现印度门和泰姬陵酒店时，夕阳把出发时碧绿的大海染成了橙红色。

在孟买，我继续寻访甘地的足迹。1915 年，甘地结束了在南非的旅居生活，回到阔别 22 年的祖国。

回国后，甘地继续采用他在南非领导反抗英国殖民当局身份证制度时的"不合作"战术，开展民族独立运动，成为国大党最主要的领导人。1917 年到 1934 年期间，甘地就住在孟买一位友人为他提供的小楼——今天的甘地纪念馆里。二层小楼楼下现被辟为资料馆，楼上原封不动地再现了甘地当年的起居室，陈列着圣雄生前用过的书桌、书架、竹杖、水瓶、凉鞋等用品，其中最吸引人的是摆在屋角的那架纺车。

在他心目中，纺车不仅是印度传统经济的象征，也是崭新的国民精神的象征。他期待着通过一架架纺车唤起印度人的凝聚力，在共同劳动中克服歧视和不平等，赢得国家的主权和独立，在新的层面上去建设和西方的机器文明相对抗的文明。在甘地的带动下，每天清晨和黄昏，纺车奏鸣曲响彻了印度城乡的千家万户。

站在甘地当年用过的纺车前，我想到了延安的纺车，想到了小时候回老家看到农村炕头上的纺车和奶奶搓好的棉条，从而意识到了除佛教之外，把中国和印度这两个东方大国连接在一起的另一条线。我第一次感到近半个世纪前辞世的这位印

在孟买的甘地纪念馆

度的圣人距离自己这么近，感到眼前那静止的纺车轮在我心中又转了起来。在印度近代史上，它曾经把成千上万的人卷进民族独立运动的激流，今天，又把我这个普普通通的学生卷进了对文明和价值观的思考。

旋转的纺车轮和天边火红的太阳叠在了一起……

佛　光

夕阳就要和地平线连在一起了。此情此景把我从孟买的纺车上拉开，带我去回忆德干高原的又一幕黄昏景色。那是从旅游胜地埃罗拉返回古都奥兰加巴德的路上。夕阳从郊外的伊斯兰古堡和胜利纪念塔之间缓缓落下。在德干高原壮丽的大自然中，废墟和落日勾起游人心头一抹难言的旅愁，那滋味一生也不会忘记。

奥兰加巴德是通往两处享誉全球的世界文化遗产——埃罗拉石窟和阿旃陀石窟的门户。

古都西去 60 公里，古人在德干高原深褐色的岩山上，用铁锤和钢钎凿出了印度近千处石窟群中规模最大的一处。埃罗拉共 34 座石窟分布在两公里长的岩壁上，最南面的 12 座为佛教窟，夹在当中的 17 座为印度教窟，北面 5 座为耆那教窟。千百年来，佛教徒、印度教徒和耆那教徒按不同时代，分别在这里凿出了属于自己宗教的圣域，使埃罗拉成为印度一大宗教中心。其中，雕刻年代最久的佛教石窟有一大特色，就是仅有第十窟是供佛教徒朝拜的庙宇，其余 11 座都是供僧侣修炼的僧房。

7 世纪以后，佛教在中国大陆迎来了鼎盛时代，而在它诞生的故乡却开始衰落，

埃罗拉石窟

埃罗拉石窟外壁精美的雕刻

代之而起的是新兴的印度教。埃罗拉石窟中的奇迹是第十六窟凯拉萨寺院，持续了10个世纪之久的印度石窟寺院的历史在这里发生了一个由内向外的根本转变。纵深80余米、宽45米、高30多米的巨大寺院已经不再是沿水平方向开凿出的岩窟，而是自上而下在岩山中凿出的一座与地上建筑无限接近的宏大的寺院，是古代印度文明在地球上留下的一道深深的刻痕。

石窟群

如果说埃罗拉是以规模、气势服人，那么德干高原的另一处瑰宝阿旃陀石窟群令人叹为观止的则是它的精美。从奥兰加巴德乘车向北100公里，德干高原文达雅山上出现了

埃罗拉第十六窟凯拉萨寺院，
整座寺院是用钢钎凿出来的

石窟群中的僧房

一个马蹄形的断崖。一看到它，我脑子里立刻出现了四川的大足石刻。从地貌上看，两地十分相似，而就年代而言，阿旃陀的开凿要比中国的石窟早得多。最早把阿旃陀介绍给中国人的是唐僧玄奘的《大唐西域记》：

> 国东境有大山，叠岭连嶂，重峦绝巘。爰有伽蓝，基于幽谷，高堂邃宇，疏崖枕峰；重阁层台，背岩面壑，阿折罗阿罗汉所建。……伽蓝大精舍，高百余尺。中有石佛像，高七十余尺。……精舍四周雕镂石壁，作如来在昔修菩萨行诸因地事。

开凿工程前后持续了两百年

玄奘于贞观十二年，即公元 638 年来此游学。这段文字是他留下的中国文献中关于阿旃陀石窟最早的记载。

使阿旃陀名闻天下的是这里早期的佛教壁画，它们是敦煌壁画的原型。佛传图向人们讲述释尊从出世到涅槃的故事，布满岩窟壁面的五百罗汉图使

阿旃陀石窟内彩绘石柱　　　　　　　　　　　　　第十七窟中的千佛壁画

人想到西山的碧云寺，藻井上的天使像帮人们把古希腊的石雕和敦煌壁画上的飞天图联系在一起。

阿旃陀壁画中最令人难忘的是一号石窟中著名的持莲菩萨像。石窟中没有照明。付几个卢比给看门的老头，他会用一面大镜子将外面的自然光引到石窟中来，供人观赏。午后的阳光刺破黑暗，照在菩萨那温柔、慈祥的脸上，1400年前的菩萨就像要从壁画中走出来一样，生动感人。佛光在菩萨的脸上泛起，把那永恒的微笑带到人们心里，让每一个看到她的人心中都升起一轮温暖的太阳。

夕阳被地平线切去了一半，变成火红的半球，引导我去追忆上午刚刚告别的另外一个巨大的半球。桑奇的

持莲菩萨

阿旃陀石窟壁画

石窟内彩绘雕像

早期佛教石刻

黑公主

大塔——公元前3世纪孔雀王朝阿育王始建的现存世界上最古老的佛塔就呈半球形，静静地坐落在中央邦的首府博帕尔东北方一处小山冈上，是斯里兰卡、尼泊尔、阿富汗、缅甸等南亚和东南亚国家以及丝路佛塔的鼻祖。

踏着佛陀的足迹北上使我和2500多年前的他越来越接近。今天站在桑奇大塔前，更感到释尊对世人的教诲就响彻在耳旁。大塔四周像牌坊一样的四面塔门是佛教美术史上最珍贵的文物，精美剔透的雕刻向人们讲述着佛祖的生平。有趣的是早期佛教美术杰作上一次也没有出现佛祖的形象，佛教故事中释尊的形象是用佛塔、

桑奇大塔

佛殿遗迹

从大塔上看塔门和小佛塔

桑奇大塔塔门上的石狮雕刻

塔门上的早期佛教雕刻

北塔门雕刻——看不到释尊的形象，用菩提树暗示

法轮、菩提树、佛座、佛足迹、伞盖等象征性地表达的。

　　桑奇大塔塔门的雕刻也让我们看到早期佛教造像对古希腊文化的继承，看到了与我们东方人身边的宗教造像的不同。佛教在通过陆路和海路东渐的过程中，每到一处都融合了当地社会生活和文化的要素，来到中国后，逐渐形成和我们同样平缓、柔和的面部曲线，变成中国风格的佛像。其中，年代越早的作品越能找出原始佛教的痕迹，越晚的中国特色越浓。桑奇大塔就是这样在向我们讲述佛陀的一生和佛像的今与昔。

　　"快看，有人带枪！"阿米尔的话音把我从回忆中唤醒。顺着他手指的方向看去，前方道路上头戴白帽、并排行走的两个男人果真背着老式步枪。

　　"你能想象吗，在和平年代里，人们还要扛着枪？"阿米尔无奈地摇着头。

　　"是军人吗？"

　　"哪里是什么军人，估计是农民在为自己巡逻。"

　　"是不是这一带发生了什么事？"

　　"也许吧，天知道。"

　　"是不是穆斯林，你的同胞？你看，他们戴着白帽子。"

　　"不是，印度教徒也戴白帽子。"

　　印度是人种和宗教的熔炉，各种信仰和文化协调共存，同时也时常出现摩擦乃至剧烈的碰撞，给社会带来巨大的震荡。1984 年 10 月，当时的女总理英迪拉·甘地遭到两名锡克教徒卫兵的凶弹身亡的消息震惊了世界。暗杀事件的诱因是同年 6 月政府军对武装占领旁遮普邦阿姆利则金殿的锡克教过激派发动过攻击。阿姆利则金殿是锡克教徒的圣地。过激派占领这里，要求政府答应他们的要求，实现旁遮普邦除外交、国防、通信等领域以外的完全分离自治。在政府军的攻击中，400 多名锡克教徒丧生，金殿变成了血海。英迪拉·甘地总理为此付出的代价是她的生命。

再往前追溯，1948 年圣雄甘地遇刺的直接原因也是民族冲突。他为少数派穆斯林说话，主张维护他们的利益，激起了印度教过激分子的不满。

悲剧在不断发生。1991 年 5 月，英迪拉·甘地的儿子，前总理拉吉夫·甘地也死于泰米尔纳德邦发生的炸弹爆炸事件。这位 46 岁的政治家正要发表演说，一个年轻的泰米尔妇女上前向他献上一束鲜花，随即引爆了绑在身上的炸弹。就这样，印度现代史上三位甘地都成了民族、宗教对立的牺牲品。

1947 年印度独立本身也伴随着民族和宗教冲突所带来的痛苦。当英国殖民地中印度教占多数的地区成立印度共和国，穆斯林占多数的地区成立伊斯兰教国家的分割独立成为定局时，印度教徒和穆斯林各自向着自己新的祖国，开始了规模空前的民族迁徙。印度境内的伊斯兰教徒迁往东西巴基斯坦，东西巴基斯坦境内的印度教徒及锡克教徒进入印度。在这 1500 万人的大迁徙中，印度教徒和穆斯林之间大规模的残杀事件频繁发生，近百万人在迁徙中丧生。当一列从巴基斯坦的拉瓦尔品第出发，载着 5000 名印度教徒和锡克教徒的火车驶抵印度的阿姆利则时，车上的生存者只剩下了 2000 人。

印度教徒和穆斯林的抗争进而发展成为国家之间的对立。三次印巴战争更加深了国家、民族之间的积怨。特别是 1971 年印巴战争，其结果导致东巴基斯坦独立，成立孟加拉国。抗争的历史进一步加深双方的危机感，为今天的领土争端以及军备竞赛埋下伏笔。

摩擦、对立和冲突不仅是历史，也是严酷的现实。在印度旅行，和印度人交流过程中，我常常听到"分割"一词。从孟买到奥兰加巴德的飞机上，我座位的小桌板上被人用英文刻上了"自由克什米尔"几个字，旁边又有"持不同政见者"刻上的批语："做梦！"大体可以推测出这是主张克什米尔独立的伊斯兰教徒和坚持印度支配的印度教徒之间的一次小小的交火。它告诉我们：摩擦、对立和冲突就发生在今天印度人的日常生活中，也发生在我们旅行者身边。

阿米尔的父亲在印度建国大迁徙时还小，才十几岁。祖父在德里的银行当雇员。由于生活在首都，没有出现像加尔各答那样的暴乱。即便如此，民族感情和宗教的狂热也难免使当时占多数的印度教徒头脑升温。尤其是开国大典前后，首都的空气也很异常，压得人不得不低下头，提心吊胆地过日子。今天，老人们还时常向他们讲起这些事。

在阿米尔心中印度教和穆斯林的对立不仅表现在宗教范围，更涉及人们的思维、行动方式以及更现实一些的经济利益，这就使得对立和纷争复杂化，长期化。27岁的德里大学毕业生这个观点让人进一步感到医治这一社会痼疾将有多难。

共存需要有高度的理智与宽容做支柱，有时甚至伴随着物质和精神生活上极大的痛苦。电影《甘地》中最感人的一个场面是独立后的加尔各答发生印度教徒和穆斯林互相残杀的大暴乱时，一个印度教徒来到绝食抗议的甘地面前，向他哭诉自己杀了穆斯林，因为穆斯林杀死了他的儿子，问甘地自己今后怎么活下去。甘地回答他说："找一个父母都被印度教徒杀害的穆斯林孩子，把他当做自己的孩子抚养大。"圣雄的理想要在南亚大陆实现，看来从阿米尔这代人起，当事者们还要付出我们想象不到的卓绝努力。

"看，晚霞多美！"阿米尔兴许是有意把这沉重的话题岔开。

"的确美，看到它你会想到什么？"我问。

"想奥兰加巴德的落日，你呢？"

"我想到阿旃陀壁画中的持莲菩萨，也是这么美。"

恒河沐浴

我在卡杰拉霍住了两个晚上，看完了以精美雕刻著称的神殿群，第三天上午乘飞机赶到了圣城瓦腊纳西。在旅店放下背包，就去郊外探访佛教圣地鹿野苑。

3月正是印度北方气候最宜人的时候。佛陀初次讲道的圣迹里绿树成荫。一队从东南亚来这里朝圣的僧侣双手合十，咏颂着佛经，绕着古塔参拜。圣地绒毯般的绿草衬托着红色的袈裟，把圣洁感带给造访者。这里不仅能抹去人们身上的汗水，也能拭去心中的尘秽。漫步在古迹中，2500多年前佛祖的教诲给人一种比任何时候都要更深的感铭：

大地众生皆具智慧德相，只因妄想执著不能证得。若离妄想执著，则无师智、自然智一切现前，一切众生皆有佛性，皆能成佛。

第二天天还没亮，阿米尔联系好的地陪——一位和善的老导游挨着旅馆接上我

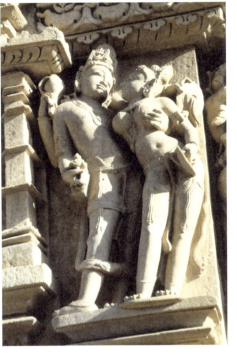

卡杰拉霍石刻以反映性爱的场面著称　　　　卡杰拉霍东寺院群外壁上最著名的情侣雕像

寺院的外壁被密密麻麻的雕像覆盖

卡杰拉霍的耆那教寺院群　　寺院前的神兽

们几个游客去恒河边。三轮摩托沿甘地大道向南，在乌哥多利亚的繁华的街道路口停下来。接下去是迷宫一样的小巷，我们在这里下车步行。老导游走在前面，驱赶开挡在路上的家畜，打发掉要钱的乞丐。小路几次被圣牛堵住。每到这时，他都会拍拍牛背，边推边哄地让它们靠到墙边，为我们腾出仅能供一个人通过的缝隙。

耆那教寺院远景

渐渐地，巷子里和我们走向同一个方向的人多了起来，路旁出现了咏颂经文的婆罗门。再拐过几个弯，下几段石阶，被狭窄的深巷禁锢了多时的视野豁然开阔起来。我们来到了圣河边的浴场。

瓦腊纳西——印度教徒心目中距天堂最近的地方。在北方大平原上自西向东奔流的恒河在这里拐了个急弯改向北流，形成整个圣河流域中最为神圣的河段。相传湿婆神结婚时，要寻找世界上最美丽的都市举行庆典，最后选中的就是瓦腊纳西。早在公元前8世纪以前，以这里为中心的恒河中游出现了众多的王国。婆罗门教的圣典就在它们之间诞生，并演变成今天印度教的教义。因此，这里自古就是宗教圣地，并且持续了近3000年，从未衰落过。这种意义上的圣城在世界上也的确少见。

释迦初次讲道的佛教圣地鹿野苑

瓦腊纳西长"圣"不衰还源于它地理环境上的特殊性。恒河自南向北流，圣城建在河的左岸。人们每天清晨都能对着东升的太阳沐浴，祈祷。千百年来，印度教徒在河的左岸修建石阶，供人们下河沐浴。在今天的老市区，大大小小的浴场共有八十多处。

到死以前一定要去一趟瓦腊纳西——对于印度教徒来说，这是一种绝不亚于穆斯林渴望到麦加朝圣的人生最大愿望。印度教徒不远万

鹿野苑博物馆内石狮像——印度的国徽图案

鹿野苑的残塔

印度教圣地瓦腊纳西，沿恒河西岸布满了寺院和浴场

里涌向瓦腊纳西。有钱人为终将到来的那一天盖起别墅，穷人近一点的徒步跋涉而来，远的则想尽办法去扒火车。列车为防止扒车，在车窗外加上了栅栏。即便如此，也挡不住冒着生命危险来朝圣的人，因为他们有一种我们根本无法理解的强烈愿望：能死在瓦腊纳西就是人生最大的幸福。

河岸上供人们沐浴的石阶一处接一处，长达四公里。临河建有数以千计的寺院，有钱人的住宅，以及历代各诸侯国国王捐资兴建的供朝圣者住宿的旅馆，就像当年玄奘在《大唐西域记》中描写的那样："闾阎栉比，居人殷盛。"虔诚的教徒们男人脱下衣衫，只穿短裤，女人身着莎丽，沿石阶走下河水，迎着对岸冉冉升起的太阳合掌祈祷。朝拜者身后升起香烟的地方有身着僧衣的婆罗门——种姓制度中身份最高的僧侣——盘坐在石阶上，接受朝圣者供奉的香资，咏颂着经文。

这天的朝拜者当中有一群身着黄、绿等鲜艳色彩的莎丽沐浴的妇女，看得出是从印度南方远道而来的。她们有的下到齐腰深的水里，对着朝阳合掌祷告，有的用手掬起河水漱口洗脸，仔细到耳孔，也有的用水罐盛满恒河水从头上浇下去。装满水罐的恒河水带回家乡是馈赠亲友最好的礼品。

印度社会的圣与俗在瓦腊纳西的恒河岸边达到了极点。就在朝圣者和僧侣身边，在圣河边的石阶上，德比洗涮、晾晒着衣服，捧着敬神用的扶桑花叫卖的孩子在为争夺客人打架，乞丐伸出被麻风病夺去手指的手追逐着游客，骨瘦如柴的老者蹲在岸边，对着圣河狠命吸食着毒品……

瓦腊纳西也是让我们重新认识生与死的场所。河边的浴场别名也叫"大火葬场"，是人间和天堂的结合点。岸边冒着青烟的地方是著名的玛尼卡尔尼卡火葬场。每天平均有800到1000名印度教徒的遗体在瓦腊纳西火化。其中有钱人的遗体被运到玛尼卡尔尼卡以及河边另一处火葬场，放在用圣火点燃的木柴上火化，骨灰被撒进恒河中。穷人付不起昂贵的火葬费，被送进城里的火葬场，用电炉火化，费用是木柴火葬的十分之一。印度教徒没有坟墓，他们把能够死在瓦腊纳西，骨灰撒进恒河当做人生最大的幸福。

从岸边的码头坐上木船，不过50米处就是玛尼卡尔尼卡火葬场。老导游多次提醒船上的人不要把相机镜头对着火葬场。临河的石阶上架起的一堆干柴正在燃烧，一具失去了灵魂的肉体正在变成灰烬。几只黑狗围在火堆旁，和死者家属一起注视着眼前这对于瓦腊纳西人和动物来说算不上稀奇的一幕。火堆的左侧又架起了一堆干柴。一具用红色莎丽缠裹胸前装饰着白花的女尸，被放进恒河水浸湿后抬上了柴堆。而就在火葬场边上，人们毫不忌讳地在河水中沐浴，洗涤。熊熊烈火背后的石阶上，一个身体里的生命之火已经燃烧殆尽的老太太无力地坐在地上，用呆滞的目光望着天空，向过往的人伸出那枯枝般的右手。圣牛在她身边悠然走过。天空依旧是那么蓝，晴得像要把每一个在恒河边上的人吸进去一样。

望着瓦腊纳西这千百年不变的景观，我在想：印度社会究竟什么东西在吸引我们？它最大的魅力在哪里？

人们谈及印度时总爱使用"神的国度"、"宗教世界"一类的词语，脑子里想到的就是恒河沐浴、火葬等最具宗教和传统色彩的景象，它们甚至堪称这个国家的象征。这些景象的确吸引人，但它们并不完全由圣洁和美的因素构

恒河日出

成，相反，体现为超出我们想象的圣与俗、美与丑、生与死、洁净与肮脏、对来世的憧憬与对残酷的现实的忍耐之间强烈的对比。除此之外，更有不少我们感到不解，甚至强烈抵触的东西，诸如民族、宗教间的憎恶与冲突，城市特有的嘈杂与喧嚣，在神的名义下的歧视，令人瞠目的富贵和让人落泪的贫困。然而，较之这些现象本身更让我们惊叹的是：在我们的日常生活中一向被遮盖得严严实实的不少东西在这里却是毫无遮掩、赤裸裸地暴露在人们眼前的，而印度人对这些又是那么习以为常！

我们为印度这些奇特、神秘、不可思议的景象感到惊心动魄，但当我们抑制住心脏的鼓动，强迫我们的视神经承受住这种压力，把眼前的景象刻在心底时，当我们经历过一段适应期，变得不用太勉强自己也能凝视这种景象，并能对其加以冷静思考的时候，我们会感到眼前的一切不过是人类理所当然要经历的事情，并不奇特，也不神秘。印度人不去掩盖肉体的死，至少不像我们那样惧怕尸体的肮脏，也不忌讳让死这一令我们蹙眉的自然现象以它本来的姿态暴露在人的眼睛底下。从这个意义上说，印度对我们灵魂最大的触动，也是对我最大的启迪就是将人类生活中最基本、最自然的事物和行为不加任何掩饰，以它们本来的面目暴露在我们眼前。回过头来看我们的生活，尤其是西欧文明已经渗透到每个角落的城市生活，我们就会感到人的生与死在那里被种种东西遮盖，从而加大了我们和它们之间，同时也是我们的精神和我们的肉体、人和人自身之间的距离。

下船回到恒河边的沐浴场的时候，太阳已经升到一人高。我们恳请老导游带我们回到玛尼卡尔尼卡浴场，他答应了，条件是千万不能拍照。我们坐在火葬场背后的石阶上。刚才从船上看到的那具身着红色莎丽的女尸已经被烈焰包围，雪花一样的灰被火扬到空中，再纷纷扬扬地落到石阶和水面上，自然也落到人们身上。火光中看到的黑色团块是死者的头颅，僵硬地向后仰着，像要奋力把压缩在里面的苦恼全部倾倒出来，留在现世，只带着对神界的憧憬进入来世。亲属们并不悲伤，没有人哭泣。大家静静地坐在火堆旁，用衷心的祈祷为死者，不，应当说为即将获得新生的人送行。

熊熊烈火净化着女尸的躯体和灵魂。大约又过了一个小时，她变成了灰烬，经亲友们的手，为了获得一个更美好的来世而被撒进了恒河。

"怎么样，我们去维什瓦纳特金庙吧，离这里不远。"

"好，"我感激地望着老导游说，"不过，我有个请求，能在恒河里沐浴吗？"

老导游先是一愣，但马上领会了我的意思。他领我回到清晨乘船的浴场。我脱掉上衣和鞋袜刚要下水，老导游叫住我，掏出两个卢比交给石阶上的一个婆罗门。婆罗门为我念了一段经文，又用手指蘸起一只小瓷盘里的颜料，在我额头中心点了一个手指尖大小的红印，一股白檀木的清香沁人心脾。

在恒河中沐浴

我沿着石阶走下水，学着周围印度人的样子，下到齐腰深处。恒河水并不像有些书里写的那样混浊，可以清楚地看到水面下的石阶。三月的印度北方还没有进入暑热的季节，清冷的河水多少让人的汗毛孔为之收缩，而东升的太阳把温暖洒在沐浴者身上。前来沐浴的人还在不断走入河中。我身边的一对夫妇正把因为怕冷，迟迟不肯让河水浸湿衣衫的女儿强拉到水深处，用河水浇湿她的头发。火葬场那边又燃起了熊熊的烈焰，刚才用白布包裹的男教徒正在辞别现世，进入自己心中的天堂。

站在清冷的河水里，我在想：恒河岸边这千古不变的景色究竟给我带来了什么？不是对来世的憧憬，而是对生活在现世的人，对人生的一次较之平素更深刻的思考，对印度人生活的"神"的社会和我们生活的当代空间的思考，对人生中回避不了的生与死的思考，对价值观多样性的思考……在感谢大河为我带来的这一切的同时，我并不期待这条哺育了人类文明的母亲之河能够给我发放一张进入天国的通行证，但却衷心祈望她能够帮我洗净身上的俗尘，使我变成一个不掩盖自己并因此能够更接近自己的人。

我像在恒河中沐浴的其他人一样，向着太阳，双手合十。

阿米尔·贾马尔就陪我们到瓦腊纳西，他带来的游客在这里分道扬镳。我告别了圣城，于第二天下午飞到古都亚格拉，实现了和梦寐以求的泰姬陵的相会，看到了"地球上最美的建筑"。在亚格拉，我还有一个意外的收获，在街上被卷进了载歌载舞迎亲的队伍，跟着热情

瓦腊纳西的都尔加寺，由于猴子多，俗称猴寺

亚格拉婚礼

亚格拉的泰姬陵

邀请我加入他们行列的男方亲友，踏着欢快的音乐节奏，走进了婚礼会场，从而有幸目睹了印度人家举办婚礼的场面。

探访世界遗产的旅行还在继续。接下去，我从亚格拉乘火车赶到印度旅行的最后一站德里，把莫卧儿王朝的皇宫红堡、胡玛云墓，印度最大的贾玛寺和库塔布塔，连同碰巧在塔下拍摄外景的电影演员一道摄入了相机镜头，也留在了心里。

离开德里赴尼泊尔的前一天，我来到亚穆纳河畔的甘地纪念馆。像马德拉斯、孟买的纪念馆一样，这里陈列着有关甘地生平的图片资料和遗物，其中最感人的是甘地遇刺时穿在身上的留有斑斑血痕的白色土布衫。1948年1月3日，甘地就是身着这件衣衫倒在了血泊中。由此再往前推八九十年，当清政府的高官正在为兴办洋务奔走，不少朝野人士力主效法欧美列强以重振大清国威的时候，印度大地上诞生了这位与西欧文明诀别，并在与之对峙中谋求民族自立的战士。

德里的世界遗产——库塔布塔，
伊斯兰教徒的战胜纪念柱

运气好的话能碰到影星在这里拍片子

甘地出身于小诸侯国的高级官僚家庭，自幼受到了良好的教育。英国留学更为这位年轻的律师铺平了人生的道路。这样一个沿着西欧化、现代化的道路发展得一帆风顺的青年人有一天却做出了与昨天诀别，去寻找一个"新的自己"的选择。甘地变了。尤其是在南非侨居期间经历的种族歧视为他提供了变化的契机。同时，他也用自己的变化带动了周围的人，进而带动了印度社会，实现了一个亚洲国家从西欧人建立的世界帝国中的独立，也向全世界表明一个被压迫民族决心从西欧人的所谓现代文明中独立，去重建自己民族文明的坚定意志。

甘地死后没有自己的坟墓。纪念馆对面，亚穆纳河畔的绿地上有一座黑色大理石建成的长方形台座，是当年圣人火化的地方，现在变成了甘地纪念碑。他的骨灰按照印度的习惯撒进了恒河。今天，前来缅怀圣雄业绩的人们为纪念碑献上了无数的鲜花。石碑的正面刻有甘地临终前说的最后一句话："啊，神啊！"

站在这鲜花环抱的圣地，踏着佛陀和甘地的足迹，我这个在所谓西方现代文明中浸泡的时间不算短的东方人看到了一个正在变化的自己，就像当年释尊毅然抛弃王子的生活出家求道一样，像甘地从一个欧化的现代人向一个印度人转变一样。

三月的德里，午后阳光下的气温已超过了摄氏30度。一队身穿制服的学生在老师的带领下走进了甘地纪念馆。此情此景使我想起了上小学时，清明节在老师带领下，穿着白衬衫、蓝裤子，系着红领巾到人民英雄纪念碑前扫墓的情景，也由这些孩子想起了圣雄送给生活在印度社会最底层的"贱民"的名字——"神的孩子"。

我掏出毛巾擦去额头上的汗水，按印地语的发音，把刻在石碑上的甘地留给世人的最后一句话读出了声："Hẽ, Rãm!"

喜马拉雅之春

喜马拉雅山南麓，五座山峰环抱着一块海拔1370米的小盆地。传说远古这里是一条大河。文殊菩萨用宝剑将大河斩断，辟出供人们生息的土地。今天，巴格马提和比兴马提两条河从盆地穿过。尼泊尔首都加德满都就夹在两条河之间。河的对岸是她的姊妹城市——古都帕坦。

在加德满都迎接我的是日本朋友高桥道惠小姐和协助高桥在帕坦义务教书的21岁的尼泊尔青年基乡。高桥30出头，在尼泊尔度过的三个春秋使她的肤色比东京街头的女孩要黑许多，却衬出东亚大都会的年轻人脸上难以见到的朝气。

尼泊尔的首都给我的第一印象是空气混浊，整个城市连同加德满都河谷都被笼罩在一层雾气中。我问高桥是不是天天这样，她告诉我生活在河谷里的人想要看到蓝天已成为一件难事。盆地本来就不大，又不比平原，粉尘和汽车尾气排不出去。春季晴天的话，按理说每天都能看到北边以兰坦里龙为代表的喜马拉雅连峰，可现在，雪山一年到头也露不了几次面。

加德满都老王宫广场

与河谷的自然景观相比，更吸引人的是经尼泊尔人的双手构筑起来的丰富多彩的人文景观。在这里，中国的木构文化和印度的石构文化达到了完美的结合。集中在这里的2700余处印度教、佛教建筑为河谷赢得了"庙宇多如民居，神佛多如居民"的盛誉，而谷地中最突出地体现着这一特色的地方就是古都帕坦。

特别有趣的是，这里的宗教建筑并没有像远东一样，被高高的院墙与人们的生活隔开，而是建在居民的生活空间里。千百年来，这些建筑一天也没有脱离过人们的宗教生活，因而带上了浓厚的生活气息。事实上，喜马拉雅山麓的这块小盆地给人的印象与其说是内陆国家的都会，不如说更接近一个"大村庄"。加德满都河谷整体早在1979年就被列入了联合国教科文组织的《世界文化遗产名录》。

基兰的家位于帕坦最繁华的商业街——吉祥街背后的一条小巷子里。古都帕坦又以"工艺品之都"和尼泊尔族的能工巧匠著称。基兰的父亲就继承了尼泊尔族的

加德满都老王宫

宫殿建筑精美的雕刻

传统职业，是一位加工金器的工匠。当基兰领我走进家门时，正对着砧板工作的尼泊尔手艺人放下手里的活，热情地把我让到二楼，叫老伴端上了奶茶。

　　据基兰说，他家是典型的尼泊尔人民居，已经有上百年历史了。一楼是作坊，二楼、三楼当卧室，最顶层是厨房。基兰一家八口人——父母、祖母、三个哥哥、一个妹妹加他，共同生活在一个单元里。同一座楼的另外两个同样结构的单元住的是两家亲戚。基兰毫无保留地带我看了每一个房间。老民居的内部比较暗，屋外的大好春光照不到屋里。哪个房间也说不上宽敞，楼层之间用木梯连接。基兰的屋子里只放了一张床，一只小柜子兼书桌，就已经饱和了。地面是用夯土打起来的。一切都是那么简朴。吊在房顶的灯泡使我想起了小时候北京大杂院里的生活。

　　我问高桥，基兰家的生活水平和一般尼泊尔人家相比如何，她十分肯定地告诉我起码居于中上。加德满都盆地是尼泊尔生活水平最高的地区。在最富裕的城市里居于中上水平的尼泊尔人简朴的家是映照这个国家国民生活水准的镜子。

然而，在这个人均 GDP 比埃塞俄比亚、孟加拉国高不出多少的国度里，我看到了与数字反映出的贫困不成比例的富足。跟基兰走在帕坦的大街上，街上的廉价商品令人目不暇接，种类丰富，提醒我们：人均 GDP 在某种意义上的确像不少人说的，是一种"数字魔术"。相比之下，基兰和每一个帕坦市民一样，拥有两种令发达国家的人极其羡慕的财富。一是这里有充满人情味的人与人之间的交流。基兰和高桥走在街上会遇到很多亲朋好友和他们寒暄，冲他们微笑，而他们自身也乐于把我这个远道而来的朋友介绍给对方，并充当我和尼泊尔人交流的桥梁。二是基兰和帕坦市民享有一块对尼泊尔人来说缺之不可的精神生活空间。年轻的佛教徒出于宗教生活上的需要，可以随时随地对着街上的庙宇和佛像合掌祷告。

帕坦是尼泊尔最古老的城市。公元前 3 世纪印度阿育王下令兴建的覆钵形佛塔今天仍耸立在古城门外。11 世纪尼泊尔人的帕坦王国在此建都，这里成为大乘金刚佛教的中心。当时的都城是按照佛教经轮的形状建造的。四面城墙上各开城门一座，正中建有大塔，城内遍造庙宇。今天这里寺院建筑最集中的是市中心的故宫广场。木构重檐式的寺院、寺塔让人感到它们和我刚刚到过的斯里兰卡、印度的宗教建筑在形式上有多么大的差距，而和中国、韩国、日本、蒙古等东亚国家有那么多相似之处。

跟着基兰漫步在帕坦街头，我还注意到一个有趣的现象：这个 21 岁的佛教徒不仅朝拜自己信奉的佛祖、观音，也对着印度教的寺院和神灵合掌祷告。看来他们并没有把佛教和印度教截然分开。其实印度教徒也一样，把佛教中的圣贤作为印度教神灵的一部分加以崇拜，因为两大宗教本来就同源。高桥告诉我尼泊尔人从人种构成上大体可以分为两支：从印度北上进入这里的雅利安人和从北方南迁的喜马拉雅山地民族。在加德满都河谷，雅利安人带来的印度教和喜马拉雅山地民族信仰的佛教已经相互融合，不少印度教徒主张佛教是印度教的一支。这里的佛教不同于藏

加德满都旧市区街景

传佛教，是带有浓厚的印度教色彩的尼泊尔独特的信仰。

"前面就是黄金寺院了，12世纪建造的。名称来自寺里的佛像，陈设都是铜制的，进去看一看吧，"高桥指着距故宫广场不远的玛哈维诃寺说，"这里禁止穿戴、携带任何皮革制品进入，你身上有什么皮制的东西可以交给我。我在外面等，基兰带你进去。"

我把背包交给她，却不知腰带该如何处理。高桥猜出我的难处，告诉我只要不露在外面，腰带没关系。她又提醒基兰别忘记给我讲这座寺院里老鼠的故事。

寺院的面积不过一座小四合院大小，却建得精致。所有佛像、神兽、陈设都是铜

加德满都旧市区街景

铸的。学着基兰的样子拜完了佛，我问他老鼠是怎么回事。基兰告诉我由于玛哈维诃寺禁止杀生，也从未养过猫，这里的老鼠大得出奇，又因为没人伤害它们，所以都不怕人。他拉我到院子中央，用眼睛在院内搜寻了一圈，指着殿内一张供桌下面让我看。顺他手指的方向望去，昏暗的供桌下果然有几只硕鼠，大模大样地啃食散落在地上的供品。供桌边给酥油灯加油的僧侣也没有惊跑它们。

加德满都市区一角

刚跨出黄金寺院的门槛，基兰忽然惊叫了起来："哎呀，坏了，我怎么忘了我的鞋是皮的！"他懊悔地叹息着，像做了多大的错事，语气沉重地说："哎，这下佛该生我的气了，都怪我不好。"说着转过身，对着刚刚走出的寺院合掌祷告。望着尼泊尔青年脚上穿旧了的那双黑白相间的运动鞋，我切实感到当代文明已经渗透到了喜马拉雅山麓这个小国每个国民身上。尽管他们有着深厚的信仰，谨慎地甄别各种舶来品，生怕触犯宗教和文化的禁忌，洪水般袭来的物质文明仍令他们防不胜防。

傍晚，基兰有事，高桥的男友——舒莱斯塔·萨提希塔斯请我吃饭。没想到同样是尼泊尔人，他和基兰在外貌上有这么大的区别。30开外的萨提希塔斯一眼就能看出血管里流着雅利安人的血。个子不高，笔直的鼻梁上架一副黑边眼镜，把他的皮肤衬托得更白净。宽宽的额头，微微卷曲的黑发，胳膊上搭了一件晚上挡风用的夹克。白衬衫、黑西装裤和脚上的皮鞋为这个本来就很文气的人又添了几分绅士风度。光凭外表去推测他的职业的话，恐怕谁都会联想到大学老师。

"今天你刚到尼泊尔，咱们去吃点风味。"萨提希塔斯边说边和高桥领我钻进了故宫广场西侧的小巷。他很健谈，流利的英语中略带南亚人特有的腔调。从交谈中我得知他曾到孟买的大学留学，眼下在加德满都开一家计算机公司。他推荐的风味小吃店门脸很小，由于赶上晚饭时间，店里挤满了人。小店里没有餐桌，我们在屋角挤了块地方，拿了几只板凳围成小圈坐下，听萨提希塔斯介绍这里的特色。

"这家经营的传统风味叫烙提。"

我觉得对中国人来说，这名字很好记。因为食品的制作方法介乎中国的烙饼和煎饼之间，将调成糊状的杂面粉摊到饼铛一样的铁板上去"烙"，熟一张就"提"一张，近似于家里摊的软饼。

"这里的烙提有两种——用小麦粉做的和用玉米、小米粉做的，你喜欢哪一种？"

"要玉米、小米粉的。"

"喝点啤酒？"

"好。"

萨提希塔斯接过女主人端来的两瓶啤酒和几只大瓷碗放在地上，在碗里倒上啤酒，端起碗来说："很高兴能用烙提和加德满都的啤酒欢迎你，但愿你吃得满意。"说罢，将碗中的啤酒一饮而尽。

不一会儿，烙提也端到了我们面前。萨提希塔斯又叫了几样泡菜，同样装到大瓷碗里摆在地上。他撕下一块烙提，卷上一片泡菜，用右手送到嘴里，津津有味地嚼着说："尼泊尔人都是这样，用右手吃饭。高桥刚到这里时，吃饭没有筷子也很别扭，特别是吃米饭的时候。尼泊尔人的主食是大米，加上咖喱汁，恐怕一下子适应不过来，所以咱们今天从烙提学起。"

我学着他的样子将烙提送进嘴里。烙焦的玉米、小米粉的香味和泡菜的酸味混在一起，从舌尖散到心里，让人感到自己是在咀嚼着一种未曾体验过的文化。

"告诉我你在尼泊尔最想做的是什么？"

"加德满都的古迹就很迷人，是我首先要看的。如果可能的话，我想走得离喜马拉雅山更近一些。"

"要是这样，我建议你去博卡拉，那里最容易接近喜马拉雅山，"他想想又说，"你最好坐飞机去，这样一举两得。一来可以省出时间，在山里多玩，二来可以从空中看到喜马拉雅山。坐汽车去要花整整一天时间，专门花钱乘旅游飞机去看山，价格又太贵。去博卡拉的小型螺旋桨飞机飞得低，天气好的话，喜马拉雅山脉看得很清楚。"

他跟高桥商量好明天带我去买机票，说他今晚就跟在博卡拉开旅馆的朋友联系一下，住他的旅店，让他接待好我。明天由高桥和基兰陪我继续转加德满都，晚上他再请我吃一顿正宗的尼泊尔饭。

"这烙提不是也很正宗吗？"我谢过他的好意，端起海碗邀他喝一口。"明晚咱们就不能喝啤酒了，得改喝别的。"他说完喝下一大口酒，告诉我加德满都值得看的东西不少，特别建议我去哲青街看看。

和帕坦一样，加德满都也有故宫广场，是游客最集中的地方。在这里，付10卢比的门票钱就可以参观故宫——哈努曼多卡宫，而广场上更多的宗教建筑，像皇宫附属的塔莱珠寺院、老王宫西侧的贾格纳特寺、黑石雕成的拜拉布神像等就建在

路边，任人随意参观。加德满都的神灵和他们的信徒之间的距离恐怕是世界上所有的神与人之间最近的，近到可以听到对方呼吸，嗅到对方体臭的程度。广场北侧的寺院二楼开了一扇窗户，充满人情味的湿婆神和美丽的妻子帕尔瓦蒂从窗里探出头来，用亲切的眼光俯视着广场上的人。

故宫广场充满神秘色彩的是王宫南侧处女神库玛利的宫殿。尼泊尔人信仰处女神库玛利，从全国各地的幼女中挑选一名有灵性的作为她的化身。入选的灵女被迎进宫殿，主要在重大宗教活动中露面，为人们祝福，其余时间由仆人陪同生活。库玛利最怕身上出血，一旦受伤或是来了初潮就要让位给新挑选的幼女，因此在宫中游戏时，侍从们都格外谨慎。每年举办大规模宗教祭祀活动时，即便是国家元首，最高的宗教领袖也要跪在集印度教和佛教于一身的幼女面前，从她的表情上占卜国家政治的命运。

库玛利宫殿和其他宗教建筑一样，是免费开放的。古老的三层木构建筑围起一个不大的院子，楼上雕满了各种神像。不少尼泊尔人对着楼上的窗子祷告。向库玛利的家人或侍从捐几个钱，身着红色民族服装的库玛利有时还会从窗里朝布施者探出头来。不过，幼女脸上通常看不到笑容。这也难怪，尽管周围的人们对她倍加关爱，对一个小孩子来说，失去同龄朋友的宫中生活毕竟太寂寞，太乏味了。

萨提希塔斯极力推荐的哲青街紧挨着库玛利宫殿。走在并不繁华的老街上，听着高桥、基兰的讲解，我明白了萨提希塔斯建议我来这里的意图。哲青街的另一个名字叫怪人街，20世纪70年代曾经是各国嬉皮士憧憬的地方。当年的加德满都和阿富汗的喀布尔、印度的果阿一道，作为全世界嬉皮士的三大圣地之一，云集了大量浪迹天涯不甘受既成价值观束缚的怪人，而加德满都怪人中的一大半又都集中在这条几百米长的老街上。

湿婆神的化身之一——
恐怖神就站在加德满都街头

今天，加德满都背包客们的天堂已经被塔梅尔街取代，哲青街失去了昔日的繁荣，但这里还留下了一些廉价旅店和小饭馆，还有不少在装束、风貌上略带怪味儿的旅行者，引人去追怀当年哲青街培养起来的带有颓废、自虐色彩的文化。萨提希塔斯强烈推荐我逛哲青街的用意大概也在这里。

加德满都西去两公里，绿色的山冈上有一座雪白的佛塔，就像水面上绽开的莲花。这里是佛教圣地——斯瓦扬布塔。覆钵形的塔身和镏金的华盖宝顶之间在东西南北四个方向都绘有一双巨大的慧眼，俯瞰着河谷。这独特的带慧眼的白塔是藏传佛教建筑的精华，同时也成了今天加德满都的象征之一。

大塔与中国有着极深的缘分。相传加德满都还是一片浩渺的时候，斯瓦扬布塔就曾被祥光笼罩，光环中出现大梵天佛像。文殊菩萨闻讯从五台山前来朝圣，拔剑斩断河水，才有了今天的加德满都。佛教传入东土后，来此

处女神库玛利的官殿——童女神庙

参拜的中国人络绎不绝，其中最著名的是唐代王玄策出使尼泊尔，代表唐朝皇帝将黄袍赠送给斯瓦扬布纳寺院。

金乌西坠的时候，踏着千百年来朝圣者们走过的石阶登上斯瓦扬布山，加德满都河谷的春光尽收眼底。无数经幡在春风中飘扬，朝圣者们转动着摩尼经，绕着大塔虔诚地祈祷。我

传说文殊菩萨创建的斯瓦扬布纳寺院

斯瓦扬布塔，塔刹上的慧眼望着加德满都

也和基兰、高桥一道加入了晚祷的行列。

晚上，在萨提希塔斯挑选的小餐馆里向他报告了新的一天的见闻，包括他力荐的哲青街，包括我去世界最大的博达纳特佛塔看法会，还有在斯瓦扬布塔遇到从四川甘孜远道前来朝圣的汉族同胞的事。萨提希塔斯告诉我来这里朝圣的佛教徒居多，其中大多是藏族人。加德满都河谷的发展本身就有赖于藏族系山岳民族的南迁。他们对尼泊尔的文化也产生过巨大的影响。

"看，这本来就是典型的藏族食品，叫馍馍，尝尝看，"他拿起一只刚出锅的馍馍放到我的碗里，"在尼泊尔，今天你到处都能找到它。"

馍馍就像中餐的包子，咬一口香喷喷的，只是肉馅里多了一点没吃惯的香料味。在餐桌上可以明显看出它和以咖喱为主的其他带汤汁的菜肴情趣不同。

我们的话题转到了明天去博卡拉的事上。萨提希塔斯说他已经帮我联系好了住宿，他的朋友就在博卡拉市内的培瓦湖畔等候我。

"那你说我能看到喜马拉雅山吗？"

"看到是肯定没问题的。首先，明天的飞机上就应该能看到。就算阴天，那些名峰也都露在云彩上面。至于在博卡拉看得好不好，就要碰运气了，不过我想应该问题不大，你有四天时间。让我们用尼泊尔的好酒祝你走运。"他倡议之后，问我中国酒度数有多高。我拣高的介绍，告诉他老白干有 65 度的。

世界上规模最大的覆钵形
博达纳特佛塔，带慧眼

"那好，我们用70度的尼泊尔酒干杯。"萨提希塔斯喊来店员，要了一壶尼泊尔"白干儿"。他把酒倒在几只黑色的酒盅里，劝大家端起来，说道："干了这杯，包你能看到喜马拉雅山！"说罢，像前一天晚上请我吃烙提喝啤酒时一样，带头一饮而尽。我学着他的样子，一口气灌下去，烈火从舌尖一直烧到食道和胃肠。

我们在店门口分手。萨提希塔斯邀我从博卡拉回来后到他家做客，并留下电话，关照我凡事都可以找他和他在博卡拉的朋友帮忙。

回帕坦的车上，我向高桥问起她是怎样和这个既热情又绅士的尼泊尔人相识的。高桥告诉我两年前他们同在一个民间机构参加慈善活动，她试着通过计算机网络向海外推介尼泊尔的风情和物产，萨提希塔斯热心地给她帮忙，两人就熟了。

"尼泊尔人和外国人结婚容易吗？"我借着酒性问起了这个与她相关，但很微妙的问题。

"你知道，这里毕竟是印度教的世界。在加德满都还好，跟外国人接触的机会比较多，年轻人克服种种困难，走到一起的也不是没有，可都不容易。你一旦走出加德满都一步，别说跟不同人种的外国人结婚，就是同一人种里不同种姓的人相处也是犯忌的。"高桥那并不轻松的语气使我没有把话再问下去。

博达纳特佛塔的法会

朝拜的僧侣

安纳普尔纳行山道上　　　　　　　　　　　　　　　鱼尾峰和经塔

　　"看，多好的月亮，"高桥岔开了话题，"明天又是个晴天，但愿你到博卡拉也都赶上好天气。那边安纳普尔纳的雪峰美得能让人流泪。"

　　博卡拉不愧为最容易走近喜马拉雅山的城市。高度差是大自然赋予她的令其他城市望尘莫及的优越条件。城市的海拔不过 800 米，却能望到七八千米高的喜马拉雅冰峰。我在博卡拉滞留了三宿四天，其中分出两天一宿去参加在安纳普尔纳山道上的徒步跋涉，也叫行山，以便更加接近喜马拉雅山。

　　天公作美，萨提希塔斯的朋友帮忙，使博卡拉的湖光山色深深刻在了我的心里。黄昏，清凉的晚风吹过，原本像镜子一样的培瓦湖面泛起一道道风纹，使倒映在水中的博卡拉的象征——鱼尾峰变得模糊起来。很快，湖水被群山的阴影吞噬，培瓦湖畔开始燃起了点点灯火。而这时如果翘向万年雪峰与天空相交的方向望，游人会惊奇地发现鱼尾峰锐利的尖顶留住了落日最后一缕红色的光芒，在暗灰的暮色中显得异样地俊美、孤高、庄严。

　　离开尼泊尔的头一天晚上，我第三次赴萨提希塔斯的晚宴，这一次是到他家。这是建在加德满都市中心的一座四层砖楼，告诉我们房主在亚洲这个贫困国家的经济地位。一、二层用来出租，三、四层供主人一家居住。宽敞的客厅里铺了一块大地毯，上面摆一张餐桌。我们按尼泊尔人的习惯，盘腿坐在地毯上用餐。

　　基兰去夜校上课，高桥也没有来。萨提希塔斯说她去办点事，兴许能赶上晚餐的结尾。为款待好客人，他特地叫来了他的大姐亲自下厨房，而平日做饭的佣人为她打下手，姐夫带着小侄子陪我们聊天。在英制学校上七年级的少年在生人面前一点不怯场，用和舅舅同样流利的英语谈他今后想到英国留学，回来当医生的理想。为人厚道的姐夫话不多，在一旁用充满期待的目光望着这无疑是在尼泊尔最优越的

在萨提希塔斯家做客

环境里成长的孩子。

酒过三巡，菜过五味，萨提希塔斯变得更加健谈，跟我聊起了他的家。他在七个兄弟姐妹中行五，也是唯一的男子。祖父、祖母早逝，小时候一直是外祖父供他上学。外祖父当年是尼泊尔最大的保险公司的老板，后来外出经商时客死在了阿富汗。四个姐姐和两个妹妹都已出嫁。在尼泊尔和印度一样，要嫁出六个女儿是一件天大的难事。六姐妹得益于外祖父家大业大，都找到了好人家，全家人的关心于是都集中到家里唯一的男子身上。至于和高桥的恋情，他只字未提。

针对今天尼泊尔种姓歧视的问题，萨提希塔斯首先肯定它在社会生活中普遍存在，说尤其在传统风习较重的农村，种姓歧视还根深蒂固。最大的问题在于无论地位高的人，还是地位低的人，都没有把种姓间不平等当成问题，更没人把它作为非难的对象，而是看成是天经地义的。相对而言，加德满都人要开通一些，特别是受教育程度较高的人，会把种姓的不同看得更轻。

说这番话时，他的言语中流露出了对传统陋习的蔑视和不满。但在跟我讲这些话的同时，他又在没好气地教训端菜上来的男佣人，斥责他不该把手指伸到菜盘里。我听不懂他的尼泊尔语，却能感到他话语的凶狠，至少不觉得他把佣人当成和他平等的人对待。

"我教过他们多少次了，就是记不住。这是个素质问题，你简直没有办法。"萨提希塔斯怕我们见怪，这样为自己开脱着。

我问他家一共雇了几个佣人，他告诉我厨房和搞卫生各有一个女佣，刚才端菜、打杂的小伙子，加上一个看门的中年人，一共四个。在加德满都，这不算多。

"你跟他们相处得好吗？"

"我家就算好的了。他们刚来的时候什么也不会做，凡事都要你去教。而且，他们只做你布置过的事，别的多一点也不会主动去做，认为该别人去做，让人着急。"

"雇他们的时候，你选择他们的种姓吗？"

"这不用我去选。他们找上门来的时候，会主动告诉你他们能做什么工作，你也就知道他们属于哪个种姓了。你有心收下他们，就让他们做做看，反正工钱很便宜，有的只要你为他解决食宿。"

"那你雇他们，他们感谢你吗？"

"感谢我？他们并不向我谢这个恩，谢也是谢他们心里的神。我曾经雇过一家四口在我家打工，包吃包住，没见他们多感谢我，我也没期待。在加德满都，条件稍好的人家几乎都要雇个把佣人，并不指望他们帮什么忙。不养这样的佣人，反而会觉得心里不平衡，别人也会另眼看你。"萨提希塔斯说罢，又满肚子火地冲着屋外大吼起来，责怪男佣人迟迟没有把水钵端过来。发过雷霆之后，马上又恢复了那张既有教养又热情的脸，不厌其烦地教我如何按尼泊尔人的正宗做法，用右手灵巧地将汤汁浸过的饭菜送进嘴里。我感到在他身上似乎存在着两个人格，一个是热情、绅士地善待来客的他，另一个是居高临下呵斥佣人的他。这两种人格差异如此之大，我为它们能体现在同一个人身上感到惊奇。而萨提希塔斯却很坦然，好像根本意识不到自己待人上的差异。更确切地说，周围的环境已经使这两种态度、两个人格在他身上的并存既自然又妥帖。

最后一道菜上来后，大姐一家就告辞了。等我风卷残云般地把一桌饭菜打扫得差不多时，高桥终于来了。萨提希塔斯把话题从种姓、风习上岔开，问我现在还有什么其他愿望。我想了一下，把我心中的三个愿望讲了两个给他听，一是期待能看到世界最高的珠穆朗玛峰，二是想去走访释尊诞生的佛教圣地蓝毗尼。至于第三个愿望，我权衡来权衡去，终于没有说出口，而把它留在了心里。萨提希塔斯蛮有自信地告诉我：只要我肯再来尼泊尔，去蓝毗尼并不难。至于看珠穆朗玛峰，我在明天飞香港的飞机上还有机会，因为飞机就沿着喜马拉雅山脉向东飞。他说他会帮我实现看珠峰的愿望，建议我早去机场办登机手续，拿到一张靠左侧机窗的座位，并说明天一早会来旅馆送我，届时还会给我带一个小小的礼物。

我跟高桥又坐上了回帕坦的出租车。河谷里轻风习习，除了淡云为月亮罩上了一层薄纱之外，一切都跟我去博卡拉之前的那个晚上一样。我按捺不住内心的冲动，接着那天酒后的话题，问出了上次高桥有意回避，而今天在萨提希塔斯家又没能问出口的问题，也是我藏在心里的第三个愿望："你们的事情顺利吗？真希望你们能走到一起。"东亚人相近的社会文化背景使我觉得对高桥提这个敏感的问题要比问萨提希塔斯轻松一些。

高桥沉默了片刻，反问我："你能从萨提希塔斯这个名字里听出什么含义来吗？"

"听不出来。"

"典型的雅利安血统的名字，尼泊尔人一听就知道，连字音里都带着雅利安人的骄傲。"高桥的话里藏着轻蔑和愤懑，传到我耳朵里被增了幅。

"阻力不小吧。"我猜着高桥晚上没过来一起吃晚饭，兴许是为避开萨提希塔斯的姐姐一家。

"我们很合得来，感情很好，可在这里，让社会承认是头等重要的事。他家的人不能说不开通，可碰到自己的亲人和不同种姓的人交往这种事，即便对方是雅利安人，也很难有协商的余地。至于黄种人，那就干脆连提也不用提了。更不幸的是我还比他大两岁。他是家里唯一的男子，家人的期待就更高，有数不清的人为他把关。"

"我也是黄种人，可他对我很好嘛！"

"这并不难。他也是个受过不少教育的人，道理都懂，也没少看到尽管自己身上流着雅利安人的血，属于白色人种，但欧美社会的白人是如何对待他的。可一旦碰到自己的事，在周围这么大的压力下，想按理智和我们脑子里的常识办事，简直是太难太难了。"

我又问她今后的打算，她说他们也考虑过是否离开尼泊尔一段时间，到其他地方发展。萨提希塔斯正试着把尼泊尔的传统工艺品介绍到日本落户，他们也酝酿着在日本千叶县高桥家附近开一家营销这些商品的店铺。

"我们都很珍惜彼此之间的理解和这份感情，也想让周围的人能理解我们。"高桥说罢这番话，长长地出了一口气。

月亮透过薄雾，把她那温柔的光芒洒在加德满都河谷。

次日一早，萨提希塔斯赶到帕坦的旅馆来为我送行，把一个装证书用的纸筒交给我，说是送我的礼物，要我等到飞机起飞之后再打开看。我拥抱过这位尼泊尔的年轻绅士，约好下次见面时由我做东，好好喝上几杯，条件是要看到他和高桥两个人。

高桥和基兰坚持把我送到机场。按萨提希塔斯的设计顺利拿到靠左侧机窗的登机牌后，我紧紧握了握他们俩的手，祝基兰学有所成，找到理想的工作，祝高桥生活得幸福、美满。外柔内刚的女孩子眼圈红了。

在加德满都飞香港的尼泊尔航空公司班机上，我看到了两座珠穆朗玛峰。萨提希塔斯的礼物是一位叫罗德里克·麦肯锡的摄影家，于1989年5月24日晨7点30分登上珠峰后，在峰顶拍下的气势磅礴的照片。一定是细心的尼泊尔绅士昨晚听到我的愿望后特意准备的，好让我随时可以看到喜马拉雅的女王。

另一座珠峰是萨提希塔斯和高桥一道送给我的礼物。飞机起飞不到半小时，伴随着机舱内的广播，她出现在了我身边的机窗外。春光中，珠峰和另一座冠有藏族男性名字的名峰——罗则峰并排而立，恰恰和我心中喜马拉雅山麓的那对情侣重合在了一起。

愿他们的春天早日到来！

石城记

赞比亚、津巴布韦

赞

比

亚

卢萨卡

卡里巴水库

维多利亚瀑布

万基国家公园

哈拉雷

津巴布韦

布拉瓦约 马斯温戈

大津巴布韦

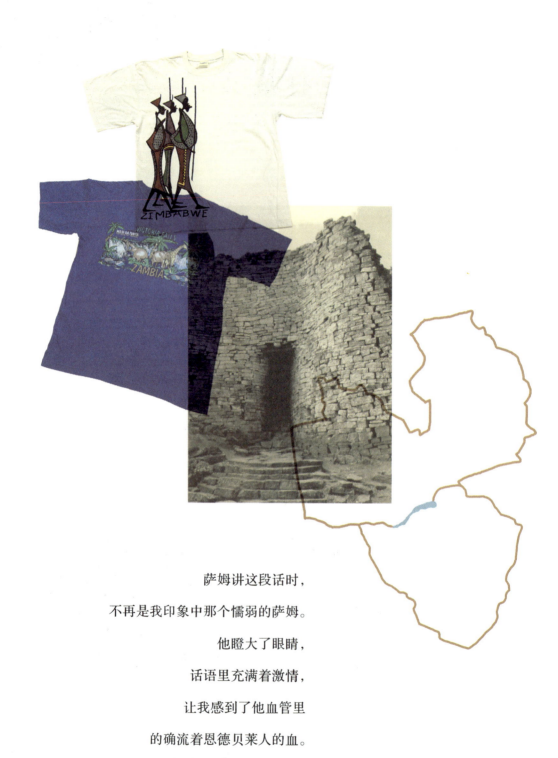

萨姆讲这段话时,

不再是我印象中那个懦弱的萨姆。

他瞪大了眼睛,

话语里充满着激情,

让我感到了他血管里

的确流着恩德贝莱人的血。

俯瞰维多利亚瀑布

　　人从维多利亚瀑布归来，心还沉醉在感动的余韵中。发源于安哥拉境内的赞比西河横穿赞比亚之后，在津赞边境突然跌入大地的裂缝。从天河跌落的断崖到对面峭壁之间的宽度不超过 75 米。汹涌的河水飞流直下，猛烈撞击着谷底的岩石，泛

赞比亚一侧的国境哨卡

津巴布韦一侧的边检站

津巴布韦一侧国家公园正门

在大卫·李文斯顿的铜像前

魔鬼瀑

马蹄瀑

起数百米高的水烟。狭窄的地峡又像一架巨大的扩音器，将飞瀑的轰鸣传到几十公里之外。本地人送给大瀑布的名字——莫西奥图尼亚，即雷鸣水烟——最贴切地反映了神瀑的声与形。

瀑布今天的通用名称"维多利亚"来自苏格兰探险家、传教士大卫·李文斯顿。

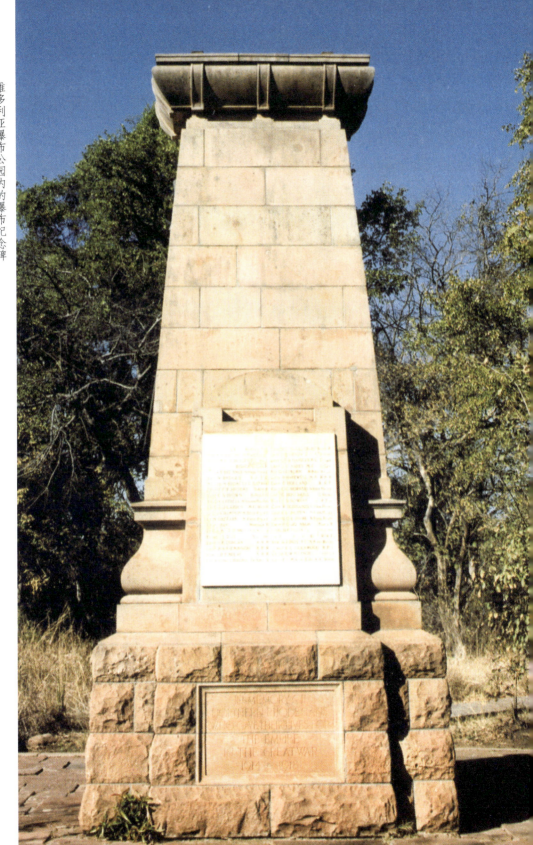

维多利亚瀑布公园内的瀑布纪念碑

从赞比亚一侧看瀑布飞虹

津巴布韦一侧的主瀑

沿狭窄的走道接近瀑布

赞比西河上的维多利亚瀑布大桥　　　　　　　　　　　赞比西河落日

1854年9月，他从安哥拉出发，沿赞比西河漂流，于1855年11月17日发现神奇的巨瀑，遂以英国女王的名字为它命名。李文斯顿成为第一个看到大瀑布的欧洲人。他日后又在英国政府资助下，第二次赴非洲探险，试图勘察尼罗河、刚果河的源流，并"发现"了坦噶尼喀湖。1873年，他在第三次赴非洲探察尼罗河河源时病死于赞比亚，成为非洲探险史上最著名的欧洲人。鲜为人知的是1871年3月，在卢阿拉巴河畔目睹的1500名黑人奴隶因参加"暴动"而惨遭杀害的情景，触动了这位白人传教士的灵魂，促使他为非洲黑人奴隶的解放呐喊。今天维多利亚瀑布公园津巴布韦和赞比亚两侧都建有他的铜像。

　　8月份虽不是维多利亚瀑布水量最大的时期，却有一个好处：不会被水雾遮住视线，因此可以将瀑布的全宽尽收眼底。蓝天下的莫西奥图尼亚没有尼亚加拉的雕琢，没有伊瓜苏的做作，流得那么从容淡定，那么优美，促使我和每个远道而来的造访者一样，祈念天河在古老的非洲大地上，也在人们心中长流不息。

维多利亚瀑布是津巴布韦的奇观，但并非唯一的奇观。津巴布韦是南部非洲观光资源最丰富的国家，并因此享有"旅游天堂"的美誉。遗憾的是它在亚洲旅行者中知名度并不高，我也是在走进这个国家之后才切身感到这种富足。如果说这仅是我一个人的印象，或许会由于掺杂个人的偏爱而欠客观，但如果这个评价来自对抗意识很强的邻国赞比亚人，就会更让人信服。在赞比亚南方省省会马兰巴的酒店里，当地导游不无遗憾地告诉我：虽然赞比亚有维多利亚瀑布的东半段，有不少野生动物保护区，但不得不承认津巴布韦的旅游资源比他们的丰富。

"当然，有一点他们比不了，在赞比亚，你可以乘直升机去观瀑。不过，津巴布韦那边有船，游客可以乘船欣赏赞比西河的落日。野生动物保护区嘛，我们这边有南北两个卢安瓜国家公园，他们那边有万基国家公园，就在维多利亚瀑布边上，

万基国家公园

万基国家公园

郊外的平衡石

你们可以顺道去，很方便。"

"不错，我们是这样计划的。"

赞比亚人说的万基国家公园从维多利亚瀑布过去不过一小时车程。20美元的入场费在津巴布韦不算便宜，却可以把人带入野生动物的乐园。这里和南非的野生动物保护区采取同样的做法，禁止乘坐越野车进入草莽之中观察动物，代之以在动物频繁出没的草场、水边建起观察点和瞭望台。加入国家公园组织的团队，在公园看守员的带领下利用这些观察设施，游人有足够的机会与大象、斑马、长颈鹿、非洲野牛等大型食草动物以及狮子、猎豹等食肉动物遭遇。

除了飞瀑和动物乐园，津巴布韦的另一大自然景观是奇石。在这里旅行，到处可以看到奇形怪状的巨石。首都哈拉雷郊外就有一大片巨石袒露在红褐色的大地上，一层层重叠在一起。上方的石头经过长年风吹日晒，风化剥落，磨去了棱角，变成奇形怪状的石墩、石球，让人担心它们随时都会掉下来。然而，这些石块却稳稳地坐在下面的石台上，保持着令人难以置信的平衡，形成著名的"平衡石"，成为津巴布韦的代表性景观。平衡石的图案甚至被搬到了津巴布韦的货币上。

一方水土养一方人。古来生活在这片土地上的班图系非洲人善于利用石头，尤其是他们当中的肖纳人更以石工见长。在津巴布韦城镇的市场上或干线公路旁都能看到肖纳人在出售石制生活用品和手工艺品，其造型和工艺令人咋舌。正是这些善与石头打交道的肖纳人的祖先为津巴布韦带来了壮丽的人文奇观。他们在南部非洲的大地上构筑了包括大津巴布韦、卡米、多罗多罗、那雷塔雷遗迹在内的200余处石构文明古迹，其中最著名最具代表性的就是大津巴布韦遗迹。

在世界上众多的国家中，用古迹来做自己国家象征的例子并不多。我知道的有柬埔寨把令国民骄傲的吴哥窟印在了国旗上。而像津巴布韦这样不仅把古迹搬上了国徽，而且还用它为国家命名的例子恐怕是绝无仅有的。"津巴布韦"的语意来自班图语的"石头城"。公元 11 至 19 世纪，以今天的津巴布韦共和国为中心，

在公路边出售石制手工艺品的肖纳人

南部非洲著名的"黄金之乡"莫诺莫帕塔王国迎来了鼎盛期，在王国的版图内出现了许多座"津巴布韦"。其中最宏伟、最壮观的就是王都所在的大津巴布韦。

8 月 4 日是我的生日。继维多利亚瀑布和万基国家公园之后，我期待着津巴布韦赠送给我的又一份珍贵礼物：走进撒哈拉以南最宏大的古代文明遗迹。

早晨 6 点半，蓝箭旅游公司的中巴驶出哈拉雷，沿干线公路南行，开往大津巴

津巴布韦首都哈拉雷

哈拉雷市内的交易市场

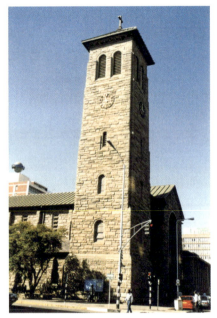

街景一角

布韦旅游的门户马斯温戈。沿途是两天前万基国家公园的继续。公路两侧的草原和灌木林中不时能看到斑马、羚羊、野猪的影子。食蛇鹰顶着花冠孤傲地在草原漫步，野猿在向公路旁候车的人执著地讨要食物。

　　沿途另一个奇特的景观是公路两侧大片的休耕田、草地、灌木丛被火烧过，变成黑色的焦土。从出现的频率看，不像是雷击等引发的野火，而从焦土不规则的分布看，也不像是有计划的烧荒。我向导游萨姆询问，他的回答令我感到意外。火是农民为驱赶野生动物放的。由于近年政局不稳，加之风雨不调，经济境况不振，不少农场被迫关闭，农工变成流民。为了生存，他们用铁丝网做成捕获动物的围栏，在草场和荒废的农田里放火驱赶野生动物入套，用来充饥。

　　物资的匮乏不仅体现在农民烧荒捕猎上，在首都哈拉雷人们也有所目睹。市内经常看到等待购物的长队，超市摆放食品的货架基本是空的。没想到南部非洲的津巴布韦也和不少东非国家一样，印度人在商业界占据重要地位。市面上还在营业的为数不多的商店很多都是印度人开的，贩卖从境外转运来的商品。据萨姆说，不少津巴布韦人从印度人店里买下商品，再拿到物资更短缺的乡下去倒卖。

不过，建国时津巴布韦的实力还是很强大的。如今这种软硬实力在津巴布韦的城乡也还可以明显感受得到。哈拉雷街道整洁，公路宽阔，路面平整，人们驾车讲礼貌，守规矩，做法不亚于欧美社会，这在非洲国家也是不多见的。从哈拉雷沿干线公路南行，沿途可以看到一个接一个望不到边的大型农场。它们大多具备铁丝围栏和先进的喷灌设施，使用大型农机。乘车穿行在种植着小麦、玉米、烟叶、牧草的万顷良田里，游人会陷入一种错觉，误以为身在弗吉尼亚或里贾纳的大平原上。在非洲除了肯尼亚、南非等少数国家之外，很难看到这种景象。

　　大型农场的所有者是白人农场主。从哈拉雷前往马斯温戈途经交通枢纽城市奇武。在奇武郊外的农贸集市上，就有穿牛仔裤、戴牛仔帽开着小型卡车，掺杂在黑人居民中前来交易的白人农民。

　　然而，原本令人羡慕的非洲独立国家中的骄子在进入20世纪最后10年后却因农业问题，发展经历了重大挫折。独立当初，白人农场曾创造国家出口贸易总额的三分之一，并雇用了200万黑人劳动力，超过国家总雇用人口的四分之一。同时，为了消除殖民地统治遗留下来的财产分配不均的状况，政府从白人农场主手里购买部分土地，分配给黑人贫困层耕作。经费的大头来自原殖民地宗主国英国，白人农

奇武郊外的农产品交易市场

场主方面也提供了相应的支持。然而，问题出在政府对征购的土地缺乏及时的整备和管理方面，导致农田荒芜，贫困层的迁入未能取得顺利进展。同时，政府的农场国有化政策受阻，贫困层怨声载道。这种形势下，穆加贝政权于1997年出台了强行接受1500家白人农场的政策，时间恰恰与政府决定向参加过独立战争的退伍老兵支付退休金的时期一致。以此为背景，进入21世纪后，西南非洲的这个原本并不起眼的小国却由于政府暴力没收和黑人强行占据白人农场而一跃成为世人关注的热点。2001年8月我在津巴布韦旅行时，恰值强占农场的风潮最高涨的时期。占据方的理论是：白人的土地是从黑人祖先手里抢夺的，是殖民地统治遗留下的痼疾，理所应当要用武力夺回。政府对强行占据置之不管，甚至是怂恿，因而遭到以英联邦国家为首的各国的谴责。以英国为首的西方国家则强调暴力占据的非法性，指责穆加贝政权煽动黑人对白人的人种憎恶，借此转移由于政治失误诱发的国内危机，呼吁国际社会对津巴布韦进行制裁。西方国家的制裁促使津巴布韦政府态度强硬起来，从亲欧亲美的现实主义路线迅速回归到独立前强硬的民族主义路线上。

由于时间和行程的限制，2001年在津巴布韦旅行时，我无法亲眼目睹黑人老兵占据白人农场的实况，见闻只局限在哈拉雷及地方城镇物资的匮乏与萧条，以及流民为捕捉野生动物充饥而放火焚烧农田上。每当我们的中巴沿途经过白人经营的大型农场时，萨姆总是带着怨气告诉客人这些农场是白人的，他们拥有这个国家最好的土地，过着最富足的日子。在乡下的集市上看到白人农民，萨姆在把这景观介绍给游客的同时，也在强调他们是做老板的富人，与黑人农民不一样，言谈话语至少让人感到他没有把这些白人当做自己的同类与伙伴。他告诉我他家在南部城市布拉瓦约，境况比哈拉雷更糟糕。首都毕竟还要讲个门面，地方城市的物资更匮乏，失业率在百分之八十以上，治安也不好。像他这样的大学毕业生大部分找不到固定工作，只能靠打零工或者设法去南非谋生。他能够比较稳定地继续自己在旅行社的这份工作实属万幸，除了自己有丰富的导游经验外，还得益于能讲法语和少量的西班牙语，可以应付多种工作。

在津巴布韦，我没有机会接触白人，无法直接听到他们的声音，但在南非和博茨瓦纳，我和一些当地的白人交流过。在谈及发生在邻国的危机以及他们自己的境遇时，白人方面最具代表性的观点是：无论历史经纬如何，南部非洲的的确确存在着一个经欧裔的手构筑起的世界，这是无法否定的现实。黑人政权应当立足于这一现实，对白人于这个社会的作用及贡献给予公正的评价，并确保其相应的地位。而他们强调的"无论历史经纬如何"则恰恰是穆加贝政权和参加过解放战争的老兵，以及包括萨姆在内的黑人群体接受不了的。在他们看来，欧洲人的殖民统治是导致

国家公园地处古老的花岗岩地层上

挂在大津巴布韦国家公园入口的世界遗产标牌

今天社会财富分配不均的根本要因，历史经纬必须跟今天的现实绑在一起来理论。

观光旅行最大的局限性就是难以深入接触当地的人与社会。2001年8月在津巴布韦旅行，尽管这里是世人关注的热点，如果只是走访维多利亚瀑布或万基国家公园，游人丝毫感觉不到这个国家政治、经济和外交的窘况，而只会为它迷人的景观而赞叹。从这个意义上讲，我为我们此次把哈拉雷加入了旅程并有机会乘车长距离移动感到庆幸。这样做扩大了我们与津巴布韦这个国家的接触面，同时自己也多伸出几支敏感的触角，用心收集一些信息，争取走得距离现实社会更近一些。尽管接触面窄得可怜，但毕竟不同于只看到一个彩虹色的美丽国家。而更多的游客来津巴布韦都是从维多利亚瀑布机场进出，看完瀑布和自然保护区就出境了。

　　1986年载入联合国教科文组织《世界文化遗产名录》的大津巴布韦遗迹也是一处世外桃源。遗迹所在的国家公园位于高原东南部风景优美的丘陵地带，距观光据点马斯温戈30公里。这里三面环山，背靠凯尔湖。8月4日上午10点钟走进悠闲、安静、优美的国家公园时，我简直无法想象以这处古迹为象征的这个年轻的国家眼下正在受难。和我们一道走进公园大门的是一队身穿蓝色制服，一看便知是前来接受传统教育的中学生，无异于国内学校组织学生参观兵马俑，爬长城。除此之外，偌大的公园内再没有别人。

　　萨姆在公园门口把我们交给一个穿制服的公园看守员，并向他交代了团员的情况。他在来的路上就告诉我们：游客按规定需要由看守员带领参观。这一点也跟在

来大津巴布韦国家公园参观学习的中学生

南非、博茨瓦纳等国参观一样，看得出受欧洲公园、古迹管理方式的影响。

国家公园周围是大片的丘陵

"这个导游在津巴布韦一直跟你们？"和萨姆刚分手，接班的看守员就来问。

"不，在维多利亚瀑布和万基国家公园他没有管，是从哈拉雷接手的。人很绅士，也能干，"我回答他，并接着问，"怎么，你们见过面？他有没有带团来过这里？"

"有点面熟，也许见过吧，是个恩德贝莱小子。"看守员意外地说出了萨姆所属族群的名字，而且说话毫不遮掩，口吻中带有一种淡淡的轻蔑。

经他一说，我才想到萨姆提起过他生长在津巴布韦第二大城市布拉瓦约。我们从赞比亚、博茨瓦纳途经维多利亚瀑布去哈拉雷时曾乘车经过。布拉瓦约周围恩德贝莱人分布最集中。他们和肖纳人一道构成津巴布韦两大民族集团。

"你能看出他是恩德贝莱人？"

"能，看他的外表，听他说话。"

"那你是肖纳人喽？"

"肖纳。"他回答得简短，话里却满是骄傲。我早猜到了这个答案。首先是从他刚才鄙夷萨姆的口气；其次，大津巴布韦是肖纳人的祖先创造的奇迹，从道理上说让肖纳人当公园看守员，给来访者讲解也顺理成章。

"我怎么看不出你和萨姆哪儿不一样。要让我猜，我会把你当成恩德贝莱人。"

"为什么？"

"因为你比他魁梧、高大，更像个战士。我听说恩德贝莱人勇敢、尚武。"

"勇敢？"看守员歪歪脖子笑笑，说，"当年白人来这里，就是恩德贝莱人先准许他们在这里采矿，白人也向恩德贝莱人回赠过土地。结果怎么样，白人在这里建了自己的国家，非洲人变成了奴隶。"

我万没想到肖纳人除了对白人有怨气，对曾经和自己一同抗击过白人的恩德贝莱人也心存不满。直到走进大津巴布韦遗迹之前，我都没有意识到这个国家还有民族问题。

山冈上的卫城

卫城的北侧围墙，上面建有四座小石塔

卫城入口

卫城的东口

和公园的肖纳人看守员在卫城的围墙前

从巨石平台上俯瞰卫城西侧的宫廷遗址

　　1838 年，恩德贝莱人作为后来者进入高原西南部，消灭了曾与葡萄牙人抗衡，但后来臣服于欧洲殖民者的昌加米尔王国，以今天的布拉瓦约为中心建立了自己的军事专制王国。他们让周围的肖纳人纳贡，对不服从的部族实行武力惩罚，掠夺人员和家畜。恩德贝莱人有着强烈的民族自尊心和凝聚力，同时，王国的强盛也得益于他们独特的兵役制度。被他们剿灭的昌加米尔王国的传说以及欧洲殖民者留下的史料中都有关于恩德贝莱人残忍、强暴的说法，但在文化层面上，尚武、彪悍的恩德贝莱人的形象一直是肖纳人，特别是肖纳男青年追逐的对象。19 世纪末，肖纳人和恩德贝莱人曾举行联合起义，用我们的话说，在反抗白人统治过程中成为"同一个战壕的战友"。从这个意义上说，今天公园看守员非难恩德贝莱人对白人殖民者懦弱的一番话让我感到意外，但也让我看到了津巴布韦的黑人除了与欧裔对抗的一面，同时还具有与非洲人不同族群的对抗意识。我没有再往下追问，大津巴布韦的一部分——建在 120 米高的山冈上的"卫城"已经出现在视野里，现在该是集中精力跟古迹对话的时候。

　　今天的大津巴布韦遗迹由三个部分组成：山冈上的卫城，平地上的俗称神殿的大圆环建筑群，以及夹在卫城与神殿之间山谷地带的村落遗址。其中，卫城由于地

在卫城最高处

从卫城通往谷地村落遗址的石道

村落遗址

从村落遗址回望卫城

势高，最引人注目。我们探访古迹的第一步也从这里迈出。跟着看守员沿陡坡爬上山顶，眼前是公元 11 世纪肖纳人利用山顶的空间和花岗岩巨石修建的宫殿。这里是当年的王宫兼宗教祭祀活动的场所，居高临下，地势险要。建筑群被夯土和石块垒成的围墙环绕，构成一座气势宏伟、易守难攻的城防。

围墙在南侧的日落方向开了个小门，有狭窄的通道相连接，宽度仅够一个人通过。围墙内的建筑分为两部分：西侧处理朝政的宫廷和东侧国王的生活空间。宫廷部分的围墙巧妙利用天然巨石结合人工石壁建成，最高处达七米，底部厚六七米，围出一块直径约三十米的空间。这里的地面用四五米厚的细土垫平，土壤全部取自山下，运上山来是个不小的工程。人工整平的土地上当年建有议事厅，供王和重臣处理朝政。北侧的围壁上建有四座小石塔，塔心当年立有石柱，传说具有宗教意义，象征五谷丰登，国泰民安。东侧的生活空间被岩石和石墙切割成若干个小空间，并留有狭窄的通道，生人进入就像走进迷宫，不易走出。城防正中心的巨石顶部是个天然平台，传为当年国王登顶以向臣民显示自己权威的地方。从这里远眺，可以一览国家公园内的大片遗迹和远处凯尔湖的风光。

村落遗址内的围墙

卫城是大津巴布韦遗迹中宗教色彩最强烈的部分，这里发掘的文物绝大部分是祭祀用品，几乎没有发现与日常生活相关的物品。最著名的出土文物是八尊雕刻在黑色滑石柱上的神鸟中的六尊，即著名的"津巴布韦鸟"，意味着当年的祭坛建在这里。同样的文物在津巴布韦的其他石城中均未曾发现，显示出大津巴布韦作为王都的特殊地位。

和亚非拉各地的古迹一样，大津巴布韦在被欧美人"发现"后也遭遇了文物浩劫。19世纪末白人来到这里，把包括津巴布韦鸟和大量黄金制品在内的出土文物洗劫一空。八尊神鸟也散失到国外，有的甚至和埃及的神像、中国的石佛像一样，惨遭首身分离的厄运。津巴布韦独立后，政府才从南非等国收回其中的五尊，珍藏在哈拉雷的国家博物馆中，并作为新生国家的象征出现在国旗上。

神殿外观

从围墙的东口出来，沿山道走下卫城，进入大津巴布韦的第二个组成部分——谷地的村落遗迹。外行人也可以看出这是一片典型的生活区，与政教合一的卫城形成鲜明对比。这里分布的主要是石构住宅群，并挖掘出了古代的水井、农田、渠道以及铸造钱币用的模具和冶炼黄金用的容器等。附近的国家公园博物馆内还藏有来自中东的玻璃器皿、波斯的彩釉陶器、印度的佛珠以及中国明朝的青花瓷碎片。这些出土文物都是莫诺莫帕塔王国大量开采国内的金、铜等矿物资源，经莫桑比克等地发展印度洋贸易，迎来空前繁荣的佐证。看守员介绍说这里还出土了八根神鸟石柱中最精美的一根，在神鸟的下方饰有鳄鱼雕像。津巴布韦国旗上的神鸟图案就来自这里。

建在平地上的神殿是大津巴布韦遗迹里规模最庞大、最壮观的部分。主体建筑在15世纪完成，晚于山丘上的卫城。与卫城不同的是，这里的花岗岩石材不再是大小不一，均加工成砖头状石块。堆砌起来的石块之间未使用任何黏合物，体现出石构建筑技术的成熟。神殿内的建筑按使用目的可明显区分为东西两个部分。东侧部分在内墙与外墙之间建有圆锥形实心塔，为神殿内最具象征性的建筑。石塔的两侧植有参天大树。西侧由石墙分割出多处空间，有石屋和石碑，虽经风雨侵蚀，多已残损，仍能使人想见当年的繁荣。

大围墙内壁

神殿东侧的双重围墙由同样大小的石块堆砌而成

核心部分的大石塔和辅助性建筑

神殿东南侧的出口和石阶

神殿西北侧的出口

神殿的名字来自人们对于大圆环建筑群使用目的的一种假说：建筑群的东半部分释放出的带宗教色彩的神秘气氛显示它当年有可能被用为祭神的神殿。然而这种假说解释不了大圆环西半部分复杂的生活空间。这部分的建筑从结构和布局上看跟谷地的村落遗迹基本相同。

另一种假说是大圆环当年是举行成人仪式的学校。圆环内部东侧是神圣的象征，建有石塔，是举办仪式的场所。西侧象征世俗，供参加成人式的青年男女起居。开在围墙东西南侧的出口供男性进出，西北侧的出口供女性通行。然而，学校假说与大圆环建筑群的建设过程不相符。比如大圆环建筑群中最早建起的是西侧的生活区，而不是举行仪式最核心的东侧圣域。

所谓建设过程上的一些特点，即便不是专家，我们外行人也可以大体看明白。大津巴布韦初期的建筑，包括山冈上的卫城、神殿的西侧围墙以及住房使用的都是规格不统一的石材。由于石块大小不一，堆砌起的墙壁也就不够齐整，凹凸不平。而以大圆环东半部分的双重石墙和石塔为代表的后期建筑由于使用预先加工好的"标准件"，不仅建筑外观齐整，而且结构上更加稳固，建筑也向高大、宏伟发展。鉴于大圆环在建设过程上的特点，有学者干脆提出了又一种假说：国王最早在山上的卫城执政并主持祭祀。随着山下建筑群的发展，他最终将山上的祭祀活动移交给了宗教领袖，自己搬进了山下更豪华、舒适的大圆环。因此，宏伟、壮观的大圆环建筑群就是王宫，是王权的象征。然而这种假说也还没有得到学界广泛的认可。关于大圆环建筑群的建造目的至今没有定论。

正午过后，遗迹中早已不见了上午那队中学生的影子。此时如果在野外行走，烈日从头顶垂直照下来，简直会把人烤焦，而伟大的文明古迹却释放出一种魔力，驱走高原的暑热。即便是在一天中这段最炎热的时段，走在双重石墙之间的通道里，微风也会把一丝凉意送到游人的心上。

听完公园看守员最后一段解说，我坐在大圆环内石塔旁的树荫下，静下心来确认此时此刻自己身在大津巴布韦遗迹中的感受。旅途上由一个人、一件事、一处景物所引发的感怀与思索如果不是在现场及时确认并提炼出来，日后很难再去复原。置身于南部非洲最伟大的古代文明遗迹，我试图把它留给我的最直观的印象，把我感知到的最独特的东西找出来。

来到大津巴布韦，我脑子里不时出现非洲热带草原的动物王国，还有迪斯尼动画以及百老汇歌舞剧《狮子王》。在动物王国里，百兽之王雄踞在山冈上，俯视山下臣服于自己的万牲，向宇内万物发出雄吼，以这种极具象征意义的方式维护王国的繁荣与安泰。在我看来，眼前的大津巴布韦再现的正是与动物王国极其相近的支配形式，不同的是舞台上的主角由动物变成了人。在这样的社会里，仪式与象征性是维系社会关系最重要的因素。大津巴布韦遗留的建筑集中体现出对象征性的追求，其执著程度远远超过了对建筑物功能的追求。卫城狭窄的通道和入口就是典型的例子。没有人会觉得山冈上的宫殿是个豪奢、舒适的居所，但为了王国的繁荣与稳定，王理所当然要居住在这里。神殿中的双重围墙和大石塔想象不出能有更多的实用性，但却能以建造者赋予它们的量感给人一种威压，体现着王权的神圣与威严，象征意义远远超过了人们对它们实用性的追求。这种以非洲大陆的原生态为出发点的对于象征性的追求是大津巴布韦让我感受到与众不同，因此充满非洲味道的独特魅力之一。

另一种强烈的感受是这庞大的遗迹中所有建筑都由曲线组成，几乎找不出直角与直线。同时，亚、欧、拉美的经典建筑所崇尚的朝向、对称、平衡以及几何图形在这里也看不到影子。较之这些建筑学上的规则与定式，非洲人更欣赏曲线，崇尚线条的自由伸展，乐于在随意性中追求优雅。最典型的例子是神殿入口处的石阶。从建筑功能上说，台阶是最易于被建成直线的，但这里的台阶却与众不同。除了最下面一级沿着围墙的方向伸直以外，第二级以上的石阶都向内弯曲，画着平缓的弧线自然融入两侧的墙壁，形成曲线与曲线的组合，强烈体现着非洲人对曲线的执著追求。

这种对自然曲线和随意性的追求以及对直角、直线、几何图形以及定式的否定使我联想到在北美非裔中诞生的爵士乐。尽管黑人使用西洋乐器，他们却不愿受西洋乐演奏的规则与定式的束缚，崇尚感情表达的随意性与技巧的自由发挥，因为这样的演奏更能在他们的体内引起共鸣。由此产生的爵士乐今天已经成为被人类广泛接受的艺术形式。大津巴布韦体现出的非洲人对曲线美的崇尚和对随意性的执著与爵士乐否定西洋音乐演奏定式，讲求随意发挥一样，反映的是非洲文化强烈的个性，让人难以忘却。

然而，就是这处非洲文化气息十足的文明古迹，当年却被"发现"它的欧洲人带着特殊的期待，"确定"为"外来文明的结晶"。1871年当德国人在草莽之中邂逅这令人难以置信的巨大遗迹时，没有人情愿因此也没有人做出最自然的推断，把它视为非洲人创造的奇迹，而粗暴地将古迹的起源和古代西亚的腓尼基人、犹太人结合在了一起。更可悲的是由于意识形态上的原因，一直没有人肯站出来为非洲人创造的古代文明正身。罗得西亚建国后，白人政权基于狂热的殖民地扩张主义思想，强烈建议本国政府将非洲殖民地从大陆南端的开普半岛一直扩大到地中海之滨的埃及，他们急需一个白人在非洲大陆缔造古代文明的神话来支持自己的政治主张。此时此刻，早在公元前就已经根植于非洲大地的与《旧约圣经》相关的白人文明对于殖民地统治者来说无异于天上掉下来的馅饼。他们还频繁请出御用"考古学者"来现场调查、发掘，为早期发现者提出的粗线条假说穿上学术的外衣。所有这些近乎狂妄的行动毫无疑问是为了满足当年罗得西亚白人社会意识形态上的需求的。从欧洲殖民主义者的角度看，大津巴布韦作为古代白人文明的一座丰碑，暗含着一种启示：保护那些至今仍无法靠自己的力量走出社会发展低级阶段的非洲人，并为他们提供必要的援助是欧洲人义不容辞的使命。

　　进入20世纪后，一些有良心的学者开始对大津巴布韦文明的"西亚起源说"提出质疑，却遭到罗得西亚殖民政权以及御用学者的反对与非难，甚至是恐吓与诽谤。进入20世纪50年代，伴随着考古学理论与研究方法的飞速发展，也得益于技术上的飞跃以及大量现场发掘数据的积累，关于大津巴布韦起源的论争开始出现逆转。然而，白人政权和黑人民族主义运动的政治对立又为彻底讨回非洲古代文明的公道带来了新的障碍。黑人爱国战线把大津巴布韦视为非洲人自己国家的象征。相反，白人政权方面对此则变得异常的神经质，因为古代文明的非洲人起源论在政治上会激励黑人武装力量，加大对白人统治的威胁。基于这种考虑，罗得西亚政权从20世纪60年代中期开始，对涉及大津巴布韦的书刊实行审查，把"遗迹的起源至今仍是不解之谜"定为政府见解。如此这般，早已被学界视为常识的非洲人起源论这句实话在津巴布韦却要等到1980年黑人多数派当政后才终于被人说出来。

　　望着眼前这个非洲个性如此强烈的古代文明杰作，回顾那段要将它和它的缔造者人为拆散的历史，我更感到大津巴布韦遗迹是当之无愧的世界文化遗产，无论是作为象征人类进步的正面遗产，还是作为凝聚着人类痛苦的记忆，引人反思，并向人类敲起警钟的负面遗产。

　　公园看守员没有讲到大津巴布韦为什么衰亡，这段故事我在回哈拉雷的路上请教了萨姆。萨姆向我介绍了几种说法。首先，地区大国莫诺莫帕塔的衰落与昌加米尔

村落和神殿的外观   神殿中心的大石塔

战争以后葡萄牙在西南非洲的势力衰退直接相关。失去了和通商、海运大国之间的相互依存关系以及印度洋通商道路上的地位，意味着王国的经济只能回到传统的畜牧和农耕方式上，而高原贫瘠的土地和气候条件并不适于大规模农耕，支撑庞大的王国统治的经济基础已不复存在。其次，长年的采掘和猎获已使这个地区用于交易的主要物品黄金和象牙资源枯竭，同时也没有发掘出新的替代商品。高原内陆势力相对强大的其他部族也失去了建设广域国家的能力和必要性，城市和村落规模缩小，没有再出现大津巴布韦那样宏大的国都。再次是 15 世纪以后这一地区军事专制国家的相继出现。大津巴布韦文明在衰落后被卡米和昌加米尔王国部分继承，但 18 世纪后，进入 200 多个肖纳人小国割据的时代。后来恩德贝莱人入主高原，结束了上千年来肖纳人的支配。再往后，就是令非洲人叹息的殖民统治的黑暗时代了。

　　萨姆恰好提到恩德贝莱人国家的兴起和殖民地时期的到来，我接着他的话问起了上午在公园看守员那里没有问完的问题。"都说你们恩德贝莱人团结，勇敢，能打仗，为什么白人在津巴布韦的土地最早是从恩德贝莱人手里得到的？"

　　"你知道我是恩德贝莱人？"萨姆显得有些吃惊。

　　"我猜你是，你的老家不是在布拉瓦约吗？"我没有跟他提起国家公园看守员的事。

　　"不错，确切说不是给他们土地，而是准许他们在我们的土地上采矿，但我们马上发现受骗了。他们一住下就不想走了。后来，恩德贝莱人几次和白人正面交锋，想夺回我们的土地，但没能战胜白人的火枪、大炮。"

"肖纳人不是也发动过对白人的起义？"

"那不一样，"萨姆表情严肃，"恩德贝莱人从来都是正面挑战敌人，肖纳人就不同了。19世纪末跟白人打仗时，他们没有统一的国家，以部族为单位各自参战，没有正面作战，打的都是游击战。"和公园看守员一样，萨姆的话里也带着对肖纳族群的不满，甚至轻蔑。

"老实说，我来这里之前只是从书上看到过你们19世纪末联手起义为独立而战斗时共同对敌，来到津巴布韦才知道你们之间有这么大的不同，而且你们自己很在意这些不同。"

"我们在意和别人的不同，因为我们愿意做恩德贝莱人，"萨姆很自负，"不光我们愿意做恩德贝莱人，肖纳人，特别是肖纳男人也崇拜恩德贝莱精神。"尽管恩德贝莱人比肖纳人晚进入津巴布韦高原，但包括他们的穿着以及体现在他们身上的男人气一直是肖纳人崇拜的对象。萨姆还十分自豪地告诉我恩德贝莱精神甚至推动了战后肖纳人民族主义思想的形成和政党的诞生。

萨姆讲这段话时，不再是我印象中那个懦弱的萨姆。他瞪大了眼睛，话语里充满着激情，让我感到了他血管里的确流着恩德贝莱人的血。如果是在去大津巴布韦的路上让我猜他所属的民族，我会不假思索地回答他是肖纳人，而现在我会断言他是恩德贝莱人。尽管我没有跟萨姆捅破国家公园看守员对他和他所属的族群的不满，更不会把萨姆对肖纳人的轻蔑透露给那个看守员，但我隐约感到了这两个民族集团之间的纠结。我祈望21世纪的津巴布韦千万不要在非洲人和欧裔的碰撞之外再加入新的对立因素，因为年轻的国家由于对立与抗争已经失去了太多。

黄昏，高原上又出现了奇观。西面的地平线上乌云骤起，遮住了夕阳的余晖。一阵电闪雷鸣急风暴雨之后，遮天蔽日的黑云像是被雷电击穿了无数个洞孔，阳光透过它们照射在高原上，形成一片树海般的光丛。奇特的是风暴并没有降临在我们头顶，只局限在天边那块黑云下。我们的中巴一直在跟这梦幻般的景色并行，车上的人就像观看3D电影一样，让高原上撼人的景观映在眼里，刻在心中。

夜幕降临后，旷野里燃起了熊熊大火。火光离公路不远，把夜空映得通红。这景观虽然也很美，却不同于天边那场风暴，无法引起人们的赞叹，因为这是烧荒捕猎的火，烧掉的是人们对生活的希望，火势越旺，越令人心寒。

"这景色也很美，但看了并不让人高兴，"萨姆读懂了人们的心思，主动打破车上的沉静，"白天在路上你们已经看得够多了，但愿这是最后一次。"

"对，"我接过萨姆的话说，"没有这火光，高原的夜色更美。"

空中帝国启示录

秘鲁

太平洋

秘鲁

马丘比丘
库斯科

利马

纳斯卡

的的喀喀湖

苏亚雷斯如约没有向他的客人

举荐任何拍摄点。

他的"无情"使我们每个人获得了

属于自己的马丘比丘。

古都库斯科——探索古代印加文明的起点

古都库斯科

印加帝国的古都库斯科是一座内秀外美的城市。外美得益于 1532 年以后入主这里的西班牙人。从前往城北萨克萨瓦曼要塞的山道上回望库斯科，这座以古代克丘亚语"肚脐"一词命名，被印加人视为"世界肚脐"的古都像一块橙红色的巨毯。构成巨毯上每一束经纬的是西班牙人喜爱的红色房瓦，像在巴伦西亚、安塔卢西亚俯瞰南欧古城一样，有一种撼人的整体美。

库斯科的内秀则体现在古代印加人令人叹服的石构建筑艺术方面。15 世纪中叶统一了中央安第斯的其他强国后入主库斯科的印加人用他们令今人难以置信的垒石技术，筑起了以太阳神庙为中心的宫殿、住宅、市场、道路、观象台、上下水道齐备的石都。在没有铁器的条件下，他们的垒石技术精致到石缝之间连锋利的刀片也插不进去的地步。体现印加人垒石技术极致的是当年太阳神庙的遗构和一块嵌在石墙上的 12 角巨石。西班牙人征服印加帝国后，原封不动地在印加人构筑的石基上建起了红瓦白墙、带木棱凉台的殖民地风格的新城市。不过分地说，今天的库斯科

库斯科郊外的萨克萨瓦曼要塞遗址曾经是印加人抗击西班牙人的城堡

连城市的基础带地表建筑的下半段是印加人的，而上半段是西班牙人嫁接上去的。

欣赏库斯科内秀的最佳时间是太阳落山后路灯刚刚打开的时候。橙黄色的灯光照在印加石路、石墙上，西班牙人的红瓦白墙由于失去了太阳光的照射而暗淡下来，色调开始向暗黄接近，往时印加帝国的光和西欧殖民文化的影融合在一起，现出今天库斯科独特的景观，同时也令人感到充满这座城市每一个角落的历史所赋予的凝重感。深巷里身着民族服装、牵着驼马、怀抱羔羊走在古老石道上的印加的后裔尽管是在招揽和他们拍照的游客，那一张张善良、纯朴而诚实的脸在透着高原民族顽强的生命力的同时，也让人联想到他们的祖先被征服和被奴役的历史而感到一抹忧伤，因此特别能打动我们这些血缘相近的亚洲人的心。

踏着印加古道，沿放射状分布的街巷步行到市中心的阿尔马斯广场，游人不妨坐在花坛边的椅子上，闭上双眼，暂时遮蔽视觉，只靠听觉感知一下这座城市的另一种魅力：教会的晚钟，喷水的刷刷声，过往行人的西班牙语会话，随风传来的排箫、

印加要塞用巨大的石块构建

今天的秘鲁人在这神奇的古迹里举行婚礼

12角石　　　　　　　　库斯科大街上的孩子（谭瑾　摄）

竖笛奏出的安第斯民乐的旋律……这些声响合成一曲陌生而又亲切的交响乐，让人既能享受异文化的适度刺激，又能缓和旅途上精神和肉体的疲劳。

　　39岁的苏亚雷斯自豪地称自己是印加人的后裔，皮肤被高原的太阳晒得黝黑，一眼就能看出体内流着印加人的血。他生长在库斯科，大学在墨西哥学艺术史，毕业后又到得克萨斯修过研究生课程。当导游做讲解是副业，本行是摄影家，拍摄的主题就是安第斯高原的自然风光和人文景观，库斯科许多旅游用品店里都能找到用他拍的照片制作的明信片。尽管有不少期刊买过他的照片，但光靠摄影还是不足以养家糊口。苏亚雷斯的理想是出自己的影集，并到各国去办影展，向全世界推介安第斯迷人的景观和祖先创造的灿烂文明。

典型的库斯科街巷

市中心的阿尔马斯广场

　　游人自助到秘鲁东部的安第斯高原旅行，在交通和语言交流上会遇到不少困难，尤其是语言。这里的文物古迹带有英文解说、注释的不算多，光靠我死记硬背下来的几句用来打招呼和解决温饱问题的西班牙语很难获得期待的游学效果。比较理智、经济的办法是申请当地出发的旅游团。2002 年我和妻子从利马来库斯科之前就定好了这个由专业摄影家当向导的团。能够遇到苏亚雷斯这样专业的导游是我们一行来自不同国家的 12 个游客的福分。在库斯科机场落地后的一周里，除了古都库斯科外，苏亚雷斯还将陪我们前往空中城市马丘比丘，然后沿印加古道南行，到秘鲁、玻利维亚国境上的的的喀喀湖去探访南部的几处印加古迹，最后送我们从胡利亚卡返回利马。

　　到安第斯高原访古的另一个难题是这里的高度。库斯科海拔 3354 米。从不过海拔 150 米的滨海城市利马飞来，正常人也会感到呼吸有些费力，并伴有轻微的头痛，后脑像被人打了闷棍似的。这种感觉在第一天下午参观市中心的太阳神庙时最明显。我问妻子怎么样，她倒是蛮有自信地说在拉萨、日喀则还敢纵情欢歌，这里的海拔应该马上会适应。苏亚雷斯还是提醒大家第一天要多注意："别跑，别跳，多喝水，多喝这个。"他从包里取出一袋古柯茶给团员们看。集合时他就给每人发了一盒袋装的古柯茶："这东西很神奇的，在库斯科到处都能买到，也不贵。你们趁着在秘鲁期间过足了瘾，喝剩下的就留下，别带走，千万别带去美国，因为是违禁的，海关查到了要严惩，知道了吧。享受古柯茶是在秘鲁的特权。"苏亚雷斯的话不错。在秘鲁旅行经常能看到有人穿着当地印制的 T 恤衫，上面用西语写着"la hoja de coca no es droga！！！"——古柯叶子不是毒品！

苏亚雷斯刚宣传完古柯茶，附近参观的人群中传来尖叫声。一群集体旅游来的美国大学生中一个瘦高的小伙子软绵绵地倒在地上，脸色苍白，一看就知道是高原反应。同行的几个人急忙蹲下身去照顾他，把背包当枕头垫在头底下。苏亚雷斯走过去抱起小伙子的头，从下面取出背包垫在他脚下，说这样可以让血液多往头部流，使脑得到供血供氧。他让保安人员去喊医生，安慰过几个大学生，又回过头来安慰我们："别担心，高原反应年轻人犯得更多。"感到自己这番话似乎不妥，又半开玩笑地纠正说："对不起，我知道你们各位女士、先生也都很年轻，但你们的脸色都很好，一点没问题。今晚最好先别喝酒，别泡澡，好好休息。明天我们去马丘比丘，那是个神奇的地方。在库斯科多少有点高原反应的人，一到马丘比丘马上会治好，你们可以亲自感受一下。"

第二天早晨 6 点，秘鲁国铁海勒姆·宾加曼号列车的蓝色车体驶出了库斯科车站。这是从库斯科开往马丘比丘的观光旅游专线。列车先是在市内密集的居民区穿行，驶出市区后进入山道，又在陡峭的斜坡上反复沿"之"字形轨道变换着运行方向吃力地爬坡，翻过山梁后才长出了一口气，满载着游人驶向比库斯科低 1000 米的马丘比丘。车窗外的丘陵地带布满了高原居民开垦的农田，视野的尽头是挂着白雪的安第斯山。

吃过乘务员送来的早餐，大部分乘客开始闭目养神。这也难怪，赶每天一班的这趟

库斯科—马丘比丘之间的专线旅游列车——海勒姆·宾加曼号和乘务员

火车，乘客要在 5 点以前起床。现在填饱了肚子，趁着目的地还远，睡个回笼觉既是生理上的需求，也能为后面尽情欣赏马丘比丘积攒体力。早餐还没端上来妻子就已经进入半昏睡状态。我回头看看坐在后排的苏亚雷斯，印加人的后裔此时也在打盹儿。据他自己说到马丘比丘已不下三四十次了，除个别时候坐车进山外，几乎都是乘这班火车，沿途的风景恐怕很难吸引他了。我也伸了个懒腰，把头靠在车窗玻璃上，借着车身有节奏的晃动小憩片刻，脑子里浮现的是抵达安第斯高原之前的一幕幕画面，首先是从空中鸟瞰纳斯卡线画的经历。

纳斯卡线画

利马飞纳斯卡的小型螺旋桨飞机上，从太平洋吹来的风受到安第斯山脉的阻挡，形成一股股上升气流。机窗外无边的荒漠景色单调，找不到更多的参照物，让人感到不像是在飞，倒像是跟鹰隼一样借着气流展开双翅在飘。接近纳斯卡时，参照物

纳斯卡沙漠中的泛美高速公路从线画密集分布的地区穿过

蜂鸟　　　　　　　　狗

纳斯卡线画

宇航员？外星人？　　　　　　　　　　　　　蜘蛛

终于出现了：旷漠中笔直的泛美高速公路，一直通到天边。这条公路由于从纳斯卡线画最集中的地区穿过，危及古代文明遗产而引起过争议。它的出现是个信号：纳斯卡线画该亮相了。公元前后到 9 世纪期间，纳斯卡文明的继承者们在荒漠上拨开表层的沙砾，形成一条条 20 厘米宽 10 厘米深的沙沟，构成只有在空中才能分辨出的神奇图画。由于线条和周围沙石颜色的反差并不大，我集中精力搜寻着地表上的目标，期待着与纳斯卡文明的这种特殊形式的邂逅。

机舱扩音器里响起了机长的声音："女士们、先生们，鉴于现在气象条件良好，我们临时改变飞行计划，直接去看纳斯卡线画，然后再飞纳斯卡机场，感谢各位的合作。"话音刚落，飞机即向左侧盘旋，急速降低了高度。乘客多少感到有些意外，但乘机前航空公司的确做过说明：根据气象条件，机长会临时改变飞行计划，请乘客理解并配合。

几何图形

气流变得越发不稳定，机身剧烈地晃动，每次因强气流快要失去平衡时，又被机长手中的操纵杆硬扳回来。来纳斯卡前，已经有一位给电视台拍摄纳斯卡线画的节目摄制组帮过忙的同学给我打过预防针：期待别太高，到纳斯卡上空能睁开眼睛往机窗外看一看就算不错了。妻子已经恶心得闭上了眼睛，把握出了汗的摄像机交到我手里，自己使劲攥着一条毛巾。我想起了那位同学的规劝：别指望能拍到多好看的照片，摄像机更可能根本连线画的影子都捕捉不到，因为线画的颜色太浅，普通摄像机根本聚不上焦。BBC 也好，NHK 也好，都是不只一次地选择最好的天气，由专业人员用高级摄像机去反复拍摄。直升机或小型飞机也进行过特殊调整，拆除一部分座椅，去掉玻璃窗，把摄影师绑在固定的位置上。纳斯卡线画能看在眼里就足够了。想看漂亮的图像不如去买一张光盘……

绿洲城市纳斯卡，市中心有巨大的沙山

纳斯卡绿洲的泉水

纳斯卡陶器，
以独特的图案著称

  话虽如此，我还是不甘心，手里紧握着装上了长焦镜头的单反相机。理由很简单：即使拍不到像样的照片我也认了，但不能不拍，因为每按下一次快门都是一次感动，由人类文明史上的奇观所引发的感动。我为这感动而来。

  "女士们、先生们，请看你的右侧，蜂鸟，还是右侧，山鹰。再看左侧，猴子，左侧，狗……"伴随着机长的声音和机身更加剧烈的抖动，机窗外出现了那些熟悉的、令人难以置信的数十米乃至上百米大的动物、人物和几何图案。我毫不留情地接连按下快门。

  飞机掉过头，从相反方向再次接近地面的目标，好让坐在另一侧的乘客也看到同样的景物："看右侧，狗、猴子。左侧，神鹰、蜂鸟。"我迅速把胶卷盒里的负片换成正片，噼噼啪啪又是一阵扫射。

  "看左侧，蜘蛛、蜥蜴，还有一只手。右侧有宇航员，右前方，鲸鱼，在一点钟方向。"乘客中已经有人支持不住，打开了呕吐袋。我使劲做着深呼吸，拼命顶住从胃里泛到食道，再从食道涌到嗓子眼儿的酸水，近乎机械地按下快门。

  机长就像计算过乘客对气流颠簸的承受程度一样，精选了方圆500平方公里范围内有代表性的线画，在全机乘客身心崩溃之前结束了观览飞行，调转方向飞往纳斯卡机场。老实说，如果观览飞行再持续几分钟的话，我那死守的堤坝恐怕也会溃决。下飞机时，我和妻子都在庆幸机长改变飞行计划，直接带我们去看线画，省去了在强气流中再次起降。同时，我们也想到应该尽量避免让那些一大早先从利马先飞来纳斯卡，准备从这里转机去欣赏线画的人看到我们一张张苍白的脸，以免影响了他们的情绪。

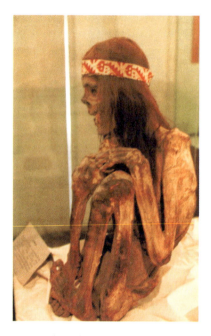

纳斯卡博物馆馆藏木乃伊，坐在大陶罐里埋葬，保存状态完好

纳斯卡陶器

纳斯卡不仅有线画，还有无以计数的其他文物和古迹。从公元前 10 世纪到公元 9 世纪期间，前期印加文明的缔造者们在纳斯卡、伊卡等太平洋沿岸狭长的沙漠地带创造了灿烂的文明。绿洲城市的博物馆里陈列着陶器、纺织品、骨器等出土文物，还有保存完好的木乃伊。纳斯卡线画表现的所有动物和几何图形都可以在出土的陶器和纺织品上找到。纳斯卡的古代图画成为给那些从南美文化中汲取养分的艺术家、设计师提供素材和创作灵感的宝库。

征服者

在去马丘比丘的火车上，纳斯卡线画的美洲神鹰载着我的思绪又从沙漠中的绿洲城市飞回利马的古城区——秘鲁享誉全球的另一处世界文化遗产。市中心的阿尔马斯广场即便不是在节假日，也总是挤满了人。这里无疑是今日秘鲁的心脏，周围集中着总统府、大教堂、圣多明戈教堂、圣弗朗西斯科修道院等殖民地时期的代表性建筑。然而，和这些人与物相比，广场上的一尊黑色的铜像留给我的印象最深。一个全身甲胄的西欧武士左手牵缰，右手执剑，昂首挺胸地骑在马背上，冷酷的眼睛凝视着前方。看导游书时，他的形象会出现在字里行间，闭目养神时也会映在眼皮上。

到过秘鲁的人不会不熟悉西班牙征服者弗朗西斯科·皮萨罗的名字。关于他的身世有着这样的传说：此人是个连自己的名字也不会写的武夫，出身卑贱，刚生下来就被遗弃在教会门前，靠喝街上母猪的奶长大……但这只是风传，并非事实。皮萨罗1478年诞生于西班牙南方城市特鲁希略的一个乡绅家里，母亲出自普通农民家庭，小时候没能给儿子太多的家庭教育，因此他

利马市中心的阿尔马斯广场

的确识字不多，但不愁吃喝，也没有靠喝母猪奶长大。1498年，20岁的皮萨罗参加了意大利战争，而后于1502年随新任总督来到美洲殖民地，1513年参加巴拿马远征，1519年巴拿马建市后成为新殖民地富有的农场主。

当时在中美地峡得手的西班牙人大多把眼光放在了巴拿马的西北方，即今天的哥斯达黎加、尼加拉瓜，而皮萨罗是为数不多的关注南方的人。关于南方大陆黄金

南美征服者——弗朗西斯科·皮萨罗的铜像

之乡的传说吸引了他。他与巴拿马的神父共同策划，从1524年到1528年期间，先后三次到南美大陆沿岸地区探险，最终发现了庞大的印加帝国。他随即先回到西班牙，在国王卡洛斯一世，即日后的神圣罗马帝国皇帝卡尔五世面前征得支配秘鲁的许可后，带着募集到的兵士返回巴拿马，最终于1531年1月10日率180名士兵分乘三艘帆船从巴拿马出发，开始了所谓的"黄金帝国探险之旅"。

皮萨罗率领的远征军没有直接攻入印加帝国的领土，而是在今天厄瓜多尔的海岸地区上陆，边收集情报，补充给养，边沿着海岸线向南推进，并瓦解了海岸地区的各个部族，为最终和印加人交手做好了准备。此时的印加帝国正处在国王刚刚病逝，南方库斯科庶出的瓦斯卡尔王子和北方

广场上散步的孩子和老师　　　　　　　　街上的孩子

的阿塔瓦尔帕王子为争夺王位发生内讧的时候。皮萨罗早就刺探到了这个情报，并巧妙地利用了这次抗争。1532 年 5 月 16 日，皮萨罗率兵从秘鲁最北端的城市通贝斯出发，发起对印加帝国的正式南征。此时跟随他的有 168 名士兵。

　　而印加帝国内部继承王位的战争正在朝着有利于北方的阿塔瓦尔帕王子的方向推移。居住在厄瓜多尔的阿塔瓦尔帕王子的先遣部队连战连捷，最终攻克了首都库斯科，俘获了瓦斯卡尔王子。新国王阿塔瓦尔帕正率 2 万大军南进，准备剿灭瓦斯卡尔的高原印加残部，进军的路上接到报告说有白人出现在海岸地区，于是率大军返回高原城市卡哈瓦尔卡。这里是从北方南进的必经之路。阿塔瓦尔帕布下军阵，准备迎击来犯者。

　　皮萨罗的军队于 1532 年 11 月 15 日黄昏抵达卡哈瓦尔卡。从兵力对比上看，双方力量悬殊。西班牙人知道正面交锋难以取胜，于是以会晤为名，把阿塔瓦尔帕和随从骗到西班牙人预先埋伏好的广场，采取突袭的方法，将印加皇帝诱捕。当印加人察觉中计，组织军队反攻，要夺回国王时，出现在他们眼前的是皮萨罗铜像那样骑着高头大马，满身披挂，用利剑、火枪、火炮武装起来的白人。印加人从未见过马，也没有接触过铁器，更不用说洋枪火炮了。印加人代代相传的关于创世主的神话此时也帮了西班牙人的忙。他们深信创造天地人间的主神也有着白色的皮肤，在完成了创世纪的伟业后，又恰恰是从这次白人上陆的大海的方向朝西而去。突然出现在眼前的白人官兵被疑为天神下凡。而全副武装的西班牙人此时则成了不折不扣的凶神恶煞，像饿狼捕食羔羊一样，直杀到天黑得分辨不清你我，手中的刀剑再也挥不动了才算罢休。1532 年 11 月 16 日卡哈瓦尔卡和谈的广场上留下了数千具印加人的尸体。

然而，杀人还不是白人的唯一目的，他们提出要"黄金帝国"的国王用金银来赎身。阿塔瓦尔帕答应为他们提供可以装满整间房屋的黄金和倍于这些黄金的白银。他兑现了，而西班牙人却再度失信。在得到阿塔瓦尔帕派属下筹集来的用于赎身的六吨黄金和数十吨白银之后，他们于翌年 7 月 26 日将年轻的印加国王处以绞刑。行刑之前，皮萨罗还强制阿塔瓦尔帕受洗、改宗，给他冠上了和自己一样的洗礼名"弗朗西斯科"。而后，西班牙人的"探险队"巧妙地利用印加帝国内部出现的分裂继续南进，最终于 1533 年的 11 月 15 日，也是一年前在卡哈瓦尔卡与印加王对峙的日子占领了首都库斯科。接下去又是一场空前的浩劫，西班牙人在库斯科总共掠夺到了十吨黄金和其他无数财宝。

完成了对印加帝国全域的征服之后，皮萨罗决定在太平洋沿岸按照伊比利亚式样建设南美殖民地的新首都，地址就选在了今天的利马。1535 年 1 月 18 日，他在今天阿尔马斯广场的南侧亲手为利马大教堂奠基。这一天于是就成了利马定都纪念日。

然而，皮萨罗没有看到大教堂的落成，征服者的后半生并不顺利。尽管他成了"黄金帝国探险之旅"最大的获益者，除了金银财宝外还得到了万顷良田和最好的农园，以及 3 万名以上的供他使役、向他纳贡的农奴，但为争夺库斯科的领有权，和最亲密的属下反目成仇，于 1541 年在利马的家中被暗杀。建在大教堂旁边的皮萨罗的豪宅因为他的死而长年被人称做"不幸之家"，1821 年秘鲁独立之后改为总统府。皮萨罗让印加国王的两位公主为他生了四个孩子，除了女儿弗朗西斯卡以外，其余三个均夭折，因此，女儿继承了他的主要农园等遗产。后来，回到西班牙的皮萨罗的弟弟迎娶了哥哥的女儿，但一直被关在监狱里。皮萨罗的遗产最终被国王任命的秘鲁总督全部没收，成了皇家的财产。

今天古都利马的历史遗物中有两个凭我们中国人的直觉无论如何接受不了的东西，都和征服者皮萨罗有关。第一个是利马的象征——当年的征服者亲手奠基的大教堂。问题并不在于已经成为文物和信仰圣地的教堂本身，而是教堂的水晶棺里至今仍陈放着皮萨罗的干尸。和苏亚雷斯聊起这些，我问他秘鲁人为什么会这么宽容，容得了当年残杀自己的祖先，用我们的话说属于不共戴天的仇人被供在共和国最有象征性的殿堂之中。苏亚雷斯说他也坚决反对把双手沾满印加人鲜血的刽子手供在大教堂里，但对于容忍派的秘鲁人来说，这种宽容恐怕受两个因素左右。首先是今天秘鲁人的宗教信仰，而这是我无法体验和领悟的。皮萨罗是今天秘鲁人普遍信仰的天主教的传道士。在某种意义上可以说没有他就没有利马大教堂，也没有今天秘鲁人的精神生活。秘鲁人可以去仇恨屠杀他们祖先，抹杀印加文明的殖民者，但却要去爱殖民者带给南美人的上帝。征服者兼传道士皮萨罗的干尸就存在于苦难的历

总统府，原为皮萨罗的宅邸

利马大教堂——利马最古老的建筑，里面有皮萨罗的干尸

史记忆与拯救南美人灵魂的宗教这二者的平衡之间。其次是皮萨罗以及其他西欧人给今天秘鲁人带来了他们所认同的制度与价值观。也就是说皮萨罗虽然可憎，但殖民地统治带来的副产品被人们接受了，因此秘鲁人容得了他。

苏亚雷斯的解释不无道理，特别是西欧人带来的价值观在日常生活中的渗透，其程度之高甚至超过了西欧。体现秘鲁人民主意识的是这里动辄发生的游行、罢工和断路行为。去库斯科的火车上就有扛着枪随时准备发射催泪弹的军警。据苏亚雷斯说是为了防范示威者在沿途铁路上闹事。利马的阿尔马斯广场上成天可以看到扯着横幅、标语抗议示威的人群和维持治安的警察、士兵。新市区的主要街道上每天路过都能看到游行队伍，频度之高实属罕见。相形之下，象征秘鲁人自由思想的要属利马海滨的情侣公园了。公园中心是一尊巨大的情人拥抱亲吻的塑像。一对对情侣来到这里，学着塑像的样子，在太平洋吹来的暖风中亲吻着对方，那种旁若无人的投入甚至让我们这些游人感到无地自容。

如果说苏亚雷斯对于皮萨罗干尸的解释还勉强可以理解，皮萨罗的骑马执剑铜像在我这里则丝毫没有被接受的余地。铜像并非秘鲁人制作，是皮萨罗的故乡，西班牙的特鲁希略市为纪念利马建都400周年，塑造了这个为特鲁希略人光宗耀祖的"英雄"与"使者"的铜像，并于1935年赠送给利马市的，起初就设置在利马大教堂的正前方。今天特鲁希略市的阿尔马斯广场也有同样的铜像。我无论如何无法理解崇尚自由、平等、人权的西欧公民为什么居然会将加害者的铜像竖在曾经是被奴役国家的首都，真不知他们是迟钝麻木，还是狂妄傲慢。同样费解的是秘鲁人为什么居然可以容忍当年的征服者以那冰冷无情的眼光看着今天的南美，任那践踏过祖先灿烂文明的铁蹄踩在祖国的心脏，让那沾满印加人鲜血的利剑在印加人的后裔眼前继续闪烁寒光。

在利马，我尽我所能问过一些在旅途上接触到的秘鲁人，包括酒店的工作人员、汽车司机以及路上遇到的大学生。他们的普遍反应是不太在意此事，因为那毕竟是发生在四个半世纪以前的事了。有的还说皮萨罗让人很矛盾，他既给印加人带来了灾难，又给后人留下了不少财富。苏亚雷斯的想法和他们不同，他谴责利马人忘本，接着跟我解释库斯科人可能跟利马人的立场不同。他很清楚铜像来秘鲁的背景，说当年接受铜像时的秘鲁不同于今天。全球规模的大萧条给国内经济带来沉重打击，也招致政局不稳，军人掌权，政权频繁更迭。外交上为领土问题跟邻国刚刚打过仗。那时的秘鲁一来要维持跟欧美国家的关系，二来人们的心思也没放在与前殖民地宗主国的感情纠葛上。近些年情况不同了，迫于舆论的压力，原来建在利马大教堂前的皮萨罗铜像已经移位，并有可能再度迁址乃至被拆除。对此，苏亚雷斯的立场是

利马街上举行抗议活动的人

维持治安的军人

情人公园内的男女接吻像

滨海的利马新市区

坚定不移的——秘鲁共和国的首都不应该让南美独立的英雄圣马丁的铜像和殖民地征服者的铜像并存。

在今天经济发展相对滞后的秘鲁、哥伦比亚、玻利维亚、厄瓜多尔等南美国家旅行，从那些血管里流着印第安人血液的国民脸上，我总会感到一抹淡淡的愁伤。在接触到他们灿烂的历史和文化之后，再对比着看这些国家今天的社会和经济状况，心底又会感到一种难以名状的苍凉。的确像苏亚雷斯描述的那样，16 世纪的那场浩劫以及漫长的殖民统治留下了正负两个方面的遗产，深深地渗透到国民生活的每一个层面，我一个外国旅行者没有资格，也没有充足的根据去评说它们的功罪。然而，有一点无论如何不愿憋在心里而想说出来的话就是：苏亚雷斯认同的南美人普遍接受的西欧人带给他们的价值观和制度构架，还有左右他们精神生活的宗教信仰，以及受殖民统治的影响而形成的南美独有的文化，所有这些正面的遗产并不能构成将当年的征服和奴役合理化的根据。理由很简单，当年弗朗西斯科·皮萨罗南美探险的动机并非将西欧的文化、制度和价值观带给南美人，而是掠取黄金帝国令他们垂涎的财富。

记得香港回归中国时，港督在他的致辞里说过这样的话：英国无意将往日的殖民地统治正当化，但他们也给香港带来了自由与民主，带来了法的支配和秩序，而这些是支撑香港繁荣和发展的财富。20 世纪末的英国人给自己的申辩加上了"无意将往日的殖民地统治正当化"的前缀，这一点比当年西班牙人的做法要稳妥，但从被支配者的角度看，问题的性质是一样的：征服者、支配者原初的动机并非给当地人带来民主、自由、法治、秩序。他们是冲着土地、财富、通商利益来的。说白了，西欧人的自由与富强需要美洲人受奴役受穷，需要他们流血流汗，甚至付出生命。为了解决这种现实矛盾，支配方采取的做法就是把美洲人和文明二字隔离开。所谓印加人野蛮、落后的一整套话语就是这时西欧人的发明。这样一来，征服、统治和榨取就可以被合理化，披上文明、开化的外衣，变成先进的支配者施予落后的被支配者的恩惠。这套基于人种偏见的话语日后在欧洲又被黑格尔、斯宾诺莎等大学者的著作提升为体系化的理论。而所谓民主、自由、法治、秩序也是在这种语脉中产生的对殖民地统治正负两种遗产中西欧人乐于炫耀的那些东西的追认，并且，它们当初恰恰是为了维护支配方的既得利益而导入或建立起来的。所以说当年的强盗就是强盗，认错并不寒碜，非要堂而皇之地把自己和民主、自由、法治、秩序的卫道士绑在一起，在逻辑上就显得过于牵强。越这样想，就越不理解当年西班牙人是凭着一种什么样的感觉将皮萨罗那尊冷酷、傲慢的骑马铜像送到利马市的，更从他们跑到秘鲁人家门口为当年的征服者立牌坊的做法中看到一种偏执与轻狂。

越想这些，弗朗西斯科·皮萨罗的骑马铜像就越无法从眼皮上消去，以至于要想抹掉它就只有把眼睛睁开。

空中城市马丘比丘

列车沿着乌鲁班巴河的浊流向北行驶，四个小时后抵达终点温泉站，我的思绪从纳斯卡线画、皮萨罗回到现实。空气中可以嗅到淡淡的硫黄味，却察觉不到马丘比丘已近在咫尺。难怪当年皮萨罗和西班牙"探险者"的触角没有伸到这里。今天刚刚走下海勒姆·宾加曼号列车的乘客需乘专用大巴，沿着以同一个人物的名字命名的海勒姆·宾加曼山道翻山越岭，登上山巅之后才能见到梦幻般的空中城市马丘比丘。

就像专线列车和登山道都冠有海勒姆·宾加曼的名字一样，今天我们看到的马丘比丘和这个美国学者、探险家、政治家是密不可分的。这是个一生充满传奇色彩的人物。好莱坞系列影片《印第安纳·琼斯》的主人公就是以他为素材创造出来的。宾加曼出生于夏威夷的火奴鲁鲁，曾在耶鲁大学教授拉美史。1908 年，他前往智利的圣地亚哥参加全美科学家大会，回程绕道秘鲁考察当年西班牙人的交易古道，走访了库斯科郊外奥扬泰坦博的古城遗址，深为古代印加文明的魅力所折服。经过周密的准备，宾加曼于 1911 年组织耶鲁大学的考古探险队再访秘鲁，以传说中布满黄金的印加古城为线索，经过几个月的探索，终于在安第斯山的丛莽中找到了"失去的城市"——被树木、蒿草和苔藓掩盖的马丘比丘遗迹。此后，宾加曼又先后于 1912 年和 1915 年两度得到耶鲁大学和美国地理学会的援助，率团赴秘鲁调查包括马丘比丘在内的印加古迹。第一次世界

专线列车的终点——温泉站

大战打响后，宾加曼投笔从戎，取得飞行员资格，参与美国陆航学校的运营，并任法国航校的指挥官。大战结束后又脱离军界从政，1924 年当选康州州长，同年 12 月又当选美国国会上院议员。

在苏亚雷斯看来，世界范围内对印加文明研究水平

温泉镇集市

的迅速提高确实得益于宾加曼惊世的"发现"。从这个意义上说，无论列车还是公路，冠上他的名字并不过分。不过，苏亚雷斯也提醒我宾加曼当年"发现"马丘比丘后，曾对古迹进行过大规模的"调查发掘"，但采用的手法按今天的标准衡量，无异于对文化遗产的破坏。他还大量雇用当地劳动力，将发掘出土的 170 多具遗骨和精美的黄金饰件等出土文物运回美国，现在大多成为耶鲁大学自然史博物馆的藏品。目前，秘鲁政府正与耶鲁大学方面交涉，要求归还这些珍贵文物。

交谈之间，登山大巴已经开到遗迹的入口。游人在这里下车，需要再爬一段山道，才能最终看到日思夜想的马丘比丘。苏亚雷斯边带大家往上走，边提醒他的客人做好心理准备，等看到马丘比丘之后，他将向每个人询问他们第一眼看到古迹时最新鲜的感受。

山路终于到了尽头，接着是所有造访者的叹息声。我们爬上了马丘比丘身后的山峰，视野豁然敞开，世界自然与文化双重遗产马丘比丘出现在我们脚下另一座山的山巅。由于是居高临下俯瞰，马丘比丘将它的每一个角落都毫无保留地呈现在人们眼前。感叹之后，我想每个人都会有一种和我同样的感触：现实的马丘比丘和我们通过各种媒体接触过的，以及每个人在心中勾画过的非常一致。举世闻名的名胜古迹可以归为两类：和人们的想象、期待完全一致的，以及和想象、期待相差甚远的。被誉为"最美丽的世界遗产"，连年摘取"最向往的世界遗产"桂冠的马丘比丘无疑是前者的典型。

苏亚雷斯并没有逐一去询问大家最新鲜的感受。刚才他在山道上留作业显然是为了激起大家的情绪，以便获得一种戏剧性的效果。在这种效果已经得到之后，他接下去要大家做的是确认一下自己的高山反应是否已经消失了。说来确实神奇，尽管这里的海拔低于库斯科，但毕竟有 2450 米，大家还步行爬过一段山路，但那种头昏脑涨、气不够用的感觉伴随着亲临马丘比丘的激动，此时早已烟消云散。

"我说过多次，马丘比丘很神奇，这回你们亲身体验到了吧，"苏亚雷斯得意而又充满自信地说，"我每次都跟我的客人说，马丘比丘被载入世界遗产名册，与其说是出于它的文物价值，不如说更多的是得益于它的环境，因为它的美丽。"确实，他从头一天在库斯科开始就在给我们这伙人打预防针。

"有人把马丘比丘列入世界新七大奇迹，这说法也对，也不对。印加人把巨石运上山顶，建造城市，这里面有奇迹的因素。但仅就这处遗址的文物价值而言，秘鲁像这个水平的东西多了。而这里的环境是你在别处找不到的，是个奇观。"

"如果你想看文物古迹，库斯科的整座城市，太阳神殿，萨克萨瓦曼要塞，郊外的奥扬泰坦博，还有我们下面要去的的的喀喀湖，印加的文化古迹多得不胜枚举，哪个也不比这里差。马丘比丘的特点是什么？是这里的环境，这是别处没法比的。"苏亚雷斯全力向我们举荐的这里的自然环境和它的人文景观同样宝贵。热带森林中

空中城市马丘比丘全景，三面峭壁，其中一面是锥子形的青年峰

生息着美洲神鹰等濒临灭绝的野生动物和90多种珍贵的原生兰科植物。这些因素使得马丘比丘早在1983年就获得了双重遗产的称号。

苏亚雷斯告诉大家：现在所在的老人峰顶是拍摄马丘比丘全景最好的位置，而今天他只向我们推荐这一处拍摄点。如果我们需要，他会帮我们每人在这里拍一张以整个古迹为背景的纪念照。而接下去，他希望我们每个人都到遗迹中去寻找属于我们自己的最佳拍摄点，因为这里每一处景观都很美，都能拍出可以加工成贺卡的照片。"当然，如果你们需要，我可以随时帮忙。"他说罢开始接过客人的相机，为单身或结伴而来的游客拍照，而后带我们走下山坡，进入遗迹。

此行到马丘比丘，我和许多游人一样，是带着疑问来求解的。我的疑问主要有四个。第一，印加人为什么会把这座城市建在山巅上？第二，当初建造它的目的是什么？第三，山顶上的巨石建筑是如何构筑起来的？第四，印加人为什么日后放弃了这座历尽艰辛建设起来的空中城市？而今天当身临其境，走进马丘比丘的时候，我发现我的第一个疑问马上有了答案。空中城市地处从古

从山顶俯瞰700米以下的乌鲁班巴河

峭壁上开出的梯田

引水工程   城内的街巷

都库斯科到亚马逊热带丛林的中间地带，建在陡峭的山巅。它三面临乌鲁班巴河，正前方有青年峰作屏障，遮住人们的视线。所有建筑巧妙地分布在相对平缓的山顶斜坡上，站在古迹里直接望不到周围的山谷。背后是马丘比丘名称的来源——老人峰，在我们走过来的方向同样形成一道屏障，把遗迹所在的山峰关在当中，造成这里特异的地形布局。遗迹四周被浓绿的树海、湛蓝的天空和清新的空气包围着。打个比方，就像在五台山建佛殿一样。来到五台山，看到特殊的地形环境，即便不是文殊菩萨，换上任何人也都会想到在那里建一片庙宇。马丘比丘也一样，周围的环境本身就有一种魔力，吸引着人们到这里筑城。尽管对建筑者来说这样做是天经地义的，在外界看来就变成了空中城市和秘境。

走进马丘比丘，首先令人震撼的是印加人在陡峭的山坡上开出的大片梯田。据考证，当年曾有上万居民在空中城市生活。他们在梯田里种植马铃薯、玉米、古柯等200多种植物，粮食完全自给。这里还建有引水工程和17座蓄水池，用于灌溉和饮用。梯田附近建有仓库和墓地。市区部分有宫殿和民居遗址，它们之间被狭窄

马丘比丘生活区

的石板隔开。

　　遗迹中最有特色的建筑是山顶的太阳神殿，又称"太阳处女神殿"，因为当年是由处女神官掌管的。神殿的建筑风格与库斯科被毁坏的太阳神殿相似。人们从垒砌得严丝合缝的巨大石块上同样可以了解印加人高度发达的石构建筑艺术。神殿面东的墙上开了三个窗户，据说当年用金银装饰，为了将清晨的阳光反射进神殿内部。古迹的制高点立有 1.8 米高的日晷——一块巨大的石盘上刻有符号，中间有 35 厘米高的石棱柱——显示着印加帝国高度发达的天文学水准。印加人的历法和古代中国的相似，使用太阳太阴历，据太阳的运行规律计年，照月亮的阴晴圆缺计月。按他们的历法，每年五月为收割季节，六月祭祀太阳神，八月播种。日晷用来计算一年中各项重要活

引水进行宗教祭祀活动的地方

太阳神殿遗址

梯田和居住区由石阶相连

在遗迹里

动的时间。神殿的下方建有陵墓，造型优美，设计巧妙。墙壁上的凹陷部分安置木乃伊，石台用为供奉祭品的祭坛。

与太阳神殿比邻的是公主宫殿。这是马丘比丘仅有的两层以上的建筑。据海勒姆·宾加曼推测，这里可能是公主或主管太阳神殿祭祀活动的神职人员居住的地方。也有学者认为这里是皇后或皇妃的住处。总之，二层宫殿的主人是身份高贵的人。

另一处奇特的建筑是神鹰神殿，因地面上有石雕的美洲神鹰图案而得名。传说神殿的半地下部分是监牢。印加的法律有三戒：戒偷盗，戒懒惰，戒撒谎。犯戒违规的人要关押在这里并处以重刑。据说地牢边上的石椅就是对罪犯施刑的地方，对重犯甚至用毒蜘蛛来加以处罚。

山顶的日晷

通往公主宫殿的通道，印加人的石构艺术在这里发挥得淋漓尽致

巨石下是关押犯人的监牢

考古学调查发掘的成果表明，马丘比丘占地庞大，达 13 平方公里，遗迹中最古老的建筑可以追溯到 2000 年前，但主要建筑均始建于公元 15 世纪。安第斯地区在公元前 2000 年就出现了神殿建筑，时间早于中美洲。公元前 1000 年前后在海岸地区诞生查文文明，后被纳斯卡、莫切文明所继承，到公元 600 年前后的瓦里—蒂瓦纳库文化期出现大规模城市，进入 13 世纪在北部海岸地区诞生了奇穆王国。14 世纪以后，在南方的的喀喀湖附近发迹的高原印加人逐渐扩大势力，最终征服了奇穆王国。15 世纪中叶第九代皇帝帕查库特克登基后，又迅速合并了安第斯高原的小国，迎来了鼎盛时期，形成南美历史上疆域最广阔的大帝国和以太阳神殿为中心的首都库斯科。马丘比丘就是在帕查库特克和他的儿子、孙子三代皇帝在位期间兴建的。尽管建的目的存在着宗教圣地、观象台、抗击外敌侵犯的要塞等各种说法，亲身体验过苏亚雷斯强调的这里优美的环境和怡人的气候，加上密集分布的各种建筑，所有这些因素使我更倾向于另一种说法——这里是印加皇帝的离宫。

至于我的第三个疑问，不光我，包括那些抱着跟我同样的疑问来到马丘比丘的人恐怕也没有得到一个令他们信服的答案。整座城市的主要建材花岗岩全部来自 700 米峭壁下的乌鲁班巴河畔。古代印加人是怎样把兴建一座城市所需的大量石材搬上山顶的呢？这一点即便是在参观过古迹，听过苏亚雷斯的讲解之后也仍旧是个难解之谜。

但苏亚雷斯丰富的知识和阅历却帮我第四个疑问选择了一个有说服力的答案，他为我们提供的信息是普通游人在今天清理得干干净净的遗迹中难以发现的。1532 年西班牙人处死印加皇帝阿塔瓦尔帕，洗劫首都库斯科，尽管触角没有伸到马丘比丘，但也给这里带来了极大的震动和混乱。考古发掘为我们提供的最有力的佐证是水渠分水口附近明显被人为打碎的大量陶片。印加人用这种手段破坏掉了马丘比丘人宗教祭祀活动以及日常生活中至关重要的引水工程，又放火烧毁了苦心经营的整座城市，坚壁清野，集体撤退到北部的丛林之中。马丘比丘从此变成"失去的城市"，直到近 400 年后被"印第安纳·琼斯"从莽丛中发现。

时针指到 3 点钟，游人开始返回古迹入口，乘专线大巴下山去赶回库斯科的火车。有条件的游客可以住进山上唯一的酒店，静心欣赏这里寂静的黄昏和晚上的灯光秀，而包括我们在内的大部分游人就没有这个福分了。大巴沿海勒姆·宾加曼山道下山之前，打开车门，放一个当地的小孩子上了车。这是个看上去机灵、健壮的印加后裔，年龄在 10 岁上下，赤裸着上身，沿着座椅中间的走道跟每个乘客击过手掌，又顽皮地在车门口跟全车人道过别后，高叫着消失在丛林中。妻子不解地问苏亚雷斯这孩子是谁，是不是按当地的礼节来给客人送行的。苏亚雷斯含笑告诉我们："过

一会儿你们就会知道。这是个小小的奇迹，也是个小小的买卖。"

　　大约一刻钟后，大巴刚刚开上平地，车窗外响起了少年高亢的尖叫声。循着声音望去，乘客发出惊叹：刚刚在山上告过别的印加少年从山坡的小道上飞一般地冲了下来。司机又给他打开了车门，车上随之响起了热烈的掌声。像苏亚雷斯说的，这的确是个小小的奇迹。从700米高的山顶下来，这小家伙竟然能靠两条腿跟现代化的交通工具赛跑。难怪当年印加的传令使靠自己的双脚，通过接力，可以用五天五夜踏破从厄瓜多尔的基多到库斯科2800公里的印加古道，速度之快远远超过后来西班牙人的递信马车。而苏亚雷斯说的"小小的买卖"则是印加少年可以从乘客那里讨到几个赏钱，算是对他创造奇迹的奖励。

　　时针指过下午4点钟，海勒姆·宾加曼号列车驶出了山下的温泉站。和上午来到这里时一样，空气中飘逸着淡淡的硫黄味。不同的是尽管群山依旧遮住马丘比丘的身影，但印加的空中城市已经在每一个乘客心底的印版上成像。苏亚雷斯如约没有向他的客人举荐任何拍摄点。他的"无情"使我们每个人获得了属于自己的马丘比丘，而且，它在我们心里再不会成为失去的城市。

高原牧场

印加古道

　　汽车行驶在从库斯科到的的喀喀湖的公路上。这是一条沿安第斯山谷开出的全长 400 公里的干线公路，海拔在 3000 至 4350 米之间。公路两侧的山坡上遍布放牧驼马、羊驼和绵羊的草场以及种植小麦、玉米的梯田，背后是万年雪峰。这条公路是今天秘鲁南部的交通要道，更是当年印加帝国传输军事、行政信息，维持帝国统治的大动脉，是印加古道中最重要的路段。

　　有人把印加帝国的统治方式和古代罗马的相比较，指出它们之间的相似性。因为"条条大道通罗马"这句话在安第斯高原完全可以用"条条大道通库斯科"来置换。和古代中国人一样，印加人也相信天圆地方。他们把帝国划分为东北、东南、西北、西南四个地区统治，但地区之间并没有明确的界线，而是以首都为中心，放射状地建设了通往各地的大道，称为王道。其中两条主干道分别自北向南纵贯安第斯高原和狭长的海岸地区，主干道之间有道路横向连接，形成梯状布局，总长度达 4 万多公里。南美大陆在欧洲人到来之前没有马，高原环境又不适于车辆行走，帝国统治所需的政治、军事信息和发布的命令全部要靠印加飞毛腿传令使用接力方式来传输。印加帝国以壮年男子一天可以踏破的距离为间隔，沿王道建起了无数驿站，除可以住宿外，还储备充足的食品，为"神行太保"们提供补给。印加人没有文字，结绳记事，以绳子的结和颜色记录事务和数字。当年的传令使就是携带着用绳索制作的文件和食品，在王道的驿站之间飞奔的。

没有人能想到印加帝国苦心经营的用于维护帝国统治的公路设施日后帮了西班牙人的忙。1532年，当皮萨罗的人马在印加帝国的海岸登陆时，他们被脚下的印加大道和沿途无数的驿站惊呆了。四通八达的公路网和驿站内充足的补给大大减轻了他们"探险之旅"的劳苦，加快了征服印加帝国的速度。

今天我们车轮下的路正像苏亚雷斯介绍的那样，是4万多公里印加古道中最值得亲身体验的400公里，因为大道联结着帝国的心脏库斯科和高原印加人的发祥地的的喀喀湖，沿途的风景也充满了安第斯味儿，是印加后裔的"回故乡之路"。

"可以坐飞机，也可以坐火车，但你们选择了跟我一道坐汽车回的的喀喀湖。"苏亚雷斯选择的动词是"回"，而不是"去"。

"这条路除了海拔高，人还要多受颠簸，但等你走完它之后，肯定会感谢它，因为它能让你体验到真正的秘鲁、真正的印加。"苏亚雷斯一上车就开始给客人们打气。面包车驶过一路上海拔最低的奥罗佩萨镇，又开始缓缓地向乌鲁克斯湖方向爬升，接近正午时抵达3460米高的圣佩德罗镇。苏亚雷斯没有带客人进镇，让司机把车停在公路边，去导演他精心安排的节目：给每个客人发了一瓶水、一个饭盒，以便让他们在高原的大自然里享受一顿不同寻常的午餐。

"我们在这里休息，吃一顿平时不常吃的午饭。这里海拔不到3500米，还算低，后半程海拔就高了，所以不要把肚子撑得太饱，免得到了高处难受。"

我和妻子背对着公路坐下，打开饭盒，边吃边欣赏着原始风味的高原风光。公路上鲜有车辆通过，眼前是安第斯山麓一片开阔的牧草地。远处身着民族服装、头戴毡帽的安第斯山民挥动着牧鞭，一条黑色的牧羊犬随着主人的吆喝声，跑前跑后地帮助驱赶家畜。透过相机的长焦镜头可以看出那群家畜是两种农牧文明——南美原产的羊驼和欧洲人带来的绵羊的混合体。也许是嗅到了我们手中盒饭的香气，那条牧羊犬跑了过来，在距我们不远的草地上卧下，盯着陌生人手中的美餐，却不肯再走近。

我把炸鸡块的骨头丢给它。那牧羊犬起初还警觉地嗅来嗅去，迟迟不肯去啃鸡骨头，但最终还是被这并非南美原产的家禽那诱人的香味所征服，开始起劲地嚼了起来。我把眼光从牧羊犬转到手中的餐盒上，想到自己和那牧羊犬正相反，早就被

身着民族服装的安第斯山民和家畜
驼马（左）、羊驼

放牧传统家畜

南美大陆原产的食物征服了。手中的餐盒本身就是南美物产与外来食品的组合，而南美物产在种类上占优。薯条、西红柿和紫玉米原产南美，鸡肉、卷心菜是舶来之物。三明治原本是欧洲人传统的食品，夹在里面的火鸡肉则取自美洲原产的家禽。在安第斯山高原印加古道边，普通的盒饭也会变得如此耐人寻味。它让人意识到安第斯原产的物种给我们今天每个人的饮食生活带来了多么大的影响。感谢安第斯文明丰富了我们的五味，否则我们今天已经习以为常的甜、酸、苦、辣、咸岂不就少了一味。

午饭后，汽车加大了爬升角度，抵达这一路海拔最高的地点——4335米的拉拉亚山口。拉拉亚在西语中的意思为"线"，顾名思义，处在库斯科县和普诺县的分界线上。这里可以望到海拔6420米的卡努拉那山主峰，有来自库斯科、普诺两县的山民开设的贩卖工艺品的小摊。下车前，苏亚雷斯反复提醒大家不要走得太急，多做深呼吸，因为常有客人在这里出现强烈的高原反应。即使想送医院，从拉拉亚到库斯科和到普诺的距离相等，要花同样长的时间。

拉拉亚在两县分界点

一小时前苏亚雷斯安排大家吃午饭的地方海拔 3400 多米，水草丰沛，阳光灿烂；而 4300 多米的山口却是寒风袭人，只有低矮的小草和苔藓。真佩服严酷的大自然赋予安第斯山民的那强健的体魄和旺盛的生命力。小贩们顶着寒风起劲地向过往行人推销着商品，双颊被高原的太阳晒得通红的小姑娘牵着羊驼跑来跑去，拉着客人拍照。山口附近没有住宿设施，想象得出山民们每天将货品从山下运到这高寒之地，又要在太阳落山前运下山冈的艰辛。拉拉亚山口送给我们一个真正的安第斯高原。

汽车从这里开始走了一段下坡后，最后驶抵的的喀喀湖畔海拔 3817 米的普诺。

库斯科县和普诺县的分界处，海拔 4335 米，是这段高原古道上的最高点

高原印加人的故乡

的的喀喀湖是高原印加人的发祥地。印加的古代传说描述他们的祖先最早出现在的的喀喀湖中的太阳岛上。湖畔克丘亚族使用的克丘亚语是印加帝国的公用语言。考古学发掘的结果表明这里早在公元前 2000 年就有人类居住。到了公元 14 世纪，从的的喀喀湖起步，势力不断壮大的高原印加人定都库斯科，最终统一了整个安第斯高原，

出售羊驼手工艺品的山民，背后是通往普诺的干线公路

的的喀喀湖畔的羊驼

从塔基列岛眺望的的喀喀湖

并吸纳前印加时期的海岸和山地文化，形成印加文明的集大成。因此，的的喀喀湖一向是高原印加人的宗教圣地，是他们心灵的故乡。

今天的的喀喀湖秘鲁一侧最引人之处并不是前印加时代的古迹，而是两处体现安第斯民风民情的小岛：以男人织毛活著称的塔基列岛和湖民乌鲁人用蒲草建成的浮岛。普诺的码头上有汽船载人上岛。记得中学地理课上老师讲过"的的喀喀湖是世界上海拔最高的大淡水湖"，后来发现不属实，因为论高度它不及青藏高原的许多湖泊，于是又加了个修饰，改为"有汽船航行的海拔最高的大淡水湖"。地理老师说的大概就是我们乘坐的汽船。塔基列岛距普诺四十多公里，将近三个小时的船程。这里是个"女耕男织"的世界——田里的农活归妇女做，这一点在我们中国的福建、海南等地也可以看到，但男人自幼学织毛活确实新鲜，恐怕可以抗衡的就只有印度丝织作坊里从小学徒的男织工了。

和生活在陆地上的塔基列岛岛民相比，以湖中蒲草编织的浮岛为家的乌鲁人生活更具传奇色彩。关于他们的故事，我最初也是从中学地理课上学到的。不同的是

编织是男人的工作

塔基列岛上女人纺线，但不织毛活（吕晓波　摄）

塔基列岛上的风光

浮岛的居民

草船

和苏亚雷斯在浮岛上

　　课上没有讲乌鲁族是 450 年前从陆地逃难到的的喀喀湖上来的。生活在浮岛上的乌鲁人最多时曾经达到 2000 人，主要靠捕鱼为生，后来大部分回到陆地上定居，现在留下来的大约有 700 人。旅游业成了今天他们主要的谋生手段。

　　苏亚雷斯盛赞过马丘比丘的神奇，今天我们发现的的喀喀湖同样神奇。或许由于清澈的湖水释放出丰富的氧气，或许由于碧水蓝天加上独特的人文景观使人振奋，身在 3800 多米高的湖上并没有陆地上头痛气虚的感觉。所有登上浮岛的游人都被

草编的房屋（吕晓波　摄）

乌鲁人奇特的生活方式，被蒲草铺的地面、蒲草编的房屋、蒲草做成的船只和蒲草建造的学校所吸引，也被教室里那群充满生机、知道如何讨人们喜欢的孩子所吸引。如果你愿意，岛民们还会热情地邀请你坐上蒲草制的龙船到湖中泛舟。

和浮岛小学的孩子在一起

和库斯科、马丘比丘、拉拉亚山口见到的山民们一样，尽管今天的塔基列岛和浮岛的居民大多已靠观光业为生，但他们身上保持着古朴、淳厚的民风，游人在和他们接触中不需过多设防。我询问苏亚雷斯和他留过学的墨西哥那里的人相比，同为美洲印第安人的后裔，为什么两地的人会有这么大的差异，是不是和他们在西方文明前的曝光程度有关。苏亚雷斯没有直接回答，而是建议我有机会一定去墨西哥尤卡坦半岛看看，那里丛林玛雅人的后裔和的的喀喀湖畔他的同胞们极其相像。

"坎昆和墨西哥城一样，已经西化了，是个例外。我建议你到尤卡坦好好看看丛林玛雅人的文明古迹，多接触那里的人，再跟坎昆对比一下。你会认识一个不同的墨西哥。"我牢牢地记住了他的话。

的的喀喀湖周边最具代表性的前印加时期的古迹是休斯塔尼的古墓群。古墓群建在普诺郊外乌马约火山湖中的半岛上。这里的海拔高于的的喀喀湖面，下车后还需要爬上一个高坡，是的的喀喀湖畔遗迹中最考验人的一站。墓地的主人是高原印加人的一支——可利亚人，他们在这里为有身份、有地位的先人修建了近100座墓葬，后来要么被西班牙人破坏，要么被风化、侵蚀或毁于地震。残存的古墓外观像圆塔，规模大的近10米高，上方比下方宽大。塔身为双层结构，塔心堆满石块，外侧有石墙包围。高度发达的垒石技术告诉人们印加人营造首都库斯科时为什么要把这里的工匠请过去。

"请大家看这里的小窗，"苏亚雷斯指着石墙面东方向开的小口，

休斯塔尼遗迹中最具代表性的贵族墓，公元1000年前后高原印加人建造

遗迹由数十座石构古墓组成

精美的垒石文化此时已十分发达

为我们做着详细解说，"每年 6 月 21 日南半球冬至这天，阳光可以从这个小窗照到墓里。可利亚人相信阳光能让死者复苏。"

"再看顶上的石块，上面刻着这座墓的守护神。"苏亚雷斯说着拿过我手中的相机，用变焦镜头对准目标，调好焦距后交给我。镜头中可以看到石块上雕出的壁虎标记，我就势按下了快门。

休斯塔尼的魅力不仅在于这里的文物，还在于衬托它们的环境。这是一处海拔4000 多米的高地，没有人类居住的痕迹，是由静寂主宰的空间。看到的是湛蓝的天空，伸手可以够到的白云和平静的湖面，嗅到的是清风送来的蒿草气息，触到的是安第斯文明含蓄而有力的搏动。真羡慕可利亚人寻到这样一处美丽、神圣的陵园，让祖先的神灵永远守护着安第斯高原。

从休斯塔尼的高台下来，苏亚雷斯带我们走访了附近的农家。中国国内靠近大城市的乡村近年风行农家乐，普诺郊外的农家虽然赶不上我们的规模，但也开始敞开门户接待游客。的的喀喀湖一带农家的住房是用土坯和蒲草搭建的。最反映这个地区建筑特征的是每家屋顶上都镇有陶土烧制的公牛。农家的女主人热情地邀客人参观住房、院落，从冒着热气的锅里拿出蒸熟的土豆、黏玉米，蘸上当地产的岩盐让大家品尝，并在大院里展示如何用传统的杵臼磨制玉米粉。待客方式虽然有些程式化，但对第一次走进秘鲁农家的游人来说还是很有新鲜感的。苏亚雷斯耐心地扮演着翻译的角色，同时也在帮助还不能十分熟练地与外国人交流的主人回答客人的问题。

主客聊得正热烈的时候，我的注意力被农家后院的院门吸引住了。主人虽没有邀请，但也没有阻止客人进入。出于好奇心，我拉拉妻子的衣袖，示意她跟我进去看

苏亚雷斯介绍的古墓面东小窗

雕在石材上的壁虎图像，是墓穴的守护者

普诺郊外的农家

看。后院不大，地上晒着收获的玉米，摆放着农具，靠着院墙用土坯搭了一个兔子窝一样的小畜舍，是用来饲养秘鲁原产、安第斯山民普遍食用的土拨鼠的。当我再把小院环视一遍时，房屋后墙上不起眼的地方悬挂的一具巨大的猛禽尸骸，令我大吃一惊。那黑白两色的羽毛、特征明显的头冠——一眼就能被人看出是一只濒临灭绝的受保护动物美洲神鹰。如此贵重而神圣的珍禽怎么会挂在农家的后院里？我和妻子瞪大了眼睛对视了好一阵，决定去问苏亚雷斯。

屋顶上装饰陶制的公牛

"我们看到后院有一只美洲神鹰……"走出农家的院门，我走到苏亚雷斯身边，话刚说到这里，他像过了电似的回头看看旁边有没有人，然后小声问我："你们看到了？真的看到了？"

"对，看到了，"我意识到这话大概不便让旁人听到，压低了嗓音告诉他，"挂在后院墙上。"

"噢，上帝！"他的叹息声让我想到我们是不是给他捅了娄子。

"这件事算我没听说，不知道，"他低声说，"你们也不要再去跟别人说。"他把食指挡在嘴唇上："你们什么也没看到，OK？"

我和妻子并不理解其中的道理，但还是点头为此事保密。

晚饭后，团里人大多早早地回房间休息了，餐厅请来的小乐队还在十分敬业地对着空荡荡的餐厅，演奏着安第斯民乐。苏亚雷斯跟每个回房间的客人打过招呼后，来到我和妻子的餐桌旁，看看摆在桌上的库斯科牌啤酒瓶，笑着问："哈哈，忍不住想要点酒精了？"我们邀他坐下喝一杯。这是进入安第斯高原以来第一次接触酒精饮料。此前，我们接受苏亚雷斯的忠告，除了古柯茶外，喝的都是他力荐的紫玉米汁和琥珀色的印加可乐。今天终于能有资格用酒跟他碰杯了。

苏亚雷斯叫过服务生，要了一杯烈性蒸馏酒"皮斯科"，问我们要不要也尝一尝。我点头答应了。

"要知道，我带的客人来这里喝酒的不多，"他的话把我忽悠得有些得意，"不过还是不能多喝，我要对客人的健康负责，这毕竟是在的的喀喀湖。我只想请你们尝尝味道，要是觉着好喝，可以买一瓶带回去。"

我们碰过杯，苏亚雷斯主动提起白天参观农家时发生的事情。他告诉我们现在在秘鲁猎获美洲神鹰是犯法的，按道理那神鹰不该出现在农家的后院，不

用传统方法磨玉米粉

在农家做客

后院墙上挂着猎获的美洲神鹰

管是活的，还是死的。但安第斯山民从祖上就崇拜神鹰，祭祖、祭神的时候将鹰的翅膀拴在胳膊上舞动，相信神灵能够附体，给他们带来神力。政府从保护野生动物的角度出发，当然是严禁，但像我们今天到的地区，政府的禁令一来不容易渗透下去，二来也跟居民的传统习俗相抵触，总是禁不彻底。来访的客人总希望在传统色彩强的农家看到意外的东西。能提供接待的农户一方面有经济利益驱动，一方面也看带团人的面子，有了和他们之间的信赖关系才肯让外人进家门，所以如果看到农家捕获珍禽异兽，苏亚雷斯一向都是视而不见。原先他也带客人在农家看到过这些，大家感到新奇，一传十，十传百，一旦这农户因此出了名，也就没办法再接待游客了。特别是欧美游客中环保意识较强的会对此提出质疑，闹大了还会跟政府、媒体通气，到头来吃亏的是农户。由于这些缘故，他每次都避免让他的客人接触到这些，而我和妻子今天是属于没看住，漏网的。白天的经历和苏亚雷斯的这番解释让我们看到了居民的传统文化与当代文明的价值观在安第斯高原撞车的现实。

"很难说谁是谁非。北极圈的爱斯基摩人为了生活，你不能不让他们打海兽。安第斯的山民也需要祭神、祭祖，需要有自己的精神生活，可美洲神鹰毕竟不是海豹，实在太少了。"苏亚雷斯说。

我端起装皮斯科的酒杯，提议为那美洲神鹰干一杯，也感谢苏亚雷斯帮我们把这次难得的经历搞清楚。妻子也借我的酒杯喝了一口，辣得直皱眉。苏亚雷斯又叫服务生端上一杯紫玉米汁，顺便换了个话题。

"怎么样，这'齐恰莫塔'喝惯了吧？"他指着紫玉米汁问。

妻子就着他的话，喝了一大口紫玉米汁，说："你推荐的饮料里最先接受的是古柯茶，既当水，又当药，其次是印加可乐。齐恰莫塔刚见到时，因为颜色太深，害怕有特殊的味道，喝了第一口才知道口味那么清淡，现在是每天必饮。皮斯科味道太冲，留给我老公吧。我偏爱库斯科啤酒。在库斯科时心跳得厉害，没敢喝，等今天发现好喝，明天就该走了。"

听说我们利马不再停留，直接转机去洛杉矶，苏亚雷斯也替我们惋惜："如果爱喝皮斯科的话，可以带一瓶走，库斯科啤酒、印加可乐在国外也还能买到。至于齐恰莫塔和古柯茶就没办法了，一个没法带，一个不敢带，趁着在秘鲁，能喝多少喝多少吧。"他停了一下，又半开玩笑地说："可秘鲁的食品你们随时都可以享受——番茄、土豆、玉米、花生等，也就是说你们每天都能找回来秘鲁的感觉。"话说得巧妙，把我们都引笑了。

"对了，还有一种食品，你们今天不要问，我明天会在胡利亚卡送给大家。便于携带，便于保存，而且那味道绝对难忘。"苏亚雷斯说得很有自信。

另一个征服者

胡利亚卡飞利马的飞机下午两点起飞。去机场前，苏亚雷斯在市中心大教堂前给大家留了自由活动的时间，嘱咐大家按时返回。等我们再集合上车时，他拿出了送给大家的礼品："胡利亚卡的盐我敢保证是秘鲁，也是世界上最好吃的。给你们的行李增加点重量，但绝对值得带回去。"听到有人问贵不贵，他又俏皮地回答："你们付了我工资，这点礼物我买得起。你们可以带回去分给亲戚朋友。他们尝过以后肯定想来秘鲁，你让他们到库斯科来找我。他们付工资给我，我再让他们带盐给你们，咱们都能受益。"他的话把一车人都逗笑了。

告别了苏亚雷斯，我坐在机场的候机室里，梳理着印加文明之旅留给我的收获。千年古都、空中城市、高原古道、印加后裔、古柯茶、美洲神鹰、圣湖中的浮岛、胡利亚卡的盐……所有这些无疑都在大脑皮层留下了深深的刻痕，但相比之下，更有分量的还是印加文明的特异之处以及它留给我们的启示。

胡利亚卡市远眺

我们对于古代文明发生、发展的常识性理解是"大河文明"的定式，即文明起源于大河流域肥沃的冲积平原。然而，印加却在环境过于严酷的安第斯高原创造了高度发达的物质和精神文明。这一文明诞生与发展的事实不仅向人们关于文明起源的主流认识发起挑战，同时也向深受欧美影响的我们的文明观提出质疑，促使我们重新对文明本来应当具备的多样性进行深度思考。

　　印加文明倡导宽容和多种文化的共生共荣。"印加帝国"一词是后人为表述方便使用的名称。历史上我们观念中的帝国是不存在的，主宰这方土地的是一个兼容并茂的印加文明圈，将多元的异质文化统合在一起，构成印加。利马与库斯科郊外及伊卡、纳斯卡和的的喀喀湖畔的印加文化遗产都印证了这一点，告诉人们支配这一文明圈的理念是吸纳与包容，而非排斥与抗衡。

　　印加文明另一个特异之处在于它没有衍生欧亚大陆和非洲的古代文明共同拥有的一些划时代的成果，如铁器、车轮和文字。印加人没有铁器，却建造出了世界上最精巧的石构建筑。他们没有车轮，却修筑了长达4万多公里的印加古道，堪称人类文明史上的奇观。印加人没有文字，用绳扣记录数字和事件，这套特殊的符号记录系统也向我们展示了人类使用不同于文字的其他符号去记录、传达信息的可能性，尽管当代人尚未解读出这些绳扣符号的含义。

　　登机的广播响了。机场没有登机桥，乘客离开候机室，步行走向舷梯。一周前从库斯科机场踏上高原大地时我感到轻微的气虚和心悸。伴随着身心和这方土地的磨合，那种不适感已经消失，代之而生的是对这里人文景观和自然风光的眷恋与别情。印加文明之旅即将结束，安第斯高原的清风向人们讲述着文明的荣枯盛衰，使我悟出谁是真正的征服者。罗马帝国衰亡后，基督教征服了世界上那么多人的精神世界；印加帝国虽然已成为过去，但它留下的物质文明遗产主宰着全世界绝大多数人的饮食生活。可以说这种征服比宗教更普遍，更直接。

玛雅寻踪

尤卡坦半岛自驾游

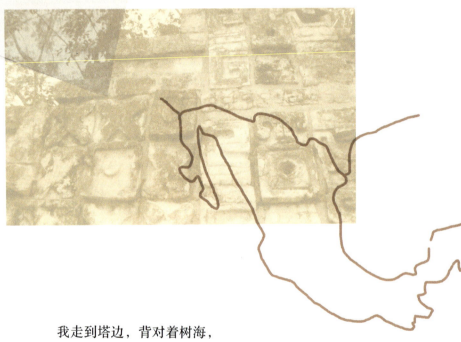

我走到塔边，背对着树海，

身体向塔下倾斜，

伸开双臂，仰面向天，

继而闭上了双眼，许久也没有睁开，

静心享受着融入玛雅树海的恍惚感。

2005 年 11 月的尤卡坦半岛之行是我历经的自驾游中最充实、最愉快的一次，因为与我和妻子结伴同行的是恩师、挚友——哥伦比亚大学的吕晓波教授和夫人章敏老师，朝夕相处的是半岛丛林中密集分布的玛雅文明古迹。吕老师是哥大的政治学教授，旅游是他们夫妇最大的业余爱好。长年以来利用节假日频繁出行已使他们的足迹遍布大半个地球。

到尤卡坦半岛访古的想法早已有之。2002 年 8 月在秘鲁的库斯科邂逅摄影家兼导游苏亚雷斯使这个愿望变得更加迫切。当我跟苏亚雷斯在的的喀喀湖畔高原印加人的发祥地聊起当地古朴、淳厚的民风民情和城里大相径庭时，这位曾在墨西哥留过学的印加后裔极力向我举荐尤卡坦半岛，说半岛上不仅有看不完的玛雅古迹，还有跟他的印加同胞们极其相像的今天的玛雅人。记得他当年建议我到了尤卡坦之后先不要奔大城市坎昆，而直接去钻玛雅丛林，最后再跟坎昆做个对比，这样旅行会使我发现一个全新的墨西哥。

天公作美，为我登上尤卡坦半岛创造机缘。自 2004 年 9 月起我在哥伦比亚大学学习，吕老师任东亚所所长。他除了给学生上课，还主导所里的学术交流活动。学期结束时应邀到他家做客，我竟在书架上看到一张他夫人跟我中学时代的几个老同学的合影，为之大吃一惊。详细询问才知道章老师是我那几个校友入大学后的法语老师，和吕老师夫妇的距离一下就拉得更近了。和这张照片摆放在一起的还有世界各地的风景照，一看就知道拍摄的人酷爱旅行，我们的话题自然也就集中到旅途上的见闻和感受上。问起他们下一个目标，吕老师不假思索地说出了尤卡坦半岛的名字。他的回答让我感到惊喜：跑遍了大半个地球的这对伉俪居然把距离他们这么近的尤卡坦半岛留给了我！我们一拍即合，相约结伴去探访玛雅文明的故乡。此后，吕老师成了尤卡坦之行最积极的推动者。2005 年感恩节学校放假，一周前我和妻子在纽约的墨西哥总领馆拿到观光签证，11 月 24 日终于如愿以偿，和吕老师夫妇一道登上了尤卡坦半岛。

血色奇琴伊察

从机场附近的租车行取了预订好的雪弗莱轿车，迅速补充了给养，我们就一头扎进了丛林，和位于半岛东北端的大都会坎昆背道而驰，目的地是 200 公里外玛雅古典期最著名的遗址——世界文化遗产奇琴伊察。

我紧握着方向盘，全神贯注地驾车。吕老师坐在副驾驶席上，手里拿着我们此

奇琴伊察的库库尔坎大金字塔

行的两件法宝：一张 Rand McNally 出版社出版的尤卡坦半岛交通图，精确到标出了半岛上哪怕是最小的交叉路口和每座加油站的地步；一本 Fodor's 出版社专供到尤卡坦半岛访古的人使用的导游书，关于玛雅古迹的信息应有尽有。书上用考古发掘用的小铁铲的数目给玛雅古迹评级，顶级的古迹绘有四把铲子，次级三把，再往下两把，一把。奇琴伊察毫无疑问被列在"四铲遗迹"之首。坐在后排座位上的章老师承担着另一项艰巨任务：留意关键路口的路标。导游书特别提醒：虽然尤卡坦半岛路况良好，但路标不够醒目，并且通常只标有西班牙语，稍不留神就容易漏掉。章老师虽不通西班牙语，但看惯了同属拉丁系的法语文字，对各种标牌上西语文字的反应肯定是四个人中最灵敏的。我们的目标是下午 3 点赶到奇琴伊察。玛雅文明最具代表性的遗迹容不得在路上耽搁。由于这种压力，我的右脚总是下意识地踩下油门，但每每都得到吕老师夫妇的提醒，又把车速压到法定范围内。欲速则不达——我用这句话约束着那只总想狠命踩油门的脚，紧握方向盘的双手却被汗水洇湿了。

就这样，前排有吕老师对着地图预报下一个路口的名称和距离，后排有章老师盯着路标逐一确认，我在他们的配合下专心驾车，确保路上不出差错。在我们小心翼翼地开出近三分之一的路程后，才感到上路以来的紧张和担心是多余的。

在尤卡坦半岛北部的干线公路上驾车旅行，沿途没有更多令人心动的景观。半岛上只有一处海拔不过百米，很难称得上是山峰的普克山地，充其量是块丘陵，此外再看不到山峦，也没有河流，甚至连对开的车辆都不多。前方始终是笔直的公路，两侧是无边的树海。偶然出现的十字路口大多也没有信号灯，只是道路直角相交。减下车速来，确认没有交会车辆后通过路口，再往下开又是笔直的公路，两头连着地平线。时间长了，驾车人甚至会觉得自己的方向感有些麻痹。

沿途枯燥的景观和我心中描绘的另一幅画面形成鲜明对比：丛林中拔地而起的玛雅金字塔，以神殿为中心的庞大建筑群，自古至今络绎不绝的人流。平坦与突显、单调与华美、静寂与嘈杂，眼前孕育了玛雅文明的大自然和心目中玛雅文明的象征性景观之间差异之大，让人怀疑我们是否真的在一步步走近我们要找的玛雅，而每到这时，吕老师对着地图报出的和奇琴伊察之间的距离都会把这种疑虑打消，告诉我玛雅距我们越来越近。诞生在中美密林中的玛雅文明本来就带着谜一样的色彩，今天尽管我们距它已经很近，依然迟迟不肯露面。与平日不同的是古代文明的矜持现在诱发了我们心中的冲动——不出两个小时，我们就可以揭开它神秘的面纱，而奇琴伊察将是我们揭秘的切入点。

终于，雪弗莱轿车追上了前面两辆满载乘客结伴而行的旅游大巴，无疑和我们的目的地是一致的。这使我们确信：继续开下去肯定能看到梦中的玛雅。对于到坎昆度假的人来说，奇琴伊察很容易被编入旅程。书上、网上都介绍坎昆许多旅行社包租大巴、中巴，组织客人游览奇琴伊察，当天往返。而被我们赶上的大巴从时间上分析肯定不是当天要返回坎昆的。

"看，这两车人跟咱们一样，说不定晚上酒店里会碰上。"我说。

"不，那不可能，"吕老师话语十分肯定，"咱们今晚住的是庄园，Hacienda！我在网上预订的时候就发现它一共也没有多少房间，肯定住不下这么多人。"此行的住处都是他一手包办的，以便利、实惠为本，只有第一晚奢侈了一点，安排在奇琴伊察古天文台边上用墨西哥庄园改建的花园酒店，也是对尤卡坦的历史文化的一种体验。如果说大航海时代以前最能代表尤卡坦半岛的是玛雅文明，那么西班牙人进入半岛之后带来的象征性景物就是传统的墨西哥庄园 Hacienda，或称农庄。它们是西班牙大农场主利用这里的土地和劳动力资源经营殖民地经济的见证。因此，在尤卡坦旅行，传统的墨西哥庄园是不可错过的看点之一。

"啊，Hacienda！"吕老师拖着长腔，得意地重复着这个西语单词，接过后排递上去的食物大口嚼了起来。为了赶这 200 公里的路，我们牺牲了午饭时间。紧张的空气一旦缓和下来，谁都感到肚子饿了。

"来，先吃点零食垫一下，一会儿晓波吃完了换你。"章老师剥好一个从纽约唐人街买的果丹皮递到我手上。在玛雅的土地上嚼着纽约买来的中国食品，嘴里充满的远不只果丹皮的酸甜两种味道。

"小红，给我们唱个小曲提提神吧。"章老师在跟妻子提要求。

"就是，别光顾吃，看我们前排驾车、找路多辛苦，还不慰劳慰劳。"吕老师也开着玩笑催促。

"献上一曲是没问题，可唱什么好呢？"妻子这种场合从不扭捏，大概是在尤卡坦的旷野中能看到的景物单调，得不到太多的启发，不知从何唱起。

"你看这青天白日，无边的丛林，放开了，想唱什么就唱什么呗。"

妻子憋出个民歌嗓子，拿腔拿调地唱出的竟是《十五的月亮》。我问她为什么大白天的却要唱月亮，她用手指指车窗外面。难怪，11月24日尤卡坦的天边还真挂着一弯月亮。曲目从抒情的变成欢快的，由独唱发展成合唱。和吕老师交接班后，雪弗莱轿车在欢歌笑语中又跑了近一个小时，我们按计划在下午3点前赶到了奇琴伊察。

发源于中美南部的玛雅文明在无边无际的密林中留下了数以百计的遗址，奇琴伊察作为其中的佼佼者，前后200多年一直是尤卡坦半岛古代玛雅人经济、宗教和艺术的中心，今天也以遗址规模庞大及保存状况良好著称。等我们拐进干线公路旁的侧道，进入古迹西侧的停车场，才感到这里的繁荣——场内已经停满了旅游大巴以及跟我们一样的自驾旅行者的车辆。在遗迹入口处付90比索的门票钱，左手边马上就看到了玛雅文明的象征——奇琴伊察的大金字塔。

奇琴伊察在古代玛雅语中的意思是"泉边的伊察人"，因为这里有尤卡坦半岛最大的圣泉，都市文明以圣泉为中心产生、发展，迎来空前的繁荣。奇琴伊察的遗迹群分为南北两个部分，南侧为老奇琴伊察，有天文台、球场、列柱神殿、市场等建筑遗迹，体现公元6至10世纪玛雅古典时期的文化特征，尤其以多彩的石雕著称；北侧的新奇琴伊察反映10世纪以后玛雅文明和托尔泰克文明相融合的玛雅后古典期的特点，集中了宏伟的库库尔坎金字塔和勇士神殿建筑群。

玛雅文明的源流可以追溯到公元前1200年至前400年期间奥尔梅克人在墨西哥湾沿岸建设的古代文明。奥尔梅克文明日后先对高原地区产生影响，而后又波及今天墨西哥、危地马拉、洪都拉斯国境的丛林地区，引发玛雅人灿烂的文明。数以千计的玛雅人在没有金属工具、没有车辆、没有牲畜的条件下，靠石器开拓丛林，人拉肩扛运来成千吨的石材，将其打磨、雕刻、组合，建起令今人叹服的神殿、宫殿,以此为中心形成上百个城邦国家,并于公元 2 世纪前后迎来了古代帝国的鼎盛期。今天墨西哥的帕伦克、危地马拉的蒂卡尔和洪都拉斯的科潘都是这个时期最著名的玛雅城邦。它们与周边的城市携手,建立网络,形成城邦联合体。

宗教在古代玛雅人的生活中占支配地位,承担祭祀活动的神职人员在国民中居于高位。农民们用石器在丛林中开垦土地,种植玉米、豆角、南瓜等作物。以农耕为中心的宗教信仰自然而然地和天体的运行紧密结合在一起。玛雅人还发明了象形文字,有自己高度发达的数学和天文学。他们观测天体的精确程度远在欧洲古典时期的历法之上。以雕刻、绘画和城市规划为象征的玛雅人在艺术和城建上的才智也体现着这一时期世界文明的最高水准。进入公元 3 世纪,源自奥尔梅克的文明传播到以特诺蒂瓦坎为中心的墨西哥中央高原,衍生出以今天墨西哥城东北 50 公里处巨大的宗教城市遗址和金字塔群为象征的特诺蒂瓦坎文化。这一文化日后被 15 世纪在今天墨西哥的大部与中美西部建立起强大帝国的阿兹特克人所继承。

然而,进入公元 8 至 9 世纪,先是特诺蒂瓦坎,后是尤卡坦南方的玛雅城邦,不知出于什么缘故,短期内均被遗弃,形成文明史上的不解之谜。到了公元 10 世纪,中央高原能征善战的托尔泰克部族进入尤卡坦半岛,与伊察人联手,共同迎来奇琴伊察的第二次兴隆,即文明史上的玛雅·托尔泰克时期,也即玛雅后古典时期。其象征就是我们眼前的库库尔坎金字塔和奇琴伊察人崇尚的羽蛇神。

如果让我说出奇琴伊察最令人震撼的古迹,我会毫不犹豫地举出三处——库库尔坎金字塔、勇士神殿和人祭球场。这不仅出于对三处建筑的宏伟和精致的赞赏,更出于对它们独特用途的惊叹。同时,崇尚以活人作为牺牲祭祀神灵的玛雅人给奇琴伊察的每一座标志性古迹都带来了血腥味。

西班牙人给金字塔起的名字是"卡斯蒂略",意为城堡,玛雅人则以装饰金字塔中央阶梯的羽蛇神"库库尔坎"来称呼它。金字塔的血腥味首先在于,据记载,当年玛雅人在塔顶祭神,杀死牺牲者后让鲜血顺石阶流下来,将塔身染红。中美密林中玛雅人的神殿大多在正面建有陡峭的阶梯,而库库尔坎金字塔则在四面都建有石阶。由九层塔基和塔顶组成的宏大建筑在尤卡坦半岛的玛雅遗迹中本来就已经鹤立鸡群,而构建每一个组成部分的意图和其建造的精确程度更令人叹服。金字塔台阶的数量和基座垂直壁面上的所有浮雕表现的都是玛雅的农耕历和祭祀历。最令人叫绝的还是玛雅人利用中央阶梯上演的羽蛇神攀上大金字塔的奇观。每年春分和秋分两天,太阳从正西方落下。形成羽蛇神躯体部分的是正西方阳光照射的金字塔北侧棱线的影子。阳光把棱线的阴影投在中央阶梯的北侧,由光和影的反差构成从塔顶到地面的巨大羽蛇的身影,随着太阳的位置在阶梯上滑动,接近地面部分与金字

从库库尔坎大金字塔顶眺望勇士神殿

塔最底层石雕的羽蛇头相连接。

实际导演这幕天体秀的是整座库库尔坎金字塔的建造者，他们赋予建筑一个特殊的角度。如果金字塔建在正南、正北方向上，春分、秋分之日太阳的余晖就会直接照到中央阶梯的侧壁上，形不成羽蛇的影子。玛雅人为了将他们信仰的最高神搬上奇琴伊察最宏大的祭坛，在建造金字塔时让它的角度偏离了正北方17度。这个角度稍有误差，羽蛇的形象就不会出现。库库尔坎金字塔的奇观体现的是观象在农耕民族玛雅人的生活中占据了极为重要的地位。据公园的管理人员介绍，每年春分这天来奇琴伊察亲眼目睹羽蛇降临这一奇观的游人不下三四万，基本相当于当年在奇琴伊察周围从事农耕，来这里参加祭祀的总人数。再过一个月，尤卡坦北部就要进入雨季。半岛上鲜有河流，无法灌溉。丰沛的雨水会滋润大地，确保播下去的种子发芽、成长。金字塔上羽蛇神的降临为玛雅人提供的是和他们的农耕生活息息相关的信息。

玛雅遗迹中的大金字塔几乎无一例外都是在从前的旧金字塔基础上增筑的，库库尔坎金字塔也是如此。大金字塔北侧台阶上有一个入口，沿着内部的阶梯可以进入老金字塔内部，看到刻在石头中两眼镶有红色翡翠的美洲虎雕像和供奉牺牲品的台座。

11月24日来奇琴伊察造访是无法期待看到羽蛇攀塔的奇观的。遗迹公园为了满足春分、秋分以外的日子来访的大多数游人的愿望，不论冬夏，每天晚上上演一场灯光秀，用现代化的手段再现羽蛇攀塔的景观，成了深受游人欢迎的节目。

　　库库尔坎金字塔东北侧规模更庞大的建筑群是集中反映玛雅·托尔泰克文化特色的勇士神殿，也是最令我震撼的奇琴伊察三处史迹之一，血腥味比大金字塔更浓。勇士神殿仿照托尔泰克首都图拉的神殿建造，较之它的原型规模更加宏大。神殿周围有无数根石柱环绕，因此又叫千柱神殿。主体部分由三层基座和顶部祭殿组成。神殿的撼人之处在于它集中反映了玛雅·托尔泰克人用最英勇的战士当牺牲品祭神的宗教习俗。第三级基座上有天使查克莫的石雕像，作为祭坛被置于祭殿入口中央。同样肩负着连通人与神的使命，查克莫却不同于西方宗教中的天使，被雕成勇猛的战士形象。横卧在祭殿前的查克莫石像胸部刻有石盘，

勇士神殿顶部的祭殿

勇士神殿又名千柱神殿

墨西哥城国立人类学博物馆的玛雅展厅

馆内珍藏的奇琴伊察勇士神殿查克莫天使像原件

人祭球场的围墙

围墙上的石环

用于盛放从牺牲的勇士体内取出的还在搏动的心脏。今天奇琴伊察勇士神殿的查克莫天使像是复制品，原件保存在墨西哥城国立人类学博物馆玛雅展厅里。石雕勇士的双眼凝视着尤卡坦的晴空，目光坚毅而坦然，既有对信仰的热忱，又饱含着难以名状的悲壮和苍凉。玛雅·托尔泰克人带有浓重血腥味的文明令我们这些有着不同文化背景的当代人感到脊梁骨发冷。

血色文明不仅体现在勇士神殿，也体现在球场上。尤卡坦半岛的古玛雅人当年盛行蹴球比赛，不是作为娱乐，而是祈祷丰收的宗教仪式。由于比赛结束后用活人作为牺牲祭神，蹴球场也就被称为人祭球场。勇士神殿的对面，库库尔坎金字塔的西北侧就有中美最大的人祭球场。球场两侧有高大的墙壁，上面雕有石环，对阵双方争相把胶皮制的球打入环上的石孔。比赛不能上手，队员用固定在胳膊上的护具和腿部击球。获胜一方的队长有资格获得玛雅男人最高的荣誉——作为勇士被砍下头颅，祭祀丰收之神。球场的石壁上有浮雕栩栩如生地描绘这撼人的场面：操刀武士右手持刀，左手提着砍下的头颅。牺牲勇士被斩断的颈部喷出七条血柱，化为七条神蛇，蛇身的末梢长出植物的新芽。

尤卡坦半岛的玛雅文明诞生在石灰岩覆盖的大地上。尽管地表被低矮的原生丛林覆盖，降雨却十分稀少。在地下水位较高的地区，岩石经地下水长年侵蚀而穿空、塌陷，形成天然溶井。尤卡坦半岛上总共分布着近 5000 处这样的溶井。当年玛雅人还没有发明大量汲取泉水灌溉的技术，但把溶井作为生活用水的重要来源，并集中居住在溶井附近。干燥地区人们对水的期盼同时引发了玛雅人对溶井独特的信仰，以神殿为中心的玛雅古迹大多也都建在便于人们取水生活或从事祭祀活动的溶井附近。溶井中最著名的就是奇琴伊察的"圣泉"，连城市的名称"泉边的伊察人"都源自尤卡坦半岛最大的圣泉。

圣泉位于库库尔坎金字塔北侧，相距不过几百米。11 月尤卡坦半岛的湿季已过，泉水并没有我们想象的那么清澈，也没有被晴空映蓝，显出的是深邃的绿色。而当人们听到这里是当年每逢干旱或发生疫病时都要用处女沉潭祈雨的圣地时，碧绿的泉水在心中又会变成血红色。16 世纪弗朗西斯科修道会的神父记录了玛雅人遇到天灾与瘟疫时远道来这里朝拜，和牺牲一道将财宝投入水中祈愿的历史。19 世

人祭球场全景

遗迹中到处可以看到玛雅文字记号

奇琴伊察的天然溶井——圣泉，眼前的石台是将牺牲沉潭祈雨的地方

纪末到 20 世纪上半叶，美国驻尤卡坦半岛的领事曾对圣泉的水底进行过调查，当年就曾发现四十多具以幼女为主的尸骨，加上后人进行的潜水调查，前前后后总共发现了上百具尸骨，有的颅骨表面还留有用锐利的石器刮下皮肤的伤痕。同时发现的还有大量金银宝石，有不少来自巴拿马和南美的哥伦比亚等地，反映出当年玛雅人远途交易的情况。

奇琴伊察的历史也是血色的。这不仅由于它的中兴始自善战的托尔泰克人和伊察人联手征服周边部族，进入大航海时代后奇琴伊察人反抗西班牙人征服的历史更加重了这种色彩。难怪西班牙人管库库尔坎金字塔叫“城堡”，在征服尤卡坦半岛的过程中，他们的确把这处玛雅人敬神的地方变成过作战的堡垒。

残垣上的玛雅文字符号

装扮成羽蛇神的国王浮雕 　　　　　　　　　　　　　　　　神像

　　埃尔南·科尔特斯和弗朗西斯科·皮萨罗——美洲大陆两个最著名的征服者率领的远征军，都是从西班牙人在美洲最早的落脚点西印度群岛和巴拿马出发的。所不同的是，科尔特斯的矛头指向北部今天墨西哥境内的阿兹特克王国，而皮萨罗的鹰眼则盯上了南美大陆的黄金之乡印加。1519 年科尔特斯率领 500 名雇佣军开始了西班牙人对美洲大陆的第一次大规模征服。远征部队离开集结地古巴后首先在科祖梅尔岛，继而在尤卡坦半岛西侧的塔帕斯科海岸登陆。此间西班牙军队与半岛的玛雅人势力有过小规模接触，但始终没有正面交锋。他们跳过半岛，从今天墨西哥城东南方的韦拉克鲁斯进入阿兹特克人的土地，攻陷了首都特诺奇蒂特兰，并迅速完成了对今天墨西哥全境的征服。

　　相比之下，尽管接触较早，玛雅人遭遇欧洲征服的历史要远远晚于墨西哥本土和南美大陆，原因是这里土地贫瘠，物产匮乏，尤其是缺少令西班牙人垂涎的黄金和白银。和欧洲人的碰撞不是没有。1517年，埃尔南德斯·科尔多瓦率领"探险队"在尤卡坦半岛的尖端部位登陆，目睹了玛雅人营造的宏伟的神殿和庞大的都市，但在与半岛的玛雅人交战中惨遭败绩，只好放弃攻入半岛中部的打算，而改为沿半岛海岸西进，继而在今天的坎佩切港登陆。西班牙人向当地人打探脚下这块土地的名字时，得到的回答是"尤卡坦"。他们误以为这就是地名，以后便这样称呼尤卡坦半岛，岂不知当地人是听不懂西班牙语，回答他们"不知道"。"不知道"日后就成了西方人对半岛的正式称谓。这跟英国人从澳大利亚土著那里询问袋鼠名称的故事极其相似。科尔多瓦的"探险队"最终还是被玛雅人逐出了半岛。第二年西班牙人再度组织的"探险队"也只登上了半岛东侧的科祖梅尔岛。至于玛雅人和西班牙人更大规模的正面交锋则要到埃尔南·科尔特斯征服阿兹特克王国的战争结束之后。

　　在征服尤卡坦半岛过程中，西班牙人遇到的最顽强的抵抗就发生在奇琴伊察。1532年，也就是皮萨罗征服印加王国的这一年，从半岛北端南下的西班牙军队来到奇琴伊察。他们看到这里人口众多，易于获得劳动力，溶井密集分布，便于取水，适于开发、经营农园，便征用当地玛雅人将神殿所在地点改建成要塞，利用庙宇的高墙和回廊增筑营房。他们不知道奇琴伊察的玛雅人其实只是表面顺从，随时都在伺机将他们驱逐出圣地。先是玛雅人酋长只身接近西班牙人头领，用藏在身上的尖刀舍身行刺没有成功，被警卫杀害。随后爆发的玛雅人的反叛也被西班牙人镇压，但西班牙人靠武力维持的统治没能持续多久。能征善战的托尔泰克·伊察人在密林中积极备战，最终以优势兵力围攻驻守奇琴伊察要塞的西班牙军队。西班牙人多次组织突围，但在视死如归的托尔泰克·伊察勇士面前几度被粉碎。在玛雅军队的围攻下，西班牙人伤亡惨重，要塞中兵粮告罄。他们最终在一个深夜拼死突围，付出沉重代价逃回半岛北部最早的殖民城市坎佩切。在这著名的奇琴伊察一役中，神圣的库库尔坎金字塔和勇士神殿被玛雅战士和西班牙人的鲜血染红。

　　黄昏，沿石阶爬上库库尔坎金字塔顶，残阳如血。无边的树海像一块巨大的海绵毯，将夕阳洒下的最后一点光芒吸收，把自己由葱绿改成灰色，再由暗变黑。此时，只有用石灰岩筑成的擎天的金字塔和勇士神殿留住了微弱的阳光。环望眼下丛莽主宰的世界，我似乎可以理解丛林玛雅人的每一天为什么要从日落开始算起，可以感知他们为什么要在丛莽中建造拔地而起的高大建筑，用它来祭祀太阳，更能感受到树海中这血色的金字塔和神殿为什么在玛雅后裔的心中今天依旧那么神圣。

在大金字塔上看半岛落日（吕晓波　摄）

　　丛莽吞噬阳光的速度在加快，塔顶上渐渐连周围相对低矮的球场、天文台也变得模糊不清了。

　　"走吧，趁着还有点亮，咱们先把行李放下。马上还得去看灯光秀呢。"不光细心的章老师在催，公园管理人员也开始清场了。

　　吕老师预订好的庄园酒店就在老奇琴伊察遗迹边上。放下行李，没来得及小憩，我们便匆匆换上最保暖的衣服，全副武装回到遗迹公园去看灯光秀。公园的员工们驾轻就熟，早已在金字塔正面广场摆起了数十排折叠椅。天已经完全黑下来，白天接近摄氏 30 度的气温此时骤然降到十几度。妻子在旅行用的防雨外套里又加了一件毛衣，还在抱怨腿冷，说应该带毛裤来。我和吕老师跑到公园门口的小店买来热咖啡和热巧克力饮料，大家捧在手上边吸吮，边用来取暖。

　　"看，气温降得这么低也没有哈气。"妻子朝天空呼着气说。

　　"说明这里干燥，空气里没有什么水分，"我学着她的样子呼出几口气，"没想到温度降得这么快，刚才咱们还是短衣短裤。"

　　"加上广场上太开阔，什么遮挡也没有。喂，你要不要再来一段《十五的月亮》

帮我们驱驱寒？"章老师指着天上的明月问妻子。

经她一说，我才注意到灯光秀开始前金字塔广场上几乎没有人工照明，而尤卡坦半岛的月光竟是如此明亮。

"等表演开始，人多起来，气氛一热烈就不觉得冷了。"吕老师在给大家打气。

晚上7点钟，伴随着雄壮的背景音乐，羽蛇神库库尔坎攀上了大金字塔。

文化街道

奇琴庄园的早晨，鸟语花香。阳光吞噬了晚间凝结在植物叶片上的露珠，饱含植物芳香的空气和野鸟的奏鸣早早地把我诱出了房门。我沿小径走出庄园后门去看头天晚上由于天色太暗没能看清的老天文台，碰上吕老师夫妇已经散步回来。

"等你转回来咱们在院子里吃个早餐。这么好的早晨，这么好的环境，咱得对得起我选的这 Hacienda。"

等我从老天文台回来，吕老师夫妇和妻子已经坐在院内的餐桌前。服务生过来介绍庄园的餐厅提供欧陆式和玛雅式两种套餐，问我要哪种。我毫不犹豫地点了玛雅式，再环顾一下其他三个人的餐盘，发现大家都是同样的选择。

奇琴庄园的入口

客房

在院内吃早餐（章敏　摄）

修道院街道每一个小镇上都可以看到的老教堂

　　"这么清静，就我们这两桌客人吃早餐？"我瞥了一眼在边上用早餐的另一桌客人说。

　　"服务生刚才也说咱们很幸运，几乎把庄园承包了。今天是星期五，有大批客人入住，晚上就该爆满了。"吕老师话里依旧带着几分得意。

　　即便不是吕老师做主，由我来安排，奇琴庄园也是首选。这不仅由于庄园宜人的居住环境，也出于它与奇琴伊察古迹之间的特殊缘分。庄园的土地本身就是古迹的一部分。1895 年，就是那位最早对圣泉进行水底调查的美国驻尤卡坦领事买下了包括大片遗迹在内的奇琴庄园，而后对令他着迷的奇琴伊察古迹进行了长达 30 年的考古发掘。古迹的修复是自 19 世纪 20 年代起由美国卡内基研究院和墨西哥政府合作进行的。

　　奇琴庄园虽难割舍，我们却还要赶自己的路。25 号这天我们的计划是先沿 180 号国道向西，然后折入乡间小道南下，经索图达和提阿波，中午赶到尤卡坦中部的小镇提库尔，再经过桑塔埃雷纳去走访两处载入世界遗产名录的玛雅古迹——卡巴和乌斯玛尔，天黑前赶到半岛西北部的城市梅里达。在 Fodor's 的专业导游书上，

教堂院内的风景

卡巴遗迹标有三把小铲子，乌斯玛尔是和奇琴伊察齐名的四铲古迹，而古城梅里达则是尤卡坦州的首府，西班牙人在半岛最早建起的殖民城市。

在我们驾车离开国道，向南折入叫不出名字的乡间小道后，全车人都为大家一致作出的这一选择而庆幸，因为小道送给我们一个原汁原味的墨西哥，让我们这些时间仓促的驾车旅行者看到了世世代代居住在这块土地上的玛雅后裔们的生活。

古代玛雅人的生活是以祝祭为核心展开的，深厚的信仰今天同样体现在他们的后裔身上，尽管羽蛇神已不再是至高无上的崇拜对象。在尤卡坦乡间旅行，人们会发现无论走到哪里，最宏大的建筑都是当地的天主教堂，其壮观和华美甚至让人感到与它们所处的古朴的村镇不相符。从提库尔到梅里达郊外的路享有"修道院街道"的盛誉，集中着16世纪后半叶到17世纪以弗朗西斯科修道会为首的宗教团体修建的老教堂。修道院街道浓缩着历经西班牙人征服与"教化"，古代玛雅文明毁灭后尤卡坦半岛的历史，散发着今天玛雅人生活的强烈气息。异常醒目的老教堂总是吸引我们停下车来走进去看看。星期五不是做礼拜的日子，教堂里大多只有我们几个造访者。参观400年前的文物不需付门票钱，甚至连管理员的影子也看不到。尽管从西班牙语的解说牌中能猜出的单词有限，静寂的礼拜堂、回廊、钟楼、祭坛、圣像，连同留在墙壁上的古老壁画都凝聚着人们深厚的信仰。

教会是信仰的象征，也是种族与文化对立、冲突的见证。16世纪后以弗朗西斯科修道会为首的传教者们为迫使玛雅人放弃传统信仰改宗，曾以教会为据点大量焚毁玛雅人的精神寄托——记载玛雅历史、神话传说、祝祭作法的故事画册和抄本，以及书写在兽皮上的表意文字，致使成百上千册玛雅古籍失传，仅有四册传世，即史上著名的"玛雅焚书"事件。位于修道院街道南段的小镇玛尼成了焚书最主要的舞台，天主教堂前绿草茸茸的广场就是当年迭戈·迪兰达神父大量焚烧玛雅典籍的地方。教堂本身也是16世纪拆除玛雅人的建筑，利用建材在原址上兴建的。宗教

玛尼镇16世纪修建的天主教堂，门前的广场是当年焚烧玛雅经卷的地方

及人种之间的积怨也曾使教会成为玛雅人仇视、憎恶的对象。19世纪中叶，尤卡坦的玛雅人发动反抗白人以及白人与土著人混血梅斯提索人的武装起义，半岛上的教会成了被攻击、占领的主要对象。今天在修道院街道的教堂里到处可以看到当年冲突留下的痕迹。开枪、开炮用的垛口，守城用的塔楼和逃生用的暗道等与教会原本的性质不相符的部分记录着玛雅人宗教文化生活中一段辛酸的历史。

玛雅人爱美。难怪初到尤卡坦的欧洲人盛赞这里的土著讲求礼仪，穿着考究，与他们刚"发现"美洲大陆时在西印度群岛等地看到的赤身裸体的"蛮族"大相径庭。今天在尤卡坦乡间旅行，沿途看到的玛雅后裔们，尤其是妇女们打扮得都十分整洁、入时。尽管2005年11月25日星期五并不是墨西哥什么

玛尼大教堂内部墙壁上残存的壁画

和玛雅后裔在一起

特殊的节日，人们无需盛装，妇女们穿得却都那么漂亮。白色的没膝连衣裙裹住她们微胖的身体，领口和裙摆绣着鲜艳的花纹图案，裙摆下方还饰有网眼花边。这样的穿着打扮无论是在小镇的广场上或教会的院子里，还是在人声鼎沸的集市上或匆匆赶路的行人身上都不难看到，堪称尤卡坦半岛的风物诗。尤其令人叹服的是即便是在科技发展各种纤维制品及服装款式充斥世界的今天，玛雅人仍然没有放弃他们的传统服装，而且穿得那么自豪，令人叹服这样的衣装穿在他们身上最合体最美。每当我们透过车窗看到路上身着传统服装的玛雅妇女时，都会情不自禁地回过头多看上几眼，并期待着能把她们摄入镜头。

　　在一个叫不上名来的小镇上，当我们从教堂走出来时，迎面走过来四位玛雅妇女，两位年纪稍大，两位年轻，领着一个五六岁的小女孩，一色的绣花白裙。我们欣喜地迎上去，靠章老师的西语单词和众人的手势征得她们的同意，拍几张照片。对方欣然允诺，落落大方地让我们拍照。在我们把这组画一般的玛雅老少摄入镜头之后，年龄稍大的一位又在冲我们招手，示意我们加入她们的行列，大家一起拍照。她的邀请令我们喜出望外。吕老师夫妇和妻子三人先站到她们身后，由我先拍下了

头顶玉米前往磨坊磨面的玛雅妇女

修道院街道沿途风景（吕晓波　摄）

这张八人的合影。不等我们向她们致谢，她们又在冲我招手，示意我也加入进来合拍一张。吕老师换下我，帮我拍下了这张被七位女性簇拥的纪念照。

我们谢过四位玛雅妇女和那个小姑娘，目送她们离去。小姑娘还不时地回过头来冲我们招手。

"这么热情、好客。"我不无感慨地说。

"对，而且看得出活得很自信，"吕老师接着我的话说，"笑得都很开心。"

他说的一点不错，远去的身着绣花白裙的她们背影都带着笑。

修道院街道充满了笑脸。从街头售货的小贩、为我们指路的教会员工，到放学后在街心公园聊天的女学生，人们友善的笑脸最能帮旅行者消除在大都会的人流中常会品味到的紧张感，也使我多次想起了库斯科的印加摄影师苏亚雷斯劝我深入尤卡坦乡间时说的那番话：丛林玛雅人的子孙和的的喀喀湖畔诚挚、友善的印加后裔极其相似。

修道院街道也是艺术的宝库。这里不仅有16世纪的老教堂和宗教壁画，人们还能看到艺术是如何深入墨西哥人今天的生活的。如果说玛雅人传统的雕刻艺术反映在尤卡坦小城镇街头、公园、广场的雕像上，国立人类学博物馆内色彩鲜艳的玛雅壁画则把它们的遗传基因转移到了半岛的许多公共建筑上。走在这里的街道上，深感玛雅人酷爱色彩游戏，用鲜艳的原色来装扮生活中的各种建筑空间，同时还经常可以看到建筑的一整面墙被彩图填满，成为供

和尤卡坦的中学生在一起

国立人类学博物馆中色彩鲜艳的玛雅壁画

修道院街道小镇上的农贸市场，墙壁被壁画覆盖

在小摊上买玉米

友好的玉米饼店店主

午餐的玉米饼

人们表达创作激情，一显身手的"画布"。这画布可以是一家商店或一所学校，也可以是一座住宅楼。

中午，当我们驶过一座小镇的农贸市场前，看到铺满市场外壁的壁画，感到它释放出的浓郁的生活与艺术兼有的气息时，一致决定停车不走了。

"咱们来它一顿尤卡坦美餐。"最积极的是章老师。我和吕老师对着壁画，议论起它让人想起曾经给纽约艺术界带来巨大冲击波的墨西哥壁画大师迭戈·里维拉。这工夫，章老师和妻子已从小摊上买来了玉米和煮花生。

"我们买了两种玉米。这黄色的玉米是直接煮了吃的，发黑的种类不同，小贩说煮的时候水里加了石灰，味道不一样，咱们都尝尝，这可是正宗玛雅原产。花生留到下午车上吃。咱们吃饭总晚。"

"太太，你也不能光用玉米就把我们两个壮劳力打发了吧，开了半天车了。"吕老师在发牢骚。

"往市场里走呀，这一顿用夹肉玉米饼犒劳你们。"

食品摊上中午最繁忙的时间已过。我们看了几家，在最令人垂涎的摊位前停下来。章老师上前询问女摊主可以做几种玉米饼，摊主难为情地向我们解释了一番，加上章老师的确认，大概可以理解她的四种商品中最受欢迎的牛肉已经卖完了。我们把剩下的猪肉、内脏杂碎和火鸡肉馅三种各要了四张，坐在摊位前的塑料餐桌上，就着当地产的芦荟饮料津津有味地大嚼起来。其间女摊主又端来一个盛着两张玉米饼的塑料盘放在桌上，告诉我们这是牛肉的，只够做两份的了，不收钱，送给我们尝尝。谢过她的好意，章老师还是把钱塞给了她。吃完玉米饼，我们又开始对比着品评两种不同的玉米。

修道院街道小镇上的路标，指明了普克之路和古城坎佩切的方向

　　"司机郑重地提醒各位时间并不富裕，下午还有两处古迹要看。两种玉米可以拿到车上去比较。"吕老师开始催了。

　　"下面这段路该我开了，你们可以慢点。"我率先啃完手中的黑黄两色玉米，边回味着口中、腹中和心中这难得的充实感，边背起了背包。所有人都知道现在填饱了肚子，接下去该是一饱眼福的时候了。镇上的路标写着"RUTA PUUC（普克之路）"的字样。"普克"在玛雅语中是"丘陵"的意思，在这里有特殊的含义，专指尤卡坦半岛中央丘陵地区孕育出的玛雅色彩极强的普克式样的文明古迹。盛行于 7 世纪初玛雅古典期的普克式样建筑以规整的矩形建筑布局，充满建筑物壁面的华丽的几何图案、羽蛇神等雕刻以及频繁

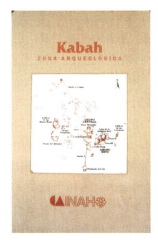

卡巴遗迹入口处的导游图

卡巴遗迹中心部分，典型的普克式样建筑群

卡巴遗迹主建筑群

使用的玛雅拱著称。

三铲遗迹卡巴距小镇半小时的车程。9至10世纪，卡巴作为乌斯玛尔的姊妹城市，在尤卡坦半岛拥有仅次于乌斯玛尔的规模，而今又与乌斯玛尔等其他三处普克式样的玛雅古迹一道于1996年载入《世界文化遗产名录》。遗迹被公路切割成东西两半，神殿等主要建筑集中在路东，路西则能看到玛雅拱门。

通常来这里的游人都赶在早晚两头入场，避开中午的烈日。由于时间有限，我们顾不得这些，用帽子、

宫殿的残垣

毛巾遮住头颈，顶着烈日走进了卡巴遗迹。和修葺一新的奇琴伊察相比，当年同样壮大的卡巴遗迹是一片散乱在绿草和树丛中的废墟，虽不工整，却能刺激人的想象力，在心中为残损的古城复原，从而再现它往时的荣华。古城卡巴的主题是玛雅人在石灰岩丘陵地带营生最需确保的水。填满主建筑壁面的350个雨神恰克雕像最充分地反映出人们对水的

官殿的外壁坍毁，可以清楚地看到
玛雅拱的结构

卡巴的宇航员雕像

祈求。仔细观察，可以发现恰克神的雕像有两种，鼻子向上翘的表
示祈祷神灵施恩，早降惠雨，朝下撇的表示对雨神的感谢。布满神
殿壁面的雕像看上去给我的第一印象是中国古代的青铜器，让人想
到这兴许是同为蒙古人种的遗传基因给人的想象力和创造力留下的
烙印。神殿北侧最上方有两尊残损的人物雕像，全身披挂，脸上有

神殿壁面填满了雨神恰克的雕像

烈日当头，连狗也躲进树荫避暑

刺青痕迹，小臂呈90度弯曲，以晴空为背景从下方望去，形似操纵飞行器的宇航员。想想千年玛雅古国里即便是国王和司祭也是将浅褐色的皮肤裸露在外，眼前"宇航员"这身不寻常的装束的确令人感到惊奇。难怪玛雅古迹中许多无法解释的文字符号和雕像总被当代人与外星人联系起来，卡巴的宇航员令我们首肯了这些猜测、想象。

卡巴遗迹的另一大看点是建筑学上独特的玛雅拱。地理上的隔断使源于两河流域的拱券建筑手法没有传入古代中南美，但玛雅人在自己的生活中推出了独特的拟似拱券——玛雅拱，为自己的建筑技术带来了新生。玛雅拱在卡巴和乌斯玛尔两大遗迹里使用得最集中，而在卡巴的应用要早于城邦联合的中心乌斯玛尔。大神殿的下层部分外侧已经坍塌，和位于公路西侧的拱门一道，为参观者提供一个欣赏玛雅拱建筑艺术的断面。

虽然时值深秋，半岛午后的烈日还是把大地晒得发烫，连在遗迹里戏耍的几条狗也都躲到树荫里养神去了。我们来不及歇息，跳上车在烈日下沿公路继续向北，赶赴20公里外与奇琴伊察齐名的四铲遗迹乌斯玛尔。

烈日下征服卡巴为我们走访乌斯玛尔迎来了一天中最佳的时间

段。下午 3 点过后，西斜的太阳光线开始变得柔和，将绿色的丛林映成一片浓黛，显得异常深邃，把白色石灰岩建筑染成淡黄色，看上去更加和煦。

到过奇琴伊察后再来乌斯玛尔的人都会感觉到尤卡坦半岛两大玛雅文明古迹之间强烈的反差。以征战见长的血色的玛雅·托尔泰克文化赋予奇琴伊察阳刚与坚毅，靠协调周边城邦迎来繁荣的普克文化则给乌斯玛尔带来了女性的温柔与包容。集中体现这

乌斯玛尔遗迹内世界文化遗产的牌子，上面还刻有卡巴、萨依尔、拉布纳等普克式样玛雅古迹的名字

种反差的是乌斯玛尔的象征——"魔法师金字塔"。传说巫师用鸡蛋孵出一个小人，小人一夜之间筑起了这座 38 米高的大塔。实际上，巨大的塔身是自 8 世纪到 11 世纪的 300 年间依次建起的五座神殿的累积。大塔雍容、典雅的外观一眼望去就和我们上午在修道院街道遇到的玛雅妇女的形象重叠在了一起。在众多的玛雅遗迹中，魔法师金字塔的塔身不同于它者，是用圆形的小石块堆砌而成的。面

魔法师金字塔女性化的外观

方形修女院建筑群外观

西的正面阶梯从底层到顶上都雕饰着雨神恰克像。118级石阶通往顶上的神殿，神殿的外壁填满了雨神像。金字塔内部还隐藏着四座神殿，其中一号神殿出土的从蛇口中探出人头的"乌斯玛尔女王像"展示在国立人类学博物馆的玛雅展厅内。遗憾的是出于保护文物的考虑，大塔的石级已禁止攀援，游人只能在塔身下仰望塔顶。

乌斯玛尔古建筑群中的经典之作是位于魔法师金字塔西侧，被称为"方形修女院"和南侧的"总督府"的两组普克建筑群。方形修女院由四座长方形建筑围成院落，内部建有无数间小居室，有人推测是当年修女居住的地方。它体现出浓重的普克建筑特色，外壁

方形修女院建筑
外壁的羽蛇神雕像

方形修女院内部

从玛雅拱外侧眺望
方形修女院内的庭院

布满了雨神恰克和羽蛇神库库尔坎的雕像。尤其是顶部带羽翅的库库尔坎像与奇琴伊察的羽蛇崇拜如出一辙，反映出尤卡坦中部丘陵地带的玛雅人深受托尔泰克文化的影响。建筑群南侧中央的大玛雅拱构成庭院的出入口。从南墙外侧通过拱门眺望庭院内侧，是欣赏方形修女院建筑的绝佳视角。

总督府是乌斯玛尔遗迹中最宏大的建筑。玛雅人在长 150 余米、宽 180 米、高 12 米的基座上建起了三层平台，台上建满了方形房屋，其中最大的宽 18 米，纵深 5 米。

总督府外观，远处是魔法师金字塔

总督府建筑群基座上的文
字符号装饰

大蜥蜴成了古迹的主人

关于这些房屋连同整座石构建筑群的用途并没有定论。由于建筑宏伟而典雅，具有非凡的品位，有人推测这里不是行政机关，就是贵族的住居，因此冠上了今天的名字。建筑群中的压卷之作是东侧建筑正面用两万多块石材雕刻、打磨成的恰克神像、雷纹和带头饰的人物像。建筑群西北角上一所独立的石屋，由于有神龟的雕刻被命名为"龟屋"。今天这里没有乌龟的影子，尤卡坦的古迹中时常出现的大蜥蜴成了龟屋的主人。

在斜阳中登上位于遗迹最南端的另一座大金字塔，每个游人都会为眼底的奇观咋舌。这里的植被似乎较之奇琴伊察茂盛。举目望去，右手一侧已经修葺的魔法师金字塔、方形修女院和总督府掩映在无尽的葱郁之中，左手一侧是未经修复的"南神殿"和一组不明正体，取名"鸽子窝"的建筑，废墟的残缺美似乎跟万古不易的树海更协调。而置身于大塔顶端的人则感到自己的身体和灵魂像鸟一样在无边葱茏之上翱翔，并渐渐在树海中消融。我又一次体会到玛雅人为什么要在莽丛中建造拔地而起的金字塔，在塔顶获得精神的永生。

"咱们今天就住这儿，不走了！"吕老师的话是出于对乌斯玛尔绝景的赞叹。刚才在爬上大塔之前还催大家抓紧时间，切莫忘记傍晚要赶到梅里达的也是他。

"小红，晓波，你们不是晕高吗，现在怎么没反应了？"章老师在开妻子和吕老师的玩笑。此行四人是一组有趣的组合，妻子和吕老师二人恐高，爬金字塔时不敢回望，我和章老师则是非高不去，两类人对高度的反应判然不同。

"你们看总督府里的龟屋，再看咱们左边的鸽子窝。二位恐高的属于'龟派'，我们恐低的是'鸽派'。"章老师在乌斯玛尔遗迹中为两派分别冠上了贴切的名字。

"谁说我们龟派晕高，这不是上来了吗？"妻子愤愤不平地说。

"有本事你来来这个。"我说着走到塔顶的边缘，一只脚站在塔边，一只脚悬空，伸开两手向两个"异类"挑战。其实悬空的脚下就是陡峭的石阶，只是不走到塔顶的边缘看不到。

"这有什么了不起的，来来就来来，别以为就你们鸽派行。"吕老师谨慎地走到塔边，用右脚站稳，小心翼翼地抬起左脚，并伸出两臂保持着平衡。样子是做出来了，

鸽子窝建筑，当年的用途不明

但他的重心一丝一毫也不敢往石阶一侧倾斜，稚拙的样子令鸽派发笑。妻子也仿照他的样子在塔边做了平衡动作，单腿支撑的时间不超过一秒。尽管如此，今天龟派的表现已堪称奇迹。我们在议论为什么直到昨天还晕高的人在乌斯玛尔会有这么大的突破。结论是这里的环境缓解了人们神经的紧张，让人从心里萌生一种希望融入自然的愿望。和自然的距离缩短了，和恐惧的距离也就拉大了。

"二位神龟不是不怕吗？那你们再来来这个。"我走到塔边，又跟他们叫板，像高台跳水运动员一样

融入玛雅的树海（章敏　摄）

梅里达市中心用宫殿改建的旅店

用脚尖支撑体重，脚跟悬空，背对着树海，身体向塔下倾斜，伸开双臂，仰面向天，继而闭上了双眼。

高台上爆发出鸽派和龟派的欢笑。章老师让我多坚持一会儿，帮我拍下这个在塔顶背对丛林的镜头。我闭上双眼，在她按下快门后许久也没有睁开，静心享受着融入玛雅树海的恍惚感。

赶到尤卡坦州首府梅里达时，天已经完全暗了下来。

梅里达在中南美殖民史上是一座重要的城市。继科尔特斯 1522 年征服阿兹特克王国，皮萨罗 1532 年征服印加帝国之后，效仿者们步其后尘，争相在美洲扩大自己的势力范围，到 16 世纪后半叶，已完成了对美洲大陆绝大部分地区的殖民统治。相形之下，尤卡坦半岛的玛雅城邦全部沦为殖民地要比这晚上百年，半岛内陆地区最终被西班牙人完全支配是 17 世纪末的事情。在西班牙人完成了对中美、南美大部分地区的征服，建立起完整的支配体系后，回首开始对尤卡坦玛雅人世界的渗透，但在无边无际的莽林中遭到了顽强的抵抗。弗朗西斯科·蒙特霍自 1527 年起，8 年期间两次征讨尤卡坦半岛均遭败绩。子承父业，20 年后他的儿子又花费了 10 年时间，试图将势力渗透到半岛中部，但在玛雅人的顽强抗战下，仅勉强在半岛的最北端建起了殖民点，即梅里达和半岛西部的海港城市坎佩切。梅里达市中心今天还保存着当年征服者蒙特霍居住的宫殿。

吕老师预订的旅店就在市中心尤卡坦半岛最大的天主教堂边上，是由一座宫殿式的古建筑改建的。办过入住手续，在房间里放下行囊，我去车库停车的工夫，吕

梅里达州政府大楼广场前仪仗队在升旗

老师夫妇已经找好了晚餐的餐馆。

一个加拿大人向我们推荐了一家墨西哥餐厅，离这里不远，味道纯正，价格也不贵。谁也没有异议。午餐后只吃过一点花生，所有的人肚子都在叫了。

餐厅从旅店步行一刻钟。在这里，我尝到了有生以来最辣的辣椒。餐厅服务生和主菜一道端上来四种佐餐调料，嘱咐我们几个外国人适量选用，尤其是其中一种切成环状的浅绿色辣椒酱超辣。妻子自恃体内流着四川人的血，第一个上去挑战，结果辣得潸然泪下。

尤卡坦的辣椒辣得人流眼泪

我劝她别给四川人丢脸，边奚落她，边用盘里的牛肉蘸过那超辣调料送到嘴里，嚼着觉得还可以对付，便开始炫耀起自己吃辣椒的经历："一次在东南亚旅行时在菜单上看到一道菜，名叫'火焰般的舌头'。我还以为是辣椒炒牛舌之类的，想试试，就要了一份。等端上来一看，才知道是红辣椒炒绿辣椒，火焰般的舌头意思是让挑战者的舌头变成火焰，那味道才辣呢。"话没说完，忽然感到嘴里在变，剧辣从舌尖开始变成疼痛，再转到剧痛，迅速扩展到整个口腔乃至食道，牵动着胃部都在收缩。

我意识到自己大话说过火了，既无法收回，又无法消除难言的痛苦。吕老师夫妇的表情也由欢笑变成关切，再转为担心。他们为我要来冰水也救不了急。我不得已，狼狈地吐出舌头浸泡在冰啤酒里，期待啤酒里的碳酸气泡能为我火焰般的舌头降温。

看看冰啤酒勉强镇住了燃烧起来的舌头，吕老师的表情才缓和下来，问我："怎么样，跟你东南亚火焰般的舌头比，哪个更火？"

我从冰啤酒里抽出舌头说："我算是领教过什么是真辣了。这也难怪，要说吃辣椒，拉美才是本家。"

章老师也在对着擦眼泪的妻子开玩笑："四川辣妹感想如何？"

"不行，估计真正的辣妹在拉美！"

她倒好，擦着眼泪还有闲心开玩笑。我冲她吐吐舌头，又连忙把刚抽出几秒钟就迅速升温的火舌浸泡到冰啤酒里。

玛雅网国

11 月 26 日是这次旅程中时间较充裕的一天。我们上午离开梅里达，沿 180 号国道南下赴港城坎佩切，大约三小时的车程。古城坎佩切是坎佩切州的首府，西班牙人最早在尤卡坦半岛建立殖民据点的地方，完整地保存了殖民时代要塞城市的建筑，1999 年被列为世界文化遗产。

在接近坎佩切城之前，我们向东南拐了个弯，沿 261 号国道去看一处三铲遗迹埃兹纳。遗迹规模跟前一天走访过的卡巴相仿，虽未被列入世界遗产，却曾是半岛西部的一大宗教、文化、经济和水利中心。虽然这一天是周末，广大的遗迹里却除了我们再没看到其他游人。遗迹只有被称为"中央卫城"的部分被清理出来，其他大部分依旧被<u>丛</u>莽遮盖。中央卫

从五层金字塔上眺望尤卡坦树海

埃兹纳的中心卫城既是宗教祭祀活动，又是庞大的治水工程的核心

城的核心部分是一座建在 40 米高的五层基座之上的主神殿，也称五层金字塔，功能与奇琴伊察的库库尔坎金字塔、乌斯玛尔的魔法师金字塔一样。这是我们进入半岛以来看到的第三座大金字塔，连同以前在墨西哥城郊外特诺蒂瓦坎遗迹攀登过的太阳金字塔和月亮金字塔一道，向我们展示了墨西哥中央高原文明和半岛的玛雅文明之间的连带、承接关系，同时也让人看到了金字塔状的神殿建筑在不同亚文化圈的变形。

　　埃兹纳遗迹有一个我们肉眼不易捕捉到的奇观，即以中央卫城为核心构筑的治水工程。这一地区地处半岛西部的低地，年降雨量相当大，并且集中在 6 个月的雨季。抗洪的需要使玛雅人的治水技术高度发达。他们开挖了 31 公里长的运河和 27 座蓄水池，以神殿所在的中央卫城为制高点，利用放射状分布的庞大的水利设施排放并储存、利用雨水，造福于这一带网状分布的众多城邦。在低地附近 150 个地点进行考古发掘的结果显示，埃兹纳治水工程的大部分始建于公元前 150 年前后，进入 7

墨西哥城郊外特诺蒂瓦坎的太阳金字塔是全墨西哥规模最庞大的（公元1世纪）

世纪的玛雅古典期后又增建了灌溉设施，使地势低、降雨量大、容易出现洪暴的低地变成了农业生产的宝地。今天的专家们测算要兴建如此庞大的土木工程，以每天投入200个壮劳力计算，需要花却55年的时间。如此广域的水利工程也不会是埃兹纳一个城邦所为，而注定是周边城邦同心协力的结果。

登上五层金字塔的顶层，我试图去想象雨水从这处制高点汇集到四通八达的渠塘网汉后流向四方的景观，遗憾的是旱季的烈日和将大地裹得严

科巴遗迹的金字塔（公元6~8世纪）

奇琴伊察的库库尔坎大金字塔（公元6~9世纪）

乌斯玛尔的魔法师金字塔（公元7~10世纪）

埃兹纳的五层金字塔（公元10世纪）

严实实的丛林并不容我把玛雅人创造的这一奇观看得更真切，更明白。然而，无边的绿海能让人静下心来，去思考裸露在我眼下的看得见摸得着的古迹和被丛林遮盖、充满不解之谜的玛雅文明所具有的不同寻常之处。

在世界各大古代文明中，玛雅和印加文明相似，走过的是一条与亚欧大陆的古代文明截然不同的发展之路，它们赖以产生、发展的环境完全摧毁了我们心中大河文明的常套。玛雅文明没有铁器，不使用畜力，没有车轮，繁衍于中美的莽林中。玛雅人在中美特有的气候、风土中巧妙地利用严酷的自然环境，创造出辉煌的古代文明，尤其是他们在雕刻、绘画、城建和天文学上的成就令人瞠目。玛雅人有自己的文字符号体系，包括埃兹纳遗迹在内的玛雅古迹中的建筑大多被各种文字符号、壁画和雕刻填满。

由于玛雅的文明古迹散落在中美的丛林之中，没有像大河文明那样连成线，构成片，人们时常将它描述为"点"的文明。同时，树海中霍然耸起的金字塔，在达到繁荣、兴盛的顶点后有一天突然被遗弃的城市，填满每一处建筑空间的奇特的文字符号、几何图案和雕刻……人们由于很难将有关玛雅的一些零散的既知信息统合

西班牙人建设的要塞城市坎佩切，从它的圣卡洛斯城堡眺望大教堂

起来，绘出一幅完整的图画，便为它冠上了"神秘文明"、"未知文明"、"谜一般的文明"之类的称呼，甚至将它与未知的宇宙太空结合起来，用"外星人的后裔"这类词语来描述玛雅人，使丛林中的玛雅古迹频繁成为科幻片及探险故事的舞台。

然而，形似来无影去无踪的玛雅文明并非从天而降。玛雅人也是 1.3 万年前经过白令海峡进入美洲大陆，和我们同宗的蒙古人种的一支，把中美的密林作为生存、发展的舞台，形成众多部族。令人意外的是人类学上并不存在玛雅这一特定的民族集团。玛雅是对使用玛雅语族中三十多种语言的中美原住民族的统称。他们并没有形成我们意识中的国家，而是分别建设自己的城市，同时建立了相对松散的城市间的网络，并凭借这种网络关系相互作用，相互影响，共生共荣。古城埃兹纳和以它为核心的庞大的治水工程也充分印证了这一点。因此，玛雅文明最不同寻常的亮点在我看来就在于这片土地上并不存在一个玛雅王国，更不存在领土国家，而是分散的城市的集合体，是不折不扣的玛雅网络，或称"玛雅网国"。最新的人类学研究成果表明玛雅城市之间连带之紧密、交往之频繁远远超出今人的想象。密切的交往

城墙面海一侧黄昏景色

为每个"网民"带来繁荣。网络型组织的特点在于每个成员分担整体的部分功能，不同于集权体制，即便某一个成员出现故障，整体也不致遭受毁灭性的打击。这种构架换得网国千百年的稳定与荣华。

黄昏的坎佩切市街

由网络带来的繁荣也构成了日后衰落的隐患。研究玛雅城邦衰落的主流学说认为交往所带来的繁荣加大了各个玛雅城市，特别是埃兹纳这样的中枢城市的人口密度，致使城市各方面的功能都承受不住巨大的压力，最终破裂。而整个网国又像今天的计算机网络一样，一旦中枢被毁，顷刻之间波及每个终端，造成玛雅人有一天突然遗弃掉历经千百年荣华的城市，在丛莽中销声匿迹。眼前的玛雅遗迹在用无声的语言传达着古代文明对今人的启示。

黄昏，我们抵达了港城坎佩切。濒临墨西哥湾的这座城市是西班牙人在墨西哥最早构筑的要塞。1540年弗朗西斯科·蒙特霍占领了这处原本是玛雅部族的首府后，西班牙人将它改建成了全墨西哥屈指可数的商港。同时，为了防范海盗的频繁来袭，他们自1686年起用18年时间修筑了坚固的城防和要塞。这些建筑大多被完整地保留下来。今天坎佩切的古城墙、堡垒、教堂、市政厅等公共建筑以及民房都统一在殖民地时代的建筑格调中，市街整洁、安静，没有昨天到访的大城市梅里达那种嘈杂，正适于旅行者在途中

市内夜景

入夜，坎佩切大教堂广场灯火通明

在广场边的老酒吧干一杯龙舌兰酒（章敏　摄）

小憩。

晚饭用墨西哥湾的鲜鱼打过牙祭，吕老师提议找个地方喝一杯。我们选中了中心广场南侧老建筑二层的一家酒吧。临街的座位可以俯瞰广场和行人，背后就是被灯光映照的坎佩切大教堂。

店员拿过酒单，我们四个人一致赞成大家各来一杯"tequila"——享誉全球的墨西哥龙舌兰酒。"我们有不同种类的龙舌兰酒，"店员指着酒单介绍，"有46度、48度、52度和56度的，各位想要哪一种？"

"要56度的。"吕老师只用眼神跟我们商量了一下。

"女士们也一样吗？"

"一样！"女士们回答得更痛快。

"你们肯定吗？"小伙子顽皮地冲我们挤挤眼，见没人动摇，又介绍说，"墨西哥有一种喝法，由我们店员用壶从空中往你嘴里倒。"

"那个就不用了。"妻子机警地摇摇头，等店员回身走了，跟大家说起她们在纽约的墨西哥餐厅里为同学过生日时，几个女生曾中过圈套，被店员用酒壶灌过，并支付了意想不到的酒钱。

"咱们又不是过狂欢节，只是为了享受一下这里的气氛嘛。"章老师也说。

店员用托盘端来一瓶酒和四只瘦长的玻璃杯。他为每人倒上一杯，说："墨西哥最好的龙舌兰酒，各位知道怎么喝吗？"

"听说要舔着咸盐喝。"

"对，我们这样做，"店员拿起桌上装盐的佐料瓶，将盐倒在手背上，再送到嘴里，又做出个仰头痛饮的样子，"这就是正宗墨西哥式喝法。祝你们喝得高兴。"

学着他的样子舔一点盐，品一口酒，比二锅头一点也不弱的烈酒把强烈的刺激留在口腔和食道黏膜上。

"跟昨晚的辣调料一样，这儿的东西味道怎么都那么冲，"我哈着热气给口腔降温，"按说尤卡坦的人和景物都挺温柔的，怎么单单饮食这么刺激？"

"也不是，乌斯玛尔和埃兹纳看着温柔，奇琴伊察怎么样，血腥味儿多重。气候也是，现在觉着挺温和，来飓风的时候呢？等咱们到坎昆看看就知道了,听说很惨。"吕老师指的是一个月前飓风"威尔玛"在坎昆登陆给那里带来的危害。

"幸亏只捎着半岛东北边儿，除了坎昆没伤到别的地方，要不就更惨了。"吕老师接着说道。

"对，其实这是个跟自然灾害缘分挺深的地方，"我呷了口酒，吐出热气说，"有的真是从天而降。导致恐龙绝迹的那颗巨大的陨石就掉在了尤卡坦半岛，深深地埋在地下，听说科学家已经钻出了岩石标本。想想玛雅文明就建立在这大陨石坑上，是不是有一种很奇妙的感觉？难怪人们总爱把它和外星人绑到一起。"

"哎，别想那么远了，还是好好感受这里的气氛吧。"妻子指着身后被灯光照得雪亮的坎佩切大教堂说。

第二天我们照例起了个大早，转遍了古城的每一个角落。头一天由于是傍晚进城，没能察觉古城令人着迷的另一大要素——色彩。城里的建筑不仅布局规整，保持了传统的式样，还被涂上了各种鲜艳的颜色，在朝

坎佩切的早餐：玉米饼加煎蛋，浇上番茄汁

城墙内侧

从陆门眺望市内

阳的映照下五彩缤纷。让人称奇的是尽管这里的居民如此大胆地为建筑涂上了颜色，但映在游人眼里却非但丝毫不低俗、唐突，反而赏心悦目。

我们没敢耽搁。11月27日是这次自驾游中移动距离最长的一天，要跑400多公里的路，目标是半岛东部加勒比海之滨玛雅文明晚期的遗址图伦古城，是玛雅人最后的都城。坎佩切州南部接近危地马拉国境的丛林里有著名的卡拉克穆尔遗迹，距坎佩切市大约200公里，但出于两种考虑，没有把它加进行程。一是路况越往南越不好，二是治安上也有一定的风险。南部历来是毒品交易集中的地区，政府的搜缴部队和毒品贩运者之间的冲突时有发生。而东线图伦古城的历史和规模虽然都不及卡拉克穆尔，却是玛雅文明晚期的著名古迹，并且距离我们此行的终点坎昆仅两个小时的车程，便

坎佩切街景

清晨：坎佩切城墙面向陆地的一侧

图伦古城中绘有宗教壁画的小神殿

于有效使用剩余的时间。我们先向北走一段回头路，然后横穿半岛，最后汇入半岛东端的国道北上，目标是下午5点之前赶到图伦。导游书上写明：图伦古城公园的大门开到下午5点钟，黄昏的景色美不胜言。

坎佩切向东的公路上已经能够嗅到一些异常的空气。前一天由于是在傍晚赶路，没有人注意到沿途荷枪实弹盘查过往车辆的士兵，白天他们的出现给依旧乏味的干线公路带来紧张感。这种气氛随着我们北折开始转缓，渐渐又恢复了缺乏起伏变化的枯燥景观。我们没在沿途的城镇停车，一心赶路，因为每个人的脑子里都在描绘一幅背负青天、耸立在海滨峭壁上的图伦古城的画面。

下午4点半钟，我们赶到了古城的入口，却被公园的管理员拦在了门外，理由是时间已晚，不再放人了。

建在断崖上的海神神殿

大宫殿遗址正面

我们指着导游书据理力争："书上明明写着 5 点关门，为什么不让进？"

"因为我没法保证你们按时出来。"把门的职员爱答不理地说。

"你想想我们是从坎佩切赶了一天的路跑来的，多不容易。"

"那没办法。要是放你们进去，别人怎么办？"他指指和我们一样被挡在门外的游客。他们当中估计有不少是根据和我们同样的信息赶在黄昏来看古城的。"明天再来吧。"管理员不动声色，一副理所当然的样子。他说得轻松，我们却要被他的顽固打乱本来就非常紧张的旅行计划。

"走，咱们别在这儿耽误工夫了。"我边说边邀大家沿着城墙往南走，因为地图上标明图伦古城有多处入口，其中有两处就在我们刚刚开车经过的公路右侧。我不相信他们会把所有的入口全部封上。

我的直觉没有错。绕过城墙西南角的瞭望塔向东走，南城墙的入口是敞开的。带着侥幸换来的喜悦走进城墙内，我们先奔图伦古城的标志性建筑——海神神殿。

图伦古城不负横穿半岛长途跋涉而来的游人的期待，海神神殿就像我们在心中勾画的一样，背负碧海青天，耸立在滨海的峭壁上。公元13世纪，玛雅人走出丛林，开始向大海谋求新的生路。他们在陆地的边缘筑起了这座受托尔泰克文化影响的新型城市。古城南、北、正西三方筑有城墙，东临加勒比海。坚固的城防取代了从前保护玛雅人的丛莽，海上贸易成了新的谋生手段。

1502年哥伦布率船队第四次，也就是最后一次航海时就曾在今天的洪都拉斯沿岸邂逅乘坐独木舟从事海上交易的玛雅人。西班牙人惊奇地发现玛雅人远不同于他们在加勒比海岛屿上见到的土著。他们穿着讲究，注重礼仪，船上载有铜器、陶器、木器和印花布匹等丰富的交易品。1511年，一次偶然的海难事故使西班牙人首次登上了尤卡坦半岛，映入他们眼帘的就是壮观的要塞城市图伦，和他们此前在西印度群岛和中美地峡看到的当地建筑截然不同。西班牙人惊叹道：城市的精美程度足以和老家塞维利亚媲美。

这次海难事故还留下一个在墨西哥家喻户晓的故事。当年漂流到尤卡坦半岛的18个西班牙人，包括两名妇女，或死于饥饿和疾病，或成了和玛雅人冲突的牺牲品，最终只有两人——阿基拉和格雷罗幸存。两人都被玛雅人俘获，在玛雅部族里生存下来。格雷罗归属的就是支配图伦的部族。他后来因为战功卓著，被提升为将军，并迎娶了玛雅女子为妻，生下三个孩子，即墨西哥最早的白人与土著的混血——梅斯提索人。1519年埃尔南·科尔特斯率军征服墨西哥时在与图伦隔海相望的科祖梅尔岛集结部队，根据探马提供的信息找到了阿基拉，让他以参谋的身份随军远征。阿基拉归降了西班牙远征军。科尔特斯又命他拿着自己的亲笔信去找格雷罗，劝他回归西班牙教会，并和阿基拉一样，利用懂得当地语言、熟悉玛雅社会的条件为西班牙国王效力。阿基拉屡次登门做说客都没能说服格雷罗。史料记录格雷罗是这样回绝阿基拉的：

> 阿基拉，你知道我已经娶妻成家，现在有三个儿子。我是我部族的领袖之一，是带兵打仗的指挥官，所以我劝你死了这条心。你再看看我的脸，上面刺了青，耳朵打了孔。你想想看，今天的我怎么可能再回到西班牙人面前？

阿基拉和格雷罗最终分道扬镳，各为其主。阿基拉跟随科尔特斯的远征军去征服阿兹特克，还立下了军功，格雷罗则一生没有离开他的玛雅部族。西班牙人记录了他足智多谋，巧妙地与试图向尤卡坦半岛渗透势力的西班牙军队周旋，使玛雅文明在阿兹特克和印加两大王国相继灭亡之后还能得以维系，延缓了西班牙人支配尤卡坦半岛的进程。1535年西班牙人大规模入侵尤卡坦半岛的军事行动首次得手时，格雷罗所在部族的酋长命他率 50 艘木舟组成的船队火速赶往今天的墨西哥和洪都拉斯国境附近阻击北进的西班牙军。格雷罗在那次战斗中死于祖国西班牙军队的枪弹。

在阿基拉和格雷罗的故乡塞维利亚，人们盛赞阿基拉历尽艰辛也不放弃宗教信仰和对国王的忠诚，最终回归祖国，而鄙夷格雷罗与拿活人做牺牲品祭神的蛮族为伍，以祖国为敌。而在墨西哥，人们对这两个人的评价完全相反。阿基拉被斥为协助殖民者残杀阿兹特克人的罪人，而格雷罗则是不畏强暴，为了正义和侵略者浴血奋战，视死如归的英雄。

图伦古城作为玛雅人最后的城塞，是 500 年前的这段历史的见证。然而，玛雅人构筑的要塞却从未被用为军事设施来保护玛雅人自身的安全。它唯一一次作为军事目的使用是在 1847 年尤卡坦半岛爆发反抗白人统治的种族起义时，而那次进驻要塞的不是玛雅义军，而是派来镇压他们的政府军。

夕阳中漫步在玛雅最后的城邦，追忆玛雅人由莽林走向大海、玛雅文明从兴盛转入衰落的历史，我感到奇怪的是支配自己情感的并不是怜惜与愁伤。凝重的古城与激昂的涛声奏出的是明快的主旋律，催人摆脱历史的纠结，去看我们这一路看过来的充满活力的玛雅人。

吕老师包办的此行最后两宿的住处在坎昆和图伦之间的普拉亚德尔卡曼。小城市拥有比坎昆毫不逊色的蓝天、碧海和白沙滩，却能避开大都会的喧嚣。距坎昆仅 65 公里的距离使它幸运地躲过了飓风威尔玛。这里除图伦古城外，周围还分布着科巴、艾尔雷伊等小规模玛雅遗迹，哪一处都不超过一小时车程。在白沙滩上晒足了太阳，我们就去探访大都会坎昆。

中美最大的度假城市每个角落都留下了飓风威尔玛的爪痕，令人触目惊心。暴风掀掉了泻湖边最著名的海鲜酒楼的顶盖，打碎了数十家度假酒店的几乎每一块玻璃，还上演了独特的"帽子戏法"，把凯悦大饭店的标记"HYATT"变成"HAT"，使其更名为"帽子饭店"，甚至卷走了海滨的白沙，使沙滩夷为岩岸。飓风当然也驱走了往日摩肩接踵的游客，二十里长滩满目萧疏，一片凄凉。

然而，威尔玛没能卷走的是玛雅后裔们的乐观与自信。在帽子饭店海滨的"岩"滩上，我们遇到了胡里奥——在残破的酒店里留守的职员。他个子不高，深褐色的皮肤，微胖的身体，一眼就能看出血管里流着玛雅人的血。见我们站在空旷的海滨，他主动过来打招呼。

"Amigo！"墨西哥人习惯用"朋友"来称呼陌生人，这样可以一下子缩短和对方之间的距离。

"你们好，从哪里来？"胡里奥一口流利的英语。

科巴遗迹的金字塔

普拉亚德尔卡曼的海岸

这里没有大规模度假海滨的喧嚣

古迹面临恣意生长的植物的威胁，令人想起吴哥的情景

"中国。"

"噢，中国，好远呀，朋友，欢迎你们。"他露出半岛上到处可以看到的笑脸。

"中国人，在纽约上学，到这里来旅行。"我解释说。

"胡里奥，"他报出自己的名字，主动跟每个人握过手，脸上现出遗憾的神色说，"真抱歉，不能让你们看到一个美丽的坎昆。"

"我们也很痛心，坎昆受这么大的灾。酒店都停业了吗？"

"都停了，整整一个月了。你们可以看到，连海滩上的沙子都卷跑了。"他无可奈何地说，但并不沮丧，马上恢复了笑脸，问起我们住在哪里。

"普拉亚德尔卡曼。"

"那里也不错，目前可以说是最好的选择，不过没法跟坎昆比。你们打算在那里住多久？"

"两天。"

"那好，你们可以先去奇琴伊察、乌斯玛尔，看尤卡坦中西部的景点，然后再回坎昆，就住我们酒店。我们下周就恢复营业了，是全坎昆第一家。"胡里奥自豪地介绍。

"中西部我们已经去过了，坎昆是最后一站。两天后就要回去，学校开学了。"

"噢，那来不及了。我没想到你们先去了奇琴伊察，一般游客都不这么走。"

"对，我们酷爱你们玛雅的古迹，所以就优先半岛中西部了。"

"桑塔埃雷纳去了吗？那是我老家。"

"开车经过了，印象很深，景观好，人更好。"

听到对他家乡的夸奖，胡里奥笑得更自豪了："东岸也有不少古迹，虽然规模没有那么大，但都比较集中，也容易去。图伦、科巴去过了吗？"

"昨天去了图伦，打算明天去科巴。"吕老师回答。

"还有艾尔雷伊，就在

威尔玛留下的爪痕，坎昆浅滩边最有名的海鲜餐厅变成了这个样子（吕晓波　摄）

凯悦大饭店的牌子受损，"HYATT"变成了"HAT"饭店

与胡里奥——
我们的尤卡坦巨星
在一起

这长滩上一家酒店的院子里,开车过去10分钟。整个遗迹都被蜥蜴占领了,"他停停,又遗憾地说,"这次没有办法了,欢迎你们下次再来,住我们酒店,好好享受坎昆。我们会尽力,坎昆马上会复活,变得更好。"胡里奥像我们一路上遇到的玛雅人一样,说得自信,笑得开心。

　　"来,大家合个影,留个纪念吧,"我建议说,"下次再来坎昆肯定不是这个样子了,岩石又会变成白沙滩。"

　　"好,让我来给你们照。"胡里奥热情地要来接我手中的相机。

　　"不,一起来,这照片里不能没有你。"

　　"哈哈,那我成大明星了。"

　　"你本来就是我们的大明星,尤卡坦巨星。"五个人大笑起来。

　　我端起相机,在玛雅人的笑脸上聚焦,背景是远方的坎昆角和尤卡坦千百年不变的碧海、蓝天。

后 记

从 12 年前写第一本游记到今天，由于多年没动笔写正经东西，手早就生了。

启发、鼓励我将旅行的经历整理成书，与读者们共享的是社会科学文献出版社的社长谢寿光、总编辑杨群和设计总监孙元明。一年前我拿着旅途上的手迹和图片资料找他们咨询时，他们热情地建议我用好这些素材，选定一个我自己最愿意写的题目，做一本图文结合的新游记。在其后的执笔过程中，我又多次向他们讨教。他们的激励与指导唤起了我的勇气和耐心，使我能用工作之外并不充裕的时间，持之以恒地把文字部分写完。

在结合文字内容选用图片的过程中，我又和孙元明总监、吕晓波教授、章敏老师以及北大国际关系学院的毕业生现在南美工作的谭瑾同学多次协商。他们不仅为我提出了许多宝贵建议，还贡献了珍贵的照片，弥补了我在图片上的不足。从这个意义上说，本书不折不扣是集体创作的产物。

在编辑阶段，我得到了孙元明总监和陶盈竹编辑的全力支持与帮助。他们带给本书的远非一般性的建议与思考，更宝贵的是在丰富的工作和生活阅历中，包括旅行经历中积累起来的感性与才思。他们的奉献为本书增色。

撰写本书的过程同时又使我有机会重新就一个老问题做些新思考：耗费偌大的精力、财力和体力去旅行，旅行者在追求什么？换句话说，旅行对人的吸引力究竟何在？常见的答案是开阔眼界，增长阅历，丰富自己，而这些话再深挖下去又有什么内涵？

在我看来，旅行对人最大的吸引力在于有意外的发现，并使人从中获得感动。每个踏上旅途的人都是在有意识地摆脱日常生活的束缚，寻求一种平素得不到的体验。旅行者通过使自己置身于一个非恒常性的环境之中而获得意外的发现，引起感动，并就其进行独特的思考。体验的意外性越大，感动和思考也就越深。一次旅行结束后，人们最留恋的往往是那些最意外、最离奇的经历和见闻。不仅欢乐、美好的东西，连旅途上体验到的苦楚、孤独，遇到的麻烦也会成为有价值的收获。英文中"旅行（travel）"一词的语源是拉丁文的"trepalium"，意为"艰辛""患难"。旅途上充满了周折与磨难，把它们连缀起来就是旅行。古人早给旅行下了再恰当不过的定义，探讨旅行的收获首先也应该从这里开始。

旅行既是和他人，也是和自己漫长的对话。它不仅带人通过意外的经历去发现、认识世界，也使人去发现、认识自己。因此，面向世界的旅行同时也是走向自己心灵深处的心旅。有不少体验只有在一个人把自己送上旅途，亲历了旅途上的事情后才会获得，并在获得它们的同时发现一个新的自我。斯里兰卡尼甘布海边遇到的小妹妹使我打破了绝不在旅途上向人施舍的信条。在印度看到处于种姓制度最底层的贱民时，我发现我这个平日坚信不能按出身、血缘将人分为尊贵卑贱、三六九等的当代人竟在极力回避使自己的目光和他们的视线相接触。旅途上有数不清的经历似乎都是在成心试探和考验自己，帮助我看到一个迄今为止自己并不知道、并不了解的我。这种收获在日常平静的生活中是难以得到的。

　　一次旅行同时也是一次价值观的洗礼。当我从在马德拉斯甘地纪念馆前行乞的小女孩手里讨到一张被揉搓得破烂不堪的纸币时，我意识到了行乞在印度人心里所具有的和我们全然不同的意味，从而改变了我对他们行乞的成见。今天的秘鲁人体现出的对当年的仇敌，印加文明的毁灭者弗朗西斯科·皮萨罗的宽容使我看到了宗教在决定一个人或一个群体对某一事物的爱与憎中占有的地位，意识到不能以我们的价值规范去武断地品评别人的判断。这样看来，旅行能使人将自己的价值体系相对化，同时也意味着将自己相对化，使人变得谦虚。相对化并不等于抬高别人，贬低自己，而意味着知道在自身之外还有别人，知道在自己的价值体系之外还存在着别人的价值体系，从而使人多拥有几个尺度，更尊重别人的价值观。我想这才是真正意义上国际化的出发点。

　　在完成了本书的文稿之后，我也把它寄给我的师长、同学和友人，以便听取他们从读者角度提出的批评与建议。其中，瑞银香港董事总经理兼首席经济分析师陶冬、央视评论员章弘、电影演员阎青妤、北京大学教授朱锋、生活·读书·新知三联书店副总编辑潘振平还抽出他们宝贵的时间为本书撰写了推荐语，在此谨致以衷心的谢意，并期待着他们的推荐能够得到更多读者的认同。

著者

2012 年 3 月 12 日

于印度尼西亚日惹

图书在版编目 (CIP) 数据

行路人：一个中国旅行者与六大文明的对话 / 于展著 .

—北京：社会科学文献出版社，2012.7
（3A 时尚）
ISBN 978-7-5097-3317-2

Ⅰ．①行… Ⅱ．①于… Ⅲ．①游记－作品集－中国－
当代 Ⅳ．① I267.4

中国版本图书馆 CIP 数据核字 (2012) 第 076335 号

3A 时尚·游记

行路人
——一个中国旅行者与六大文明的对话

著 者 / 于 展

出 版 人 / 谢寿光
出 版 者 / 社会科学文献出版社
地 址 / 北京市西城区北三环中路甲 29 号院 3 号楼华龙大厦
邮政编码 / 100029

责任部门 / 北京社科智库电子音像出版社 责任编辑 / 陶盈竹
（010）59367105 责任校对 / 李秀军
电子信箱 / dzyx@ssap.cn 责任印制 / 岳 阳
项目统筹 / 孙元明
装帧设计 / **3A** 设计艺术工作室 马 宁

经 销 / 社会科学文献出版社市场营销中心（010）59367081 59367089
读者服务 / 读者服务中心（010）59367028

印 装 / 北京盛通印刷股份有限公司
开 本 / 787 mm×1092mm 1/16 印 张 / 19
版 次 / 2012 年 7 月第 1 版 字 数 / 150 千字
印 次 / 2012 年 7 月第 1 次印刷 图 片 / 454 幅
书 号 / ISBN 978-7-5097-3317-2
定 价 / 48.00 元